主编 凌翔

当代作家精品·小说卷

U0661620

一念悠起

金丽红 著

天津出版传媒集团

天津人民出版社

图书在版编目（CIP）数据

一念悠起 / 金丽红著. -- 天津：天津人民出版社，
2022.8

（当代作家精品 / 凌翔主编 . 小说卷）

ISBN 978-7-201-18662-7

Ⅰ.①—… Ⅱ.①金… Ⅲ.①长篇小说—中国—当代

Ⅳ.① I247.5

中国版本图书馆CIP数据核字(2022)第129738号

一念悠起
YI NIAN YOU QI

出　　版　天津人民出版社
出 版 人　刘　庆
地　　址　天津市和平区西康路 35 号康岳大厦
邮政编码　300051
邮购电话　（022）23332469
电子信箱　reader@tjrmcbs.com

责任编辑　岳　勇
封面设计　陈　姝

印　　刷　三河市金元印装有限公司
经　　销　新华书店
开　　本　710 毫米 × 1000 毫米　1/16
印　　张　14.25
字　　数　200 千字
版次印次　2022 年 8 月第 1 版　2022 年 8 月第 1 次印刷
定　　价　49.00 元

一念悠起事纷繁（代序）

收到金丽红老师书稿，并诚挚邀我作序的请求，内心十分忐忑。

初识金老师是在作协的一次座谈会上。打过招呼后，我们就坐在同一排，聆听著名作家范小青老师的关于小说创作的一个报告。印象中，她是个文文弱弱的娇小女子，还有点儿腼腆。座谈会结束后，我们便互加了微信，从此有了联系，但也就是属于那种偶尔打打招呼的泛泛之交。

后来，我们的两篇小说竟然在本地一家报纸副刊的小说专版上不期而遇了，彼此都很兴奋，联系从此就频繁了起来。在断断续续的闲聊中，我才得知金老师是20世纪70年代生人，她和我一样，从小生长于农村，有着丰富的农村生活体验，也养成了淳朴善良与吃苦耐劳的秉性。

金老师是一个十分低调的人，在微信朋友圈很少晒自己的创作成就，所以仅凭网络聊天，我对她知之甚少。为了知人论文，我便充分利用其后两次本地作协会议茶歇与午间休息的机会，终于了解到了金老师关于小说创作的体验、感悟与见解。

我们的话题散漫而辽远。金老师跟我谈童年，谈乡村生活，谈她的医疗工作。而更多的则是谈她对文学，尤其是小说的钟爱，谈她创作的甘苦。她说她从小爱看小说，尤其是武侠小说，少女时曾幻想是武侠小说中武功高强、容貌秀丽的侠女，和心爱之人行走江湖、扶困济危；也幻想过是神话小说中的仙女狐精，腾云驾雾、无所不能。后来，随着阅历的增多，她便萌生了动笔创作的念头，并于 2014 年发表了首篇短篇小说，从此一发而不可收，先后创作并发表了数十万字的中短篇小说与长篇小说，包括这部即将出版的长篇小说《一念悠起》。她说这一创作的"一念"悠起之后，本来工作就繁忙的她，几乎放弃了所有的双休日与节假日，潜心创作，生活从此变得更加繁杂了。但她却乐此不疲，无怨无悔。

事后我便认真阅读起了金老师的长篇小说《一念悠起》。这部二十余万字的作品，主要描写一位临床医学毕业的医学生林子珊，在繁杂、喧嚣的社会中，始终保持初心，不忘前行，坚守岗位的事迹。林子珊用她的一份执着、敬业、纯真，耕耘医学事业，用她的真心、真诚、善良，感动身边的人。小说背景为疾控中心，故事地点为人事总务科，故事人物为人事总务科五位年轻女性，故事情节为五位女性之间的相处关系、性格特征及人物不同的发展命运。

林子珊无疑是作家在作品中浓墨重彩塑造的一号主人公。她从小在农村长大，医科大毕业后在医院儿科工作。后来考入属于事业单位编制的疾控中心，被分配到人事总务科。她温婉善良，考入疾控中心后，第一件事情便是去从小带她长大的乡下奶奶坟头祭奠，以告慰奶奶的在天之灵。在人事总务科的五位女性中，她是年龄最小、资历最浅的一位，但她兢兢业业，什么活儿都积极主动地干。她对于科室内的勾心斗角从不参与，对周边所有人都以诚相待，对有困难的同伴她总是竭尽所能地相助。在抗击"非典"与"甲流"的战斗中，她更是主动请缨，在长达数月的全封闭环境中潜心照料呵护每一位病患。自然，林子珊的为人处事终于得到疾控中心领导与同仁的一致肯定，在原科长吴莉莉"高升"之后，她被提拔为人事总务科长。可以说，在林子珊身上，寄托着作家对事业、对生活、对生命的热情、态度与理想。而我，又分明在林子珊身上看到了作家自己的影子。

都说三个女人一台戏，五个女人吵翻天。这人事总务科的五个女人中，除

　　了林子珊，其他人但凡"一念"悠起之后，自然都成了不省油的灯。科长吴莉莉年纪虽轻，可精明能干。一心想要往上爬的她，对许副局长的太太范雪琴既照顾有加又处处提防；对富有职场经验的叶慧与作为人才引进的杨晓敏则是既打又拉，软硬兼施；唯独对医科大的小学妹林子珊没有任何戒备之心。大姐大范雪琴本是一位酒店的外来打工妹，因为偶然机会结识了当时还是小医生一枚的许志强而喜结连理，并随着丈夫的平步青云而终于成为局长太太。可以说，她是来科室混收入混编制的，所以安然享受着科长与同事的尊重与照顾。叶慧本是一家外企的主管，是为了照料年幼的两个孩子才考进疾控中心的，图的就是事业单位的安逸。但自从来到科室，她的"进取心"便又促使她觊觎起了科长吴莉莉的位置。至于杨晓敏，是引进的人才，理应得到培养与重用，而她自己也是这么期许的。于是乎，她也会使出浑身解数，去争名夺利。

　　自然，作品所描绘的内容与场景，还由疾控中心的人事总务科"外溢"到了外面的世界。范雪琴与其丈夫许志强、儿子许博远、门卫保安宋建成的婚姻家庭矛盾，叶慧、林子珊与袁野的感情纠葛，林子珊闺密沈忆眉的家庭生活变故等，无不构成了本部小说精彩纷呈的看点。作品故事情节曲曲折折，人物命运跌宕起伏，叙述语言清丽婉转，实乃不可多得之佳作！

江寒雪

2020.6.21

目 录
CONTENTS

一

她起了个大早，出门一看，是个雨天。乌蒙蒙的天色，墨色的浓云挤压着天空，沉沉的。凌厉的寒风，一阵紧一阵地穿梭，密密的雨点，飘飘洒洒从天空一泻而下。风追着雨，雨赶着风，风和雨联合起来，追赶着天上的乌云，整个天地都处在雨水之中。

一周前，林子珊接到人事局打来的电话，通知她某年某月某日上午去疾控中心报到。兴奋之余，即刻在网上查询出行路线。她住的地方，距离疾控中心大概二十里路程，有公交车，但没有一辆直达的。乘坐出租车，打车费在三十元左右。

如果天气好，林子珊打算坐公交车，虽然其间要转一次车，路上花费时间也长一些，但车费只要几元钱。能省就省一些，至于时间，没关系，她可以起得早一点，或更早一点。

但今天是个雨天，她选择了打车。只是雨天打车不好打。许多上班族，或者要出门的人，都和她一样的想法。

马路上，一辆辆出租车疾驰而过，车上的顶灯，无一例外，都闪耀着红色的"有客"两字。足足等了半个多小时，仍不见有空的出租车经过。

林子珊心下着急，如果出租车一直等不到，岂不要错过报到时间了？算了，还是坐公交车吧，要坐，赶紧趁早，不然，坐公交车也要迟到了。于是快步走到公交站头儿，乘车、下车、转车、再下车。一路颠簸，又步行了十多分钟，一个多小时的路途辗转，终于到达了目的地。

风雨天出行，身上的衣衫、脚上的鞋袜免不了被打湿，尽管有雨伞遮挡，但柔软的伞柄，哪架得住狂风暴雨的肆虐？林子珊簇新的米色风衣，在雨水的吹打下，袖管和前身印染成了水灰色。黑色的皮鞋，被飞溅的泥浆，泼成了大花脸一般。此刻，她的心情，也如同深冬的雨天，阴郁、湿冷。

她站在新单位大门口，一边用纸巾擦拭脸上残留的水渍，一边观察新单位的全貌。一幢五层大楼，坐落在林立的高楼之间，面积在五六千平方米左右，比原先工作的地方要小一些，相当于医院的住院楼那般大。

大楼内外，一片宁静，唯有雨珠落在地面，发出滴答滴答的声音，溅起的水花，变成了一个个小水泡，小水泡像一顶顶透明的小帽子，小帽子又像昙花，一眨眼工夫，不见了，地面上的积水，却多了起来。

单位的大门，由六扇落地玻璃门合成，玻璃门被擦拭得很明亮，像一面洁净的镜子，清晰地映出她狼狈的模样。门内是个大厅，大厅一角摆放着一圈座椅，六人座的排椅，有四排，搭成了一个正方形。

朝大门一侧的座椅后面，摆放着三盆虎尾兰，虎尾兰的叶子，有几片已发黄，无精打采的，少了一些生气。大厅，空荡荡，静悄悄的，不见一个人影。

林子珊疑惑间推门而进，想寻个人问问，新来的人员，去哪里报到？她在大厅内又站了一会儿，依旧不见有人，便往楼梯口方向走去，准备上二楼。

这时，靠近大厅东侧的一间门房，慢悠悠走出一人。

来人身着保安服，四五十岁左右年纪，中等个儿，国字脸，浓眉大眼，肤色微白。穿着的保安服，表明了此人的身份。

他叫住了准备上楼的林子珊，带着审视的目光，问："你找谁？有事吗？"边问，边上下左右打量。

林子珊见是保安，赶紧回答："您好，师傅，我叫林子珊，是新来的。请问，我该去哪里报到？"

保安一听是新同事报到来了，即刻，换了一副和悦面容，笑着说："人事科人还没上班。我们单位九点上班，现在刚到八点，你来早了。在那儿坐着等吧。到时，我叫你。"说着，朝大厅摆放一圈排椅的地方指了一下。

林子珊恍然大悟，怪不得偌大一个单位，竟然不见一个人影，原来，人家还没上班，原来，疾控中心是朝九晚五的工作时间。她还以为，疾控中心是和医院一样的作息模式。

她歉意地朝门卫笑了笑，说："麻烦了，谢谢您。"便走向门卫指的地方，那围成正方形的一圈排椅，坐了下来。

落座不久，一阵饥饿感袭来。早上出门早，没来得及吃早饭，等公交车时，就在站台附近的路边点心摊，随意买了些。因为赶路，没心思吃，当时也不感觉饿。

林子珊从背包里，取出早点，一边吃，一边等。

门卫很热情，端来一杯热水，递给林子珊时，作了自我介绍。他说："我姓宋，你叫我宋师傅就行，大楼里的同事都这样叫。以后有修修补补的，尽管来找我。"

林子珊感激地说了几声"谢谢"，眼睛前面好似有一团热雾升起。一杯水，对宋师傅而言，纯属举手之劳，但就是他不经意的一个小举动，温暖了初来乍到、内心又些许忐忑的林子珊。多年以后，她依旧清晰记得，报到时宋师傅的杯水之情。

前天，科室同事为她设宴饯行。席间，有同事善意提醒：听说机关性质的事业单位，人际关系有些复杂，要么有深厚的背景，要么有卓越的才能。子珊，你要留个心眼，三思后言，多做事，少说话。

同事的话，或许是实情。机关，或者行政性质的事业单位，不是谁想进就能进得了的。

林子珊想起两个月前，她的报考历程，至今心存恍惚，心有余悸。考试经历，犹如赵子龙过五关、斩六将那般的跌宕起伏。她报考的岗位，有二十人报名，但录取人数，仅一人。可想而知，岗位竞争的激烈。

报名的二十人，在报名资格审核这一关时，被删掉了三分之一。删掉的原因林林总总，有提供资料不全的、有填写信息有误的，以及专业不符的，等等。林子珊没被删掉，属于三分之二中的一人。她进入了笔试环节。

笔试，林子珊丝毫不担心。自入学起，大考、小考从没间断过。工作了，也是如此。技能考、理论考、执业医师考、职称考，等等。几乎小考天天有，大考三六九。每次考试，都取得不错的成绩。这并不是她天资聪颖。常说，一分耕耘，一分收获。她的业余时间，都花在了看书学习上。

笔试成绩发榜，果然，她位列榜首。

经过笔试这一轮的大浪淘沙，最终进入面试的，就剩下了五人。这五人，将一同面试，竞争一个岗位。

面试那天，一百多位考生，集中在一个较大的候考室，各自参加不同岗位的面试。候考室的每张桌椅，贴上了考生的编号，考生根据桌上的编号，一一落座。

开考前半小时，人事处的一名工作人员宣读考试规则，读毕，考生抽签，抽取面试顺序。

参加过面试的考生，总结了几条面试顺序影响打分的小段子。面试序号在前的考生，一般都是炮灰，因为此时的考官，正精力充沛，自然，打分会相对严格，考生要想得高分，难度会大。序号在中间的，考官或许有了比较，打分相对客观，也相对公平。而对于最后出场的，考官的打分，就有那么一丁点儿随意了。因为一天下来，考官身心俱疲，所以最后出场的考生面试成绩，不一定是考生的真实水准。

这是段子，有调侃的成分，或许确有几分实情。

林子珊第一次参加公职类的面试，没经验，也没准备。当初医学院还没毕业，就被一家医院要了去，当时既没笔试，也没面试。

据后来学院系主任和她说，医院紧缺儿科医生，医院的业务院长在看了她大学历年的学习成绩之后，没丝毫犹豫，即刻向学院系主任要她，并征得林子珊的同意后正式签约。至此，林子珊成了医院的一名儿科医生，一做，做了四年。

不论是什么性质的职场面试，面试技巧无外乎两点，礼仪和应对。礼仪，是指仪容仪表和言谈举止；应对，就是看考生的语言表达、临场发挥和反应能力。

其他姑且不论。且看林子珊那天的穿着，她上身一件碎花小棉袄，一条蓝灰色格子羊毛围巾，交叉地围在胸前，下面牛仔裤、棉皮鞋。且看，其他考生的穿着，男生，西装西裤白领带；女生，西裙西服粉领带。她无知无畏的穿着，在众多考生中，鹤立鸡群，成了一道"靓丽"风景。

邻座的考生，向她投来异样的目光，目光中有讶异、不解、嘲讽和同情。这样的穿着，太奇葩了。他们一定在猜测：这位考生，难道有深厚的背景，仅来走个过场，应聘的职位成了她囊中之物？还是她对面试常识一无所知？

其实，林子珊一踏进候考室，就感觉到自己的穿着与面试氛围极不合时宜。她涨红了脸，窘迫地低下了眉眼，真想找个地缝钻进去，或者，三十六计走为上，一走了之，罢考了。

一走了之的念头，也就脑海中一闪而过。既来之，则安之，权当一次历练了。这样一想，反倒坦然了一些。她迎着投来的几道目光，略微尴尬地笑了笑，算是礼节性地回应了。

面试成绩当场揭晓，她得分不高，排名还靠后。虽然在面试过程中，她对考官的提问应对如流，从容不迫。但是她的无知穿着，严重拖垮了她的面试综合成绩。最终，她与一步之遥的职位擦肩而过。

人，往往很奇怪，尽管结局在意料之中，但还是会感到一丝失望、一丝不甘，然后，双手合十，希望峰回路转，希望柳暗花明，希望出现奇迹。

天使说，世界上一定会有奇迹发生的。说这句话的天使，一定是超有爱心、超会激励人心的天使。天使的预言应验了，如今，如此的幸运与奇迹，就降临到林子珊的头上了。

面试后的第十六天，林子珊收到人事局发出的体检通知，通知她到指定的体检机构体检。

当真的出现奇迹时，林子珊不敢相信这是真的。她与通知她的人事局工作人员反复确认，是她吗？没弄错吧？人事局的工作人员很有耐心，一遍遍回答："我们不会弄错的，就是你，林子珊。"

显然，她有点摸不着头脑，这中间一定是哪个环节出了问题。当时，综合成绩揭晓，林子珊屈居第二。那排名第一的考生呢？他（她）另有高就？还是体检没过？又或者其他一些不为人知的原因？

这些疑虑，一直萦绕于心头。直到工作半年后，科长与她的一次私聊，透露了那次招录出现的意外，才解开了她心中久存的疑惑。

她的心中是窃喜的，心情像开了花一样的灿烂。她满怀憧憬、希望，顺利地过了体检和政审两关。

不久，收到了录用报到通知。收到通知的她，做了两件事。

第一件，祭拜奶奶，感谢奶奶在天之灵的庇佑。奶奶的墓地，就在老家屋子后的一片自留地里，自留地留出一隅，做成了奶奶的墓穴。林子珊在奶奶墓前，点上了香烛，又摆放了几样小菜、瓜果。小菜有咸菜粉皮、百叶结烧肉；瓜果为番茄和香蕉，这些都是奶奶在世时最爱吃的。

林子珊自小由奶奶带大，祖孙之间感情深厚。在她十五岁那年，奶奶不幸患病去世。当时，她正值中考，由于悲痛，考试发挥失常，也因此，没能考上重点高中，退而求其次，就近上了一所普通学校。随后，在高中的三年间，她化悲痛为力量，刻苦学习，功夫不负勤勉人，最终，考上了理想的医科大学。

第二件，宴请亲戚和乡邻，就像当年考上大学，昭告三亲六眷、左邻右舍，摆桌庆贺。找到一份工作不容易，找到合适又如意的工作，更加不容易。

林子珊啃完面包，喝了宋师傅端来的一杯水，身上立刻暖和起来。面对陌生的一砖一瓦、一草一木，忐忑之余，心中升起了无限的遐想和希望。

九点整，林子珊迈步进入人事科办公室。那一年，她二十八岁。

二

林子珊被安排到了人事总务科，收发、起草、复印文书；采购、发放单位所需日常物品：协同做好会议开展的相关工作，如会场布置、就餐安排、起草会前发言稿、撰写会后通讯稿等。与所学专业，相去甚远。

人事总务科，连科长在内共五人，清一色女性。

科长吴莉莉，年纪比林子珊还小一岁，说起来，两人竟是同门师姐妹。林子珊所学临床，吴莉莉专业为预防医学，她们同校同医学部不同系，吴莉莉比林子珊低一届，是学妹。当然，林子珊没敢把吴莉莉看作学妹，她是识趣的，拎得清的，人家是科长，她的上级，官大一级压死人。

常说三个女人一台戏，五个女人，岂不吵翻天了。其实不然，人事总务科并不热闹，相反还显得有点冷清，不是冷清，应该是冷淡。刚开始，林子珊对这颇为冷淡的氛围，有些许不适应。

医院的环境就热闹多了，尤其是小儿科，一个孩子入院，拖家带口。孩子的哭闹、父母的哄劝、爷爷奶奶的不舍，声音此起彼伏，真是热闹，像极了农贸市场。所以儿科的医务人员，嗓门一般都很大，嗓门大，不代表不温柔。

林子珊嗓门不大，风铃般的声音，温婉柔和，是个安静的女子。上班除了给孩子看病、写病历，空闲时间，就躲在办公室看业务书、写论文。儿科工作四年，撰写了多篇论文，其中一篇，获得省级二等奖。只是可惜，她放弃了蒸蒸日上的临床医疗，转投到了同属卫生系统的预防保健部门。

个中缘由，较为复杂。此后，谈起此番报考疾控部门的原因时，她没说出个所以然。或许，就是她一时的心血来潮。又或许，确有其他一些原因。毕竟，临床工作更为辛苦一些。

同一屋檐下的五个女人，很少交流，偶尔说上几句话，也是由于工作，就好像连说话，也是应付工作的一部分。和电脑一样，机械、冷漠，没有温度、没有热情。

偌大一个办公室，很安静，静得能听到彼此的呼吸声，还有敲打键盘的声音。大家各自在自己的位置，身姿笔直，眼睛盯着电脑，双手灵活地敲打键盘。

就这样，三个女人一台戏的老话，被人事总务科五个职场女性，完全颠覆了。

时间一长，林子珊渐渐觉察到，人事总务科的风平浪静，仅仅是表象、是障眼法。大家看上去是一副事不关己、高高挂起的冷峻和肃穆。但人非圣贤，偶尔会有失态、失常的时刻，流露的只字片语中，隐隐夹杂着丝丝怨气、不满、不悦，它像幽灵、冥火，游荡、飘忽在角角落落，或暗或明，或远或近，或左或右，或有或无。

看清，不点破。看清需要智慧，不点破，需要一种胸襟。或许，这是人生最好的为人处事法则。

林子珊不多口舌，少说话，多做事。多做事，不是抢着把同事的活儿揽过来，人家不但不领你的情，适得其反，还会对你有看法，你揽了人家分内事，有僭越的嫌疑，有抬高自己贬低同事的不良动机。

她多干活，首先完成自己的分内事，并且做得尽善尽美，然后，做额外的活。她把科室搞卫生的活儿，比如扫地、抹桌子、打水之类的，包揽了下来。中心虽有保洁人员，但仅一名，可想而知，保洁工人的工作量。所以各科室的卫生，就由各科包干了。

不像医院，医院有一支相对规范的保洁队伍，还有持上岗证的护工，比如扫地、抹桌子、打水之类的，就不由医务人员动手了。究其原因，病人的人满为患，还有，临床医务人员工作辛苦。

林子珊租住的地方，离单位不算远，电动车二十分钟路程，途中，要经过一家花店。花店在一个不起眼的交叉路口，面积大概二十平方米，花店虽小，但布置得极具创意和时尚，花卉新鲜，品种齐全，且价格还非常亲民。

店主是一位美丽的年轻女性，年龄和林子珊相仿，待人诚恳，服务周到。为顾客挑选花卉时，还一并介绍花的特性、养殖技巧和注意事项。顾客买回去的花植，出现什么情况，还能到花店调换。所以，花店顾客盈门，有不少都是慕名而来。

林子珊倒不是慕名而去，当时，新单位报到后，就近租了一套小公寓。布置新居，花卉、绿植自然是少不了的，转了几家花店，货比三家，就选择了交叉路口的这家店。

一来二去，和花店主熟悉了起来，由于年龄相仿，俩人倒也聊得投机。有时，花店业务忙，花店主一人应付不过来，正值林子珊休息，她就到花店义务帮忙。因此，她买花，花店主给出的价格，尤其便宜。

林子珊上班途中，顺道拐进花店，买上几枝花，有时玫瑰，有时茉莉，有时白玉兰，有时康乃馨。隔三岔五变换，搁置在同事的办公桌。

小时候，奶奶给她讲故事。一位盲人伯伯，每晚都要到楼下去散步。虽然他只能顺着墙摸索着前行，但每次都一定会按亮楼道中的灯。一天，邻居忍不住，好奇地问道："你的眼睛看不见，为何还要开灯呢？"盲人伯伯回答道："开灯能给别人上下楼带来方便，也会给我带来方便。"邻居疑惑地问道："开灯能给你带来什么方便呢？"盲人伯伯又答道："开灯后，上下楼的人都会看见东西，就不会把我撞倒了，这不就给我方便了吗。"

赠人玫瑰，手留余香。这是林子珊的人生座右铭，也是奶奶教给她做人的道理。

一段时间下来，科长吴莉莉、范姐，还有叶慧和杨晓敏，表面上虽没说什么，但对林子珊的表现都感到满意。

范姐，芳名雪琴，是科里的老人。说她是老人，不是指她的年纪有多老。她芳龄正四十有二，不惑年纪，属于中年人的行列。但在人事总务科，她的年龄确实是最大的，资历也是最老的。还有一个原因，范姐的爱人，是卫生局副局长，大伙儿的顶头上司，妻凭夫贵。所以疾控中心上下，都尊她为范姐。

科长吴莉莉也一样，敬畏范姐的同时，还不时献殷勤。用两个例子来佐证她讨好范雪琴的一些行为。

单位的工作午餐，是统一订的外送盒饭，因餐费标准不高，所以盒饭的品质、口感就大打折扣，但大伙儿也习以为常了，好吃就多吃一点，不好吃，就少吃一点。有挑食的同事，索性自己带饭，或者去外面吃。

吴莉莉也属于挑食的一类，她在自带饭或外面就餐时，常常为范姐带上一份，趁科室没人，或别人不注意时，偷偷递给范雪琴。这是她讨好范雪琴行为之一。

行为之二，吴莉莉每次出差，总会带一些当地特产回来给大伙儿分享。范雪琴除了和大伙儿一起分享特产之外，还有额外一份礼物，如围巾、珠宝类的饰品。

当然，吴莉莉的这些小动作，都是背着耳目，悄悄地进行，但时间久了，总会露出些蛛丝马迹。或者，恰巧被谁无意之中瞅见了她的小动作。再者，世上哪有不透风的墙。范姐属于心直口快之人，言者无意，自己泄露也未可知。而听者，就有心了。

其实，吴莉莉这样做，无可厚非。她一科之长，年纪又轻，要是攀上局长这棵高枝，那她的前程，岂不锦绣灿烂了？说不定，私下还有更大的动作呢。

果真，没几年，吴莉莉被调去档案局任处长一职。至于和局长有没有关系，大伙儿莫衷一是，各有说辞。当然，这是后话了。

后话，还有更意想不到的事发生呢。

吴莉莉对范姐的尊敬，细心之人能看出些端倪，她表面上尊敬，骨子里却对范雪琴是有些轻视的。

林子珊是细心之人，偶然间，捕捉到了吴莉莉对范雪琴谦恭态度的背后，还有另外一副表情。或许，其他人也注意到，只是没说破罢了；又或许，根本没注意到吴莉莉表情的细微变化。

一次科室例会，吴莉莉传达中心会议精神：近日，将有其他区域同行，来中心学习和交流，为期一天。有"客"自远方来，不亦"忙"乎。

最忙的，自然是人事总务科。涉及客人的接待、安排、就餐；会议室的布置；讲稿的撰写，比如领导致辞、中心概况介绍、近年来取得的成果，等等。会议结束，还要一篇通讯稿，通讯稿的要求，就是及时、真实、简短、精练。

吴莉莉把接待、就餐、会议室布置工作，交给了叶慧和杨晓敏。

叶慧年龄排科室老二，芳龄三十五，膝下有两娃，职场经历不简单。

她是个地道的东北妹子。大学毕业后未回老家工作，结伴几名同学一路向南，来到经济较发达的江南一座城市，最终成为一家知名外企的员工。职场几年的打拼，晋升为部门的人事主管。

随着职位的上升，相应承担的工作越来越多，加班加点成了常态，还时常出差，短则几天，长则十天半月。单身时，一心扑在工作上，一人吃饱全家不饿，安排去哪儿就去哪儿，人生很精彩，处处是风景。

结了婚，有了孩子，就有了牵挂。心有另属，却分身乏术，工作和家庭常常无暇兼顾，导致工作效率下降，家中孩子状况不断。虽请了钟点工搭把手，但那仅仅浮于形式，帮不上多少忙，也起不了多大作用。

叶慧想过辞职，做全职太太，在家相夫教一双儿女。但就靠同样在外企打拼老公一人的收入，不足以负担两娃茁壮成长的日常开支。

也想过请个居家保姆，但保姆伤害儿童的事件屡见不鲜。媒体时常报道，那些个披着羊皮的家政人员，丧心病狂，有给孩子下药的、扇耳光的，甚至拐卖孩子。她可不敢拿孩子的安全，当试验品。

什么性质的工作，既能保障一定的经济来源，还能兼顾家庭？想来想去，要么机关单位，或者事业单位，相对而言，工作的忙碌和压力要小一些，而且比较稳定，一般不会有失业的风险。

叶慧是个急脾气的人，想到就做。她动用身边所有的人脉，帮她实现这愿望。可是她的这一愿望，不太容易实现。最终，功夫不负有心人，叶慧的一位姨表兄帮了她大忙。姨表兄是官场之人，手中有点小权，拐了个弯，把她安插在了疾控部门。

刚开始，叶慧对这份工作有点想法，怎么还会有想法呢？朝九晚五、按部就班的事业单位，这不是她梦寐以求的嘛。而且这是姨表兄费了九牛二虎之力换来的，多么来之不易啊。

原来，叶慧不是疾控的在编人员，用通俗话讲，她只是个临时工。而临时工享有的待遇，和正式职工的待遇，差别很大。

叶慧哪肯甘心啊，好歹她曾担任过知名外企的人事主管，薪酬高不说，手下员工还有十多名，也算是个响当当的人物，要风得风，要雨得雨，可谓风光无限好。

姨表兄说："小慧啊，我知道委屈你了，先将就一下，只要进去了，后面的事，办起来就容易多了。"看得出来，姨表兄很宠溺这位任性的小表妹。

没办法，叶慧只能听从表哥的建议，安心在疾控中心做一名临时工。尽管那段日子，对于她来说是多么憋屈，真是尝尽了世间的人情冷暖和世态炎凉。

姨表哥说话一言九鼎，果然，一年后，叶慧转正，成了一名正式工，也就是有编制的职工。两年后，定岗人事总务科，至今，在人事总务科近三年。

和叶慧搭档的杨晓敏，比林子珊先两年进的疾控。两年前，杨晓敏硕士毕业，地方政府以人才引进的方式，把她招进了疾控中心，这也是疾控中心唯一的一位硕士研究生。所以，当年的她，一度成为单位的热议人物。

之后，疾控部门又陆续招人，招聘入职人员的条件也越来越高，条件之一，学历都要在硕士研究生及以上。当然，也有破例的招录，就像林子珊报考的那次。硕士生多了，就不稀奇了，自然，杨晓敏不再是大家的焦点，她也仅仅是疾控中心的一名普通职工。

吴莉莉把会议期间所有讲稿的起草及交流结束后通讯稿的撰写，布置给了林子珊。然后，她用眼角看了看范雪琴，嘴角露出一丝微笑，说："范姐，您呢，帮我多盯着点儿，哪儿做得不周到、不完善的地方，提一些建议。"

她对范雪琴说话的神态，看似恭敬谦卑，但她的目光，并没有聚焦在说话的对象身上，仅仅蜻蜓点水地瞅了范雪琴一眼，瞬即，目光收回，嘴角还撇了撇。从正面看，她的表情，完全是一副含春微笑图。

林子珊站在吴莉莉的斜侧，或许是角度关系，又或许善于观察。她看到的，是吴莉莉的另一幅笑容，一张讥笑轻蔑的表情画。她善于观察的能力，得益于中医的四诊法"望、闻、问、切"。

从事内、外、妇的医生，或许，早把这四诊法抛之脑后。患病的成人，会向看病的医生，精确地描述身体某部位，或某脏器的不适。

但从事儿科的医生，中医的"四诊"法，不但不能丢，还要继承、研究及发扬光大。患病的孩子，因幼小的关系，有的不会说话，有的表述不清，他们通过哭闹，或其他表情，传达他们身体上的不适。这就需要儿科医生具备细致入微的观察能力，以准确判断患病孩子的"病"。

林子珊引用得很好，尤其在"望"诊方面，颇有心得和建树。她的一篇"关于如何通过'望'诊来判断孩子病情的严重程度"的论文，不但被全国知名的医学期刊刊登，还斩获了二等奖。

原来，吴莉莉对范雪琴的谦恭，只是表面文章，她从心底里是瞧不起范雪琴的。

　　不明就里之人，不这么认为，比如叶慧和杨晓敏。两人私底下不止一次窃窃谈论，说吴莉莉讨好范雪琴，把一些皮毛或风轻云淡的活交给她，而把那些琐事、烦事的活儿，分配给她俩做，还不是因为人家有后台，妻凭夫贵，大树底下好乘凉。

　　刚开始，林子珊也和她们一样的看法，吴莉莉偏袒范雪琴，讨好范雪琴，当佛一样地供着。她可以不干活，或少干活，而工资、奖金、福利，却一分不少。

　　其实错怪范姐了，不是她不想干，而是吴莉莉不放心把重要的活儿，交给她做。

　　范雪琴学历不高。小时候家中经济条件差，父母无力供几个孩子读书。作为长女的她，只能放弃学业。所以，高中读完，没再继续念书，就离开家乡外出打工。打工的钱，悉数寄给父母，以贴补家用。

　　她做过电子厂操作工、超市收银员、饭店服务员。在饭店做服务员期间，结识了一位改变她命运的贵人。从此，飞上枝头变成了凤凰。让她变凤凰的"枝头"，正是她现在的爱人，卫生局副局长许志强。

　　二十年前，一位医药代表设宴请客，出席宴会的宾客，都是临床一线的医生，许志强就在其列。当时，他刚工作不到一年，是一位名不见经传的内科小医生。

　　无巧不成书，医药代表设宴的饭店，正是范雪琴服务的地方。医药代表吩咐她给在座的客人敬酒，在敬酒劝酒的过程中，结识了许志强。就此，一来二往，结为了秦晋之好。

　　缘分这东西，很奇妙，看不见，摸不着，说不清，道不明。有青梅竹马、两小无猜交好的男女，最终没成眷属。却不乏仅一面之缘，最终成全好事的。大概，这就是人们口中所谓的缘分吧。

　　随着小医生的一步步升迁，范雪琴跟着一路辗转，从服务员到医院食堂后勤，再到学校图书室，最终成为疾控中心一名有编制的职工。

范雪琴逆袭的人生经历，就像安徒生童话中的灰姑娘遇到了白马王子，从此，过上人人称羡的幸福生活。

随后的时日，也证实了林子珊的猜测。

吴莉莉在几次和林子珊私聊中，有意无意地透露工作上的一些为难之处，包括如何安排范雪琴的工作，真是轻不得，更重不得。曾经由于范雪琴的工作失误，最终吴莉莉背了黑锅，为此，刚被任命的科长，也推迟了半年才公示。

当然，吴莉莉只是和她说一些不太要紧的贴己话，一是知道她没背景，其次，两人是同门师姐妹关系。

工作中一些重要的安排，或其他方面要紧的机密，关系再铁、再亲密，她是断不可能泄露的。何况她俩的关系，没那么深厚，也不那么亲密，说白一点，林子珊仅仅是吴莉莉说话的对象而已。

比如，她说："子珊，你的运气不错，你还不知道吧，你现在的岗位，其实当时已经有内定人选了。"

林子珊说："是啊，我也纳闷呢，我综合成绩排名第二。那个排名第一的考生，他（她）又去了哪里？"这个疑团，至今一直萦绕于心，而无法解开。

吴莉莉说："排名第一的考生，是我们前任局长的一位亲戚，就在去体检的路上，却出了车祸。现在还躺在病床上，成植物人了。医生说清醒的可能性很小。哎，乐极生悲啊。"吴莉莉叹了一口气。

"啊？"林子珊惊呼了一声，心头掠过一阵战栗，顿了顿，然后，也长叹一口气，发出一声"哎"的感叹词。

一时之间，却不知说什么为好，是庆幸自己运气好？还是同情那位考生的不幸遭遇。或许，在林子珊心里，考生的健康更重要。假使能让他（她）苏醒，她宁可让出现在的工作，回到医院，继续当她的儿科医生。

只是时光不能倒流，人生不能重来。

林子珊双手合十，心中默念："神灵保佑，祝他（她）早日康复。"

三

叶慧和杨晓敏尽管对吴莉莉工作上的安排，有一些看法，但看法归看法，也只是暗藏在心里，一个是科长，一个是局长爱人，不能计较，也不敢计较。

那就换一种角度理解，说明吴莉莉对她俩工作认可，把重要的活儿交给她们做，这不是认可又是什么？对，就这样想，阿Q精神。

两人表面功夫做得十足，向吴莉莉汇报工作时，一口一个科长叫得亲热，把范雪琴也像菩萨一样供着，范姐、范姐叫得热络。而对初来的林子珊，却是另一幅面孔，不冷不热，不温不火，拒人于千里之外的态度。

林子珊不介意她俩对自己的态度，她想得明白，也看得开。你和人家不是同学，不是老乡，不是亲戚，和你又不熟，人家凭什么对你关爱有加。何况她只是个新人，而且还是个没有背景的新人。

初入职场的新人，或许多多少少都遇到过被同事冷落，或排斥的境遇。当然，随着时日的推移，新人逐渐蜕变为旧人，成为后来者眼中的前辈。熬成婆的她们，对后来者，对新人，就像她们的前任那般的颐指气使，或者冷若冰霜，或者刻薄刁钻。

叶慧何尝不是如此，想起刚进疾控的那些日子，她遭遇到的境况，要比现在林子珊的处境严酷多了。人家不管你之前是什么身份、什么地位，到了新的单位，你就是个新人，何况，当时她还是临时工性质的新人。别人给什么脸子，你都得接、都得受。

杨晓敏虽然是区政府引进的人才，那又怎样呢？在同事眼中，也是个新人，而且更要严格要求，谁让她学历高人一等，谁让她享受政府的补助。

当年，地方政府为吸引高学历人才，出台了一系列人才就业的优惠政策，比如，解决人才配偶的工作，再比如，给予买房一定的补助。

杨晓敏自然不能错过政府许诺的补助，尽管刚毕业的她，囊中羞涩，身无分文。为此，她四处筹钱，凑足了一套小面积房款的首付。不料随后苏南的房市，一路高歌猛进，仅过了一年，她买下的那套房，价格已翻了个倍，惹得身边同事都像得了红眼病，暗地里嘀咕，好事都让她占尽了，若不严格要求，岂非便宜了她。

唯独叶慧，对新人杨晓敏的态度，却与众不同。或许缘分，又或许两人千丝万缕的老乡关系，虽然两人的家乡相距千里之远，但地域上都属于大东北范畴。

老乡见老乡，两眼泪汪汪。

叶慧像亲人那样地对杨晓敏，工作中不时指点，私下又邀杨晓敏到她家做客。用饺子招待，东北家乡口味。她亲自揉粉、擀皮、拌馅，有时韭菜肉馅，有时三鲜馅，有时白菜粉条肉馅，都是杨晓敏喜欢吃的几种馅料。

北方人常说，好吃不过饺子。

杨晓敏吃到叶慧包的饺子，想起了家乡，想起家中的父母。自然而然，她把叶慧看作了娘家人，两人无话不谈，说到动情处，泪眼婆娑，热泪横飞。

两人关系的深厚和亲近，虽然在科室中并不显山露水。但时间一长，她们的一举一动，一言一行，或者，眼神交汇的目光，都点点滴滴泄露两人关系的不一般。

粗枝大叶的人，或许没看出她俩非同一般的交情，也或许，一点也不介意人家什么关系。比如范雪琴，人家什么关系，无关她痛痒，谁也撼动不了她局长夫人的权威。所以她不关心、不介意、不在乎，她专注她的养生之道。

　　高智商、高情商集一身的吴莉莉，她不能不关心，她早已看出她俩私下关系的不寻常。身为一科之长，极不希望科室有这样的小团体存在，尽管到目前为止，两人还没挑衅过她的权威，但不能保证日后没有。它的存在，是一种隐患、一种威胁。万一哪天两人联合起来和她对抗，她孤家寡人，弱女子一枚，岂不被人节制，或撼动她科长的位置？

　　她不能不防，她得未雨绸缪，她不能任凭小团体在她眼皮底下茁壮成长。站得高，方看得远，才能稳固江山，才能立于不败之地，才能实现她的梦想，做处长、局长，乃至更大的官。

　　其实，吴莉莉有这样的梦，不能说有问题。拿破仑有句名言："不想当将军的士兵不是好士兵。"问题在于，你做了将军之后，是为一己之私，还是为民所用。

　　吴莉莉不露声色，等待时机，给予反击，逐一击破，瓦解她俩关系。而林子珊的加盟，兴许纾解了吴莉莉的困境。

　　经过一段时间的观察，吴莉莉觉得林子珊是个可造之人。可造，不是对她委以重任，吴莉莉没这权力，她自身的职位，还是泥菩萨过江，说不定哪一天被人取而代之了。她认为的可造，就是林子珊适合做她的心腹，而且两人还有另一层关系，师属同门。

　　她一改对新人的冷淡，变得和颜悦色，变得热情起来。她的热情，不是工作安排有所偏向，如工作安排偏向，会激起民愤。科室里有局领导的爱人，有其他部门领导的亲戚，一石激起千层浪，水能载舟，亦能覆舟，一步走错，身败名裂都有可能，那她的远大志向，岂不毁于一旦。她是不会做出这种愚蠢举动的。

　　她也不用小物件笼络林子珊，钱要花在刀刃上，花在像有背景的范雪琴身上。吴莉莉不但聪明，还很精明。林子珊仅仅是新人，没有背景的新人，不足以花此代价笼络之。

　　那吴莉莉是怎么体现对林子珊热情的？

她和林子珊谈论工作时，适时的穿插几句同门话题。比如，她说，我们学院，那个医学部的吴处，现在是副校长了。还有我们系的王副教授，被提名为院士了。那个谁，你们系的陈国维，富二代，有钱又帅，当时有多少女生追他。我班的班花茅薇薇，也和他处过，只谈了小半年，茅薇薇为他还打过胎。嗨，不知道被他祸害了多少女同学。不过，也怪不着谁，周瑜打黄盖，一个愿打，一个愿挨喽。听说他一毕业就出国了，有钱任性啊。

"是的，我班也有好几个同学出国了。"

林子珊附和道。她怎么会不知道，同学遍布全国各地，各路信息，像雪片一样，纷至沓来。小到家事，大到国事，包罗万象，无奇不有。

"对啊，还有沈忆眉，和你同班的吧？在学校里也是个风云人物，人漂亮，又活跃。听说嫁了个老外，定居美国了。"

"是的，已移居了美国，老公是美籍华人。"

吴莉莉提及的沈忆眉，不但和林子珊是同班同学，两人还是闺蜜，无话不谈的闺蜜。当然，林子珊是不会和吴莉莉谈及她和沈忆眉关系的密切，这属于她的隐私，她的秘密。

就这样，校友，同门师姐妹，在谈工作时，偶尔谈一谈学校风云，聊一聊同学八卦，旁人看来，是再正常不过的了。但吴莉莉此举，可不是聊聊同学情那么简单。

不简单的原因之一，她和林子珊是校友，师承医学部，也算同学，同学的关系就不一般了。网络上流传着四种关系最铁的段子："一起同过窗，一起扛过枪，一起下过乡，一起分过赃。"可想而知，同学情的深厚了。其二，向大家昭告一个信息，林子珊是她的人。

林子珊莫名卷入一张无形的关系网。她被叶慧和杨晓敏视为吴莉莉一党，是吴莉莉心腹。林子珊百口莫辩，辩解不清，也不想辩解。她和吴莉莉师属同门，这是事实。至于其他人有什么想法，嘴长在别人的身上，管不了那么多了。

时光如水，匆匆而过。一晃，林子珊在新的单位、新的岗位已有半年。

春天的气息如约而至，芳菲，在岁月的枝头悄然绽放，那些嫣红、那些翠绿，唤醒了沉睡的土地，也给了生命重生的机会。浅笑间，岁月如风，往事如烟，落下的一地花瓣，如诗、如画、如卷，染绿了一江春水，相思了一个季节。

林子珊相思的人，即将来看她了。

一份美国发来的电子邮件，赫然陈列在林子珊的新浪邮箱，邮件主题为"I MISS YOU."点开邮件，信笺页上仅有寥寥数语："I'll be back soon, You wait."落款名是"You are mine!"

看到熟悉的邮件名，及没超过十个字的正文内容，林子珊不禁嫣然一笑，嘀咕了一句："邮件又不要钱，不会多写上几句，你也不是个惜字如金的主啊。到时，看我怎么收拾你。"她一边嘀咕，一边回复，回复内容就是口中的嘀咕。

一周后，发邮件"我想你"的人，漂洋过海，不远万里，从天而降，俏生生地站在林子珊面前。还随身带了礼物，一款品牌护肤品、一袋咖啡豆，及煮咖啡、喝咖啡的器皿。

远道来的人，不是别人，正是林子珊同学兼闺蜜，吴莉莉印象极深的、漂亮的、活跃的风云人物沈忆眉。

沈忆眉，籍贯北京，大学毕业后回到首都。她没遵从父母意愿，进医院当一名白衣天使，而是应聘去了一家国际连锁美容机构，职务是市场营销策划。

随着人们生活水平的提高，爱美观念也发生了翻天覆地的变化，美容已不是有钱人的消费，它日渐进入寻常百姓家。广泛爱美人士的需求，使得美容机构遍地开花，如雨后春笋般迅速发展，也导致医疗美容行业竞争激烈。

沈忆眉凭着姣好的面容、风姿绰约的风采，及口吐莲花的三寸不烂之舌，为她所营销的医疗机构，带来源源不断的客源。由此，她在美容行业界声名鹊起，薪酬也水涨船高。

有几家知名的猎头公司，暗中打起沈忆眉主意，通俗讲，就是挖墙脚，力邀她到其他整形美容机构任职，开出的薪酬，足以让人心动。沈忆眉也心动了，但心动不表示马上就有行动，还没等她有所动作时，她嫁人出国了。

一次医疗美容行业推广会，沈忆眉作为策划一方，代表公司负责接待出席嘉宾。出席会场的嘉宾，不是显贵，就是精英。有美容行业巨头，有公司老总，有企业高级白领，还有专注爱美人士代表。

或许姻缘巧合，或许天意，沈忆眉遇见了他，一家美资企业中国分公司CEO，美籍华人，中文名叫戴维斯。两人眼神一碰，迅速擦出火花。三个月后，领证结婚，成了闪婚一族。

闺蜜婚礼，林子珊自然要去参加，她不但参加，还担任了重要一角，出任新娘的伴娘。

沈忆眉结婚不到半年，戴维斯公司人事调整，戴维斯被召回了美国总公司。身为人妻的她，义无反顾，辞去美容机构营销总监一职。夫唱妇随，随老公到美国，就此定居洛杉矶，成了一名赋闲在家的美国公民。她虽然去了美国，拿了绿卡，又申请加入了美国籍，但她的心依旧是中国心，隔三岔五飞回北京，邀请昔日好友相聚。

金钱诚可贵，或许亲情、友情更可贵，沈忆眉归国一次的往返机票费用，就相当于林子珊一个月的工资。她时常半开玩笑、半当真地开导林子珊："宝贝，来美国吧，你老大不小的了，我给你介绍个洋人男友，把你嫁了。或者，到戴维斯公司，让他给你安排一个职位。我下的旨意，戴维斯不敢不从。"

林子珊扑哧笑出声，说："洋人？饶了我吧，我看见高高大大浑身是毛的老外，就起鸡皮疙瘩。我的口味，可没那么重。哎，算了，就在国内混混吧。我除了当医生，其他的也做不来。"

虽是这样说，但对闺蜜半真半玩笑的话，不是没往心里去，她也有出国梦，看到昔日同学一个个远涉重洋，求知镀金，内心也颇为向往。但要出国，哪那么容易，就算有人担保，就算托福顺利通过，那出国的一大笔费用从哪儿预支？

林子珊是农村走出的孩子，务农的父母，靠种地种菜为生，闲暇时间，再打打小零工。忙碌了一年四季，忙碌了大半辈子，省吃俭用，也没积存下多少钱。工作后，她把每个月的工资悉数交给父母，自己仅留一些日常开支的费用。

出国，仅仅是她的一个梦，不对，她从没想过要出国，只是偶尔向往一下。

沈忆眉的到访，让林子珊激动不已。两人一见面，所有亲昵的动作，如拥抱、亲吻、掐、捏、揉，都展示了一遍，完全无视路人诧异的目光。有几名路人驻足侧目，目光中含意包罗万象，估计猜什么的都有。也有路人对此情景熟视无睹，或许，见惯不怪了吧。

成为美国公民的沈忆眉，她的一些行为已完全西化，和朋友见面，日常礼节的拥抱、亲吻，自然是必不可少。何况，这是和隔了几年未见的闺中密友，作出更亲密无间的举动，也是情理之中的了。

沈忆眉对林子珊不但动口，还动手、亲吻、抚摸，又叫又嚷，口中大呼"宝贝，想死我了"。

申明一下，沈忆眉绝对不是双性恋，更不是同性恋，事实也证明了，沈忆眉的性取向一点问题也没有，她地地道道是个女人，还是个风情万种的女人。

林子珊虽然单身，虽然恋爱经历迄今为止还是一张白纸，但也绝对不属于上述两类的性取向。她只是还没等到让她怦然心动、心动神移、心神不定的男生。她坚信，她等待的缘分，一定会来到。那位令她怦然心动、心动神移、心神不定的男生，一定会从天而降。

沈忆眉对她的那般热情、张扬、赤裸的亲密动作，林子珊适应了、习惯了，她心底里也是欢喜的、顺从的和配合的。她们之间的关系，早超出了传统同学、闺蜜的河界。这么形容吧，比亲姐妹还亲，比闺蜜还蜜。

两人同窗五年，住同一寝室，沈忆眉上铺，林子珊下铺。有时，缘分就这么奇妙，她们在踏进大学宿舍的那一刻，两人对上了眼。自此，影形不离，同进同出，经常一个被窝、一起吃饭、一同上课、一起逛街、一起泡图书馆。但到了大二学期，两人同出同进的身影骤然减少，不要误会，两人的关系没有闹掰，好着呢。是沈忆眉忙于她的个人大事，她交男友了。

性格活泼、面容姣好的沈忆眉，不乏众多追求者，但是凡和她交往的男生，恋爱寿命都没超过半年。分手的原因，琳琅满目，这里就不一一追究和分析了，因为但凡要分手，总有理由和借口的。而分手的提出者，无一例外是沈忆眉，是她甩了人家。吴莉莉谈到的又帅、又有钱的陈国维，是她众多交往的男友之一，也被她无情地甩了。大概，有钱又漂亮的女生都很任性。

沈忆眉每次和新男友约会，在没到白热化程度之前，常挟持林子珊一同出席。林子珊没办法，磨不开面儿，在她的"淫威"下，尴尬地、傻傻地，参与了几次电灯泡般的陪同。

戏剧性的故事时有发生，就像电影或电视剧中的一些片段，相亲或约会的男女主人公对主角没感觉，却移情了陪同者，就是主角身边的电灯泡。林子珊在当闺蜜电灯泡的过程中，也发生了类似的现象。

和沈忆眉约会的某个男主，就打起了她的主意。或许，各花入各眼。有男生喜欢风情万种、绰约风姿像沈忆眉那样的女子，也有男生喜欢清新淡雅、书卷如菊像她一样的女生。

林子珊绝没有对闺蜜的男伴，产生一丁点儿非分之想，更没有喧宾夺主、舞姿弄骚吸引男生。她对打她主意的男生，一概置之不理，朋友"夫"不可欺，兔子还不吃窝边草。再者，她志不于此，她早给自己定有目标，大学期间，不涉足男女之任何情。她要以学习为重，年年拿奖学金，给五年的学习生涯，交出一份满意的学习答卷。确实，她做到了，还没毕业，就被一家医院招了进去。

沈忆眉竟然一点不介意和她约会的男生移情于林子珊，反而觉着好玩，喜欢就喜欢呗，谈恋爱就是谈嘛，谈不拢，没感觉，那就好聚好散。散了，换一个再谈，天下何处无芳草，我沈忆眉身边不乏优秀男生。她怂恿林子珊试着交往，还说："子珊，学习这么辛苦，谈谈呗，就当放松一下。"又鼓吹道："大学期间，谈一场恋爱是必修课，这也是你的功课之一，没有恋爱经验，以后你会嫁不出去的。"

不知道是不是沈忆眉那张乌鸦嘴说的这句"没有恋爱经验，以后你会嫁不出去的"的话，至今林子珊还是单身，29 岁的大姑娘，步入了大龄剩女的行列。

有吃瓜群众对剩女的等级做了划分，25—27 岁为初级剩女；28—31 岁为中级剩女；到了 36 岁往上，那就是特级剩客，被尊为"齐天大剩"。

对这些划分，沈忆眉嗤之以鼻，她不屑地说："这些划分的始作俑者，一定是那些吃不着葡萄说葡萄酸，找不到女朋友的单身男，半夜睡不着觉憋出来的自慰作品。大龄剩女怎么了，大龄剩女是极品，不是找不到，是不想找，极品女当然要配精品男，我们宁缺毋滥。"

沈忆眉说这些话的时候，情绪有点激动，她在为至今还单身的林子珊抱不平。转而，又感叹说："优秀男生太少了，放眼望去，平庸之辈乌泱泱满大街。子珊，你要走出国门，不能故步自封。"她对闺蜜的终身大事很上心，尤其是嫁做人妇后，还嫁了个老外极品男。美籍华人也是老外。

大学期间的林子珊，恋爱史确实是一张白纸。工作后，也有男同事向她表明心迹，还相过几回亲，但都不了了之，原因出在林子珊身上。

林子珊说："没感觉。"

父母着急了，问女儿："那你想要找一个什么类型的男孩儿？说出来，我们按你的标准给你找。"

林子珊说不出来，她要的是感觉，就是见到那男孩，芳心如小鹿碰撞一样狂跳。医学术语叫"心悸"。心悸释义，通常人们所说的心慌，是心脏活动的频率、节律或收缩强度的改变而导致心慌的感觉。

四

林子珊租住的房子，为40平方米的一室一厅一卫小公寓，面积小，租金也便宜。她把租来的房子，简单布置了一下。客厅及卧室墙壁，贴上了墙纸，墙纸为白色和粉色相间的格子图案，配上了同色系的窗帘。房间在窗帘、墙纸的粉色衬托下，弥漫着一股浓浓的少女气息。

芳龄29岁的林子珊，早已过了少女时代，但内心依然是一颗少女心，一颗憧憬美好爱情的少女心。

沈忆眉一踏进屋子，就向林子珊开炮，连声道："哇呀呀，什么调调啊？如梦如幻，童话世界吗？傻妞、傻公主，你多大了啊？哎呀，早知道带个玩具给你，芭比娃娃？布偶浣熊？"很不幸，被她言中了。

客厅的沙发上，一只特大的粉色布偶浣熊，正面朝屋门入口，正襟危坐，一副恭迎宾客的谦谦姿态。它那双黑色眼睛，像深不可测的一潭井水，在灯光的映照下，泛着黑黝黝的亮光，深情款款，脉脉含情。

沈忆眉看到浣熊，笑得更欢了。

两人倒在沙发上，抱着浣熊，不着边际地说了一会儿话。或许路途颠簸的劳顿，或许倒时差，沈忆眉在沙发上睡着了。

林子珊趁沈忆眉休憩的辰光，把准备好的一些吃食，有全生的、半熟的、全熟的，逐一放在微波炉中该热的热、炒锅中该炒的炒、汤锅中该煲的煲。昨晚，特地上超市采购，买了不少东西，大包小包拎了回家。至今，拎包的两只手臂，还隐隐泛着酸痛。

睡醒了的沈忆眉，看到餐桌上冒着热气香喷喷的饭菜，激动地从沙发上一跃而起，顾不得洗脸漱口，坐到餐桌大口吃了起来，边吃边发出含糊不清的声音："嗯、好吃、太好吃了。"

其实，林子珊的厨艺一般般，试想，一个单身人士，一人吃饱全家不饿的主，平时吃的非常简单，馄饨、面是家常便饭。难得有兴致，到菜场买个几样菜，爆炒一下，烧了自己吃，解解馋虫。

饭桌上，看着沈忆眉狼吞虎咽地吃相，林子珊乐得像花儿盛开一般，边笑边戏谑地说："我的大小姐，慢慢吃，没人和你抢。瞧瞧你吃相，像个饿鬼投胎似的，还是我认识的那位端庄大方、优雅迷人、风姿绰约的万人迷吗？"

"你是饱汉子不知饿汉子饥，站着说话不腰疼。我在美国，天天牛奶、面包、三明治、汉堡、热狗，都吃腻了，腻得想吐。在家附近也有中餐馆，可吃到嘴里，终究缺少了点什么，那已经是西化了的中餐了。你知道的，我是个吃货，但我还是个懒虫。我为什么不定期回国，其中一个原因，就是馋了，想吃家乡菜了。"

"好，好，明天起，我们顿顿下馆子，你想吃什么菜，就吃什么菜。十大菜系，我们一道道品尝，消灭你体内的馋虫，以绝后患。也可以省下你一大笔回国的交通费。"

"千万别，要留点余地。对美食没有兴趣了，那我活着还有什么劲儿。人生在世，乐趣多多，一大乐趣，就是吃。"说完，打了一个很响的饱嗝。

吃饱睡足的沈忆眉，像打了鸡血似的，精神劲儿十足。她补了妆容，换了行头。

一头栗色的中长发，随意地披在肩上，显得有些慵倦和叛逆。斜斜的刘海，适中的刚好从眼皮上划过。一袭束腰紫色长袖连衣裙，把玲珑的曲线，完完全全地勾勒了出来。紫色的宝石耳钉，镶嵌在她粉嫩的耳垂上，在朦胧的灯光照耀下，闪烁着紫色的光芒，显得优雅而神秘。

白皙的脸蛋，浓密的睫毛，魅惑的眼神，高挺的鼻子，性感丰厚的双唇，无时无刻不透露出一个成熟女人的万种风情。

如此盛装，是约见重要人物？还是要出席隆重的活动？

答案都不是。

此刻，她这身装扮，竟亮相于厨房，此情此景，多不合时宜。虽然，粗陋狭小的厨房，在她的闪闪照耀下，熠熠生辉，蓬荜有光。

究竟何为？难道想秀一下她的厨艺？中餐还是西餐？

答案也不是。

沈忆眉是个吃货，喜欢吃，最爱吃的，是家乡菜，但她懒得烧。嫁做美籍华人妻移居美国后，家乡菜更不用学烧了，入乡随俗，学做几样美国人常吃的西点。也仅仅几样，敷衍了事，品相、口味实在拿不出手。

西餐，难得吃吃，感觉还不错。但长期吃、顿顿吃，试想，她这个吃货，能忍受多久？于是，想吃家乡菜了，不惜花费空中昂贵的交通费，飞回故居，为她的口欲，一解心头之馋。

沈忆眉虽然厨艺不咋地，但她另有一技之长。她会煮咖啡。有人一定会笑出声，甚至嗤之以鼻。是个成人都会煮，不就是把咖啡豆放在盛满水的咖啡壶烧开嘛。这么简单的操作，能算一技之长？依照这样的逻辑，世上个个都是身怀绝技之人。

此言差矣。为什么每个人做菜的味道有千差万别，甚至同一个人做菜的味道，有时也不一样。好吃的菜，色香味俱全，吃了还想吃，吃到筷子停不下来。味道差的菜，如同嚼蜡，甚至吃了想吐。其中缘由，也看似不外乎食材、火候、调味、器具等简单的几种原因，但就是这些程序化的技术，在大厨的一番制作下，形成了各具特色的美味佳肴。其中，只要有一些欠缺或疏忽，菜的味道，就大打折扣了。

煮咖啡也如同做菜。

有人把咖啡，比作是娇俏的女人，隐约而妩媚，迷人的恰到好处，令人怀念。

沈忆眉煮的咖啡，或许就是如此。连生于美国、长于美国、喝咖啡长大的戴维斯，都夸她的技艺。她煮出的咖啡，不但口感好，味道还纯正，喝了一杯，还想第二杯、第三杯。而喝其他的咖啡，也如嚼蜡了。

漂漂亮亮的她，现身厨房，准备大秀她的现煮咖啡技艺。她让林子珊把她制作咖啡的过程，用手机录下来。她一边操作，一边解说："现场直播，我免费授课。"

林子珊笑着说："行，我录下来刻成光盘，到时，我摆摊卖碟呕喝。大家走过不要错过，美女现煮咖啡录像带。包你看了终身不后悔，有养颜、治病、避邪、驱鬼的功效啊。"

她呕喝的语腔，逗得沈忆眉哈哈大笑，手中的勺子差点掉在地上。笑完，举起勺子，作势打林子珊，笑骂道："好你个小蹄子，几年不见，嘴巴子练得顺溜啊，竟调侃起老娘来，看老娘怎么收拾你。"

两人说笑着又打趣了一番。

言归正传。

沈忆眉回归厨房，端正身姿，浅笑吟吟面对手机镜头，轻启丹唇，露出一口洁白细密的牙齿。她的开场白是这样的：

"你想跃身于上层人士吗？你想成为一名精致优雅的女人吗？亲爱的姑娘们，一起来动手吧。一杯美味的咖啡，让你激情四射，让你风情万种，让你魅力无敌。"

一番撩人诙谐的语调，和不无夸张的美式肢体语言，把林子珊逗笑得花枝乱颤，举在手里的手机微颤不止，视频中的沈忆眉瞬间也跟着晃动起来，且十分模糊。

林子珊赶紧收住颤动的身子，对着镜头中的沈忆眉一脸媚笑，喊道："停，停，宝贝，再来一遍。"

沈忆眉杏眼圆睁，怒视眈眈朝她看，定格了几秒钟，忽莞尔一笑，丹唇轻启，把刚才的开场白复述了一遍："你想跃身于上层人士吗？你想成为一名精致优雅的女人吗？亲爱的姑娘们，一起来动手吧，一杯美味的咖啡，让你激情四射，让你风情万种，让你魅力无敌。"

林子珊手持手机，紧跟沈忆眉的身影，不时变换镜头角度，时而聚焦于她生动的面部，时而又定格她手上的动作。

沈忆眉华丽变身一名专业咖啡师，一位贤良淑德家庭"煮妇"。

"制作美味咖啡第一步，准备材料：咖啡豆、咖啡机；选择自己最适合，也最喜爱的咖啡煮法，是享受 DIY 煮咖啡乐趣的首要条件。"她停顿了一下，问林子珊："知道 DIY 是什么意思吗？"

林子珊一脸茫然，摇了摇头，故作小学生状认真地回答："报告老师，不知道，请沈老师解释，什么是 DIY？"她知道常见疾病的英文缩写，可以张口就来，ARDS 是急性呼吸窘迫综合征，Acute Respiratory Distress Syndrome、CAD 是冠心病，Coronary Artery Disease、DM 是糖尿病，Diabetes Mellitus、GU 是胃溃疡，Gastric Ulcer，等等，真不知 DIY 是什么玩意儿？或者是什么名称的缩写？

"DIY，Do It Yourself，就是自己动手的意思。"沈忆眉顽皮地展开了明媚微笑，耸了耸肩，一字一顿地重述了一遍："Do It Yourself."

"第二步：一杯咖啡中 98% 以上成分是水，所以水的重要性毋庸置疑。如果用不好的水煮咖啡，即使最好的咖啡豆，也是白费力气。因为差劲的水，能够毁坏最好的咖啡。"

"啊？这么讲究，那要用什么样的水煮咖啡？我这儿只有自来水。"林子珊泄气地说，她不知道自己一直喝的自来水，是否符合沈忆眉煮咖啡的要求。

"煮咖啡与泡茶一样，避免使用蒸馏水，如果您所在的地方自来水品质不佳，那么，使用干净的山泉水，也是个理想的方法。当然，山泉水煮咖啡不太现实。"说完，她用玻璃杯取了一大杯自来水，转过身，面对手机镜头，继续演示。

"第三、第四步很关键，咖啡豆和水温。咖啡豆，要足量，使用太少，咖啡淡而无味，但也不用一次放太多。还有水温，水温也很重要。"

"什么是足量咖啡豆？水温多少？有标准吗？"林子珊问。

沈忆眉望着林子珊一脸呆傻模样，咯咯笑出了声，说："子珊，你一点也没变，还是那么较真好学。"

林子珊也笑着说："徒儿学会了，好煮给沈师傅你喝啊。"

沈忆眉说："会煮，这只是第一步，还得会品，品出味了，才能煮出好的咖啡。"

"是，是，沈大师言之有理。"

这确是实情，各行各业的高手，都是理论、实践和经验的有机结合。

林子珊虽然咖啡喝得少，但不表示喝不出咖啡的好赖。考试复习期间，为提神醒脑，偶尔地，在学校的咖啡小座，买上一杯，一边喝，一边看书。咖啡不算贵，在十元以内。

也品味过如星巴克、上岛店售出的咖啡，确实，咖啡的口感，要优于学校小店售卖的，但价格也高出了好几倍。她是在陪同沈忆眉约会，去过颇为上档次的咖啡店。咖啡店环境雅静，萦绕的背景音乐，温柔若海风，深情如汪洋，连同弥散的咖啡清香。这种浪漫的氛围，或许，更适合男女青年的约会吧。

"咖啡的标准用量是：用两平匙（约15克）咖啡豆（粉）煮一杯（约180毫升）咖啡。"沈忆眉继续着她的现场直播。

"哦，那水温呢？"林子珊又问。

"一般而言，最适合冲咖啡的水温度在88摄氏度～94摄氏度之间，避免使用刚沸腾的滚烫开水来泡咖啡。水烧滚以后静置1～2分钟，再用来冲咖啡。"

"这么多的讲究呢。"林子珊感叹地说。

"注意，注意。"

沈忆眉像卖关子似的强调语气，望着手机镜头，故作神秘。

林子珊瞪大双眼，目不转睛盯着她，就怕遗漏关键步骤。

沈忆眉忽又莞尔一笑，说："一杯浓香扑鼻的咖啡，鲜香出炉了。咖啡煮好后，要及时享用哦，因为煮好的咖啡风味，会逐渐散失，并且走味。"

上了当的林子珊，咯咯笑起来，手机随手搁在餐桌上，抱住沈忆眉，在她的脸颊上用力亲了几口，不无崇拜地发出感慨："忆眉，你太厉害了，什么都会，爱死你了。"

嗨，她哪里什么都会啊？这纯粹是"情人眼里出西施"。不过，若论沈忆眉姿容，说她堪比西施，一点也不为过。

沈忆眉一脸得意，非常享受好友对她的迷恋，她捏了捏林子珊的鼻子，说："好了，宝贝，尝尝我制作的咖啡吧，还请多提宝贵意见哦。"

沈忆眉一边说，一边解下围裙，端上煮好的两杯咖啡。

咖啡杯，也是沈忆眉从美国带来的，为一套，四个杯子，杯子不大，150毫升左右容量，四个小汤匙。玻璃材质，淡淡的紫色，像水晶一样透明。

沈忆眉又说道："好马配好鞍，好咖啡也要配对的杯子。咖啡杯的颜色、大小，对咖啡的饮用体验，都有影响。"

说完，一手端杯，一手翘起兰花指，小汤匙轻轻地搅动，袅袅热气，伴随咖啡的清香，弥漫了整个客厅。

林子珊端正身姿，模仿沈忆眉动作，十指纤纤，轻轻端起杯子，缓缓凑近鼻孔，顿时，一股醇厚的芳香，顺着鼻道，沁入心田。抿一口，苦中微甜，入口、入胃、入血、入神。浓香、丝滑、而不腻。她从没喝过这么好喝的咖啡，一杯接一杯，竟连喝了三杯。自此，她上瘾了。

那一晚，她兴奋地失眠了。

两人窝在沙发，一边品味咖啡，一边有一搭没一搭地聊着。

"怎么不要个宝宝？先说好了，我要做宝宝的干妈。"

"好啊，那你得赶紧结婚，不然，孩子出生后，只有干娘，没有干爹，那不成。"

"行，我赶紧找人嫁了，等着做宝宝的干妈。那你也要加快进程，打算什么时候要宝宝？"

"不是想生孩子，就能如愿的。"沈忆眉叹了口气。

"怎么回事？"林子珊关切地问。

"其实，结婚半年后就想要孩子的，但一直没怀上。"沈忆眉幽幽地说。

"看医生了吗？"

"看了。前年回北京，去妇产科医院找了我们同学付佩玲。"

"她怎么说？有问题吗？"

"双侧输卵管堵塞，这种情况，你知道的，受孕的概率，就大大减少了。付佩玲建议我做疏通。"

"听同学的，赶紧做疏通。"

"怕疼，还在考虑中。"

"戴维斯有催生吗？"

"他没有。他妈妈当着我和他儿子的面，说过好几次，想要早点抱孙子。催生了呗。"

"老人想要早点抱孙子的心情，可以理解。你婆婆的态度，有影响到你和戴维斯的感情吗？"林子珊有点担心。

"目前没有，每次婆婆问起，戴维斯就说我们还年轻，生孩子这事，顺其自然。"

"要不早点做手术？"

"再等等吧。说说你，你的白马王子出现了吗？"沈忆眉转移了话题。

"我的白马王子啊？"

她像卖关子似的，故意顿了顿，然后，俏皮地说唱起来："等你我等了那么久，花开花落不见你回头，多少个日夜想你泪儿流，望穿秋水盼你几多愁，就这样默默想着你。你在哪儿？我的白马王子，你可知道，我在这等你啊。"

沈忆眉对闺蜜的打趣，却一点没乐，反而叹了一口气，幽幽地说："子珊，处了男友，如果不准备要孩子，一定要做好防护措施。不要像我这样，现在想要宝宝了，却不能如愿。"

不知道沈忆眉是追悔呢，还是想起了大学里的一段恋情。同时，也在提醒好友，她是前车之鉴。

原来，沈忆眉踏进大学校园不长时间，就被一位学长相中了，学长的孜孜追求，和不懈努力，最终赢得美人芳心。当时的她，由于初涉爱河，激情被熊熊燃烧，在未做好安全措施的情况下，她把她的处女之身，全身心交付给了学长。意外也因此发生，她怀孕了。

冰冷的手术床，坚硬的手术器械，下腹撕裂般地疼痛。那种感觉，一直烙印在沈忆眉的心灵深处。

做完手术的医生，语重心长地对她的病人说："做女人的，要懂得保护好自己，最终受苦的，也是女人。人流有风险，或许以后，想要生孩子了，却不一定能怀得上。"

医生的话应验了，沈忆眉迟迟不见有孕，想必就是那次人流惹的祸。

沈忆眉对闺蜜的担心，有点多余了。

林子珊工作第一年，轮转于妇科，为那些偷尝爱的禁果，又未做好防护措施的女孩做人流手术。她们躺在手术床上的那种无助、痛苦、羞愧和自责，复杂的表情，一并扭曲在苍白的脸上，就像陪同沈忆眉的那次。她心疼这些女孩子，每每手术结束，在下医嘱时，告诫她们："激情需谨慎，措施要做好，人流有风险。"

"如果不小心怀上了，我就把孩子生下，奉子成婚。或者，当单身妈妈，你做孩子的干妈，戴维斯就是干爹。"

"哈，小妮子的脸皮越发厚了啊，坦白从宽，交往几个了？"

"相亲过几次，像例行公事似的，看电影、吃饭、逛公园。淡而无味，没感觉，哪像谈恋爱啊？"

"谈恋爱约会，无非那老三样，吃饭、看电影、逛公园，感情要慢慢培养的。不见得一开始，就直接拥抱接吻上床。你以为人人都有一见倾心一见钟情的机会？当然，我例外。"

"是啊，我们沈大小姐的恋情，是一见钟情、二见倾心、三见就定终身了。"

"缘分，缘分呐。"

"我希望也能遇见这样的他。和他一起，不管做什么，都是一件美好的事。我懂他，他懂我。"

沈忆眉望着手托香腮、一脸憧憬的林子珊，打趣道："子珊，你就嫁给我吧。瞧，我们相处得多和谐，我懂你，你懂我。"她真的不太放心把单纯的林子珊交给别的男人，或者二女一夫，效仿娥皇女英。脑海中突然冒出这样的念头，着实让她自己吃一惊的了。

林子珊咯咯笑个不停：说："我对女人没'性'趣，你的那位，我可不敢觊觎。留着你自己享用吧。"她故意把"性"字拉长了调。

两天快乐的时光，一瞬即逝。沈忆眉飞回美国了，临别时，又当起了红娘，她对林子珊说："我有个美国朋友，单身，和你年龄相貌相当，也是美籍华人。或许，你会对他一见钟情。我回去之后，就把他的资料发给你。"

闺蜜的一片赤诚之心，林子珊自然要领。她笑着说："期待啊，到时给你吃十八个蹄髈，让你变成胖大妈。"

五

吴莉莉上海出差，破天荒带了一名同事一起外出。自她担任科长以来，凡涉及人事总务科的培训、学习或会议，无一例外的，她都亲力亲为。这样的光景，算下来，足足有四年了。

这次，她带了杨晓敏。不是叶慧，不是林子珊，也不是范雪琴。

为什么带杨晓敏而不是其他人？

吴莉莉早有预谋，此举目的，有两层含义。含义一：瓦解杨晓敏和叶慧之间亲密的关系。含义二：科室内，谁是老大，大家搞搞清楚，她要带谁就带谁。这些不足为外人道的"机关"，又合情合理，别人不但说不出一星半点她的不是，反而赢得了善于培养人才的美名，还初步取得了杨晓敏的好感。

杨晓敏，区政府引进的人才，也可以说是重金聘来的。人才是科技、创新、发展和强国的第一要素，没有人才，一切都只是纸上谈兵。当年，为吸引优秀人士落户，区政府出台了一系列优惠政策，其中一条，买房，给予相应的补贴。

既然是人才，就要好好培养、好好深造、好好利用。浪费人才、不用人才，也是工作的一种失误，严重讲，是一种错误。

吴莉莉身为科长，自然不能背负浪费人才的"罪名"，她以委以杨晓敏重要工作为由，一同外出学习，给人才历练的机会。年轻人，多做事、多学习，业务能力、技术经验才能迈上更高的台阶。

杨晓敏的确是个人才，学历高不说，还拎得清，又善于察言观色，没有外界传说的高分低能，或"书呆子"特性。

一个刚毕业的外地硕士研究生，来到一片陌生的地方，无人脉、无基础、无经验。虽说有引进的"人才"标签，但仅代表过去。杨晓敏听到周围同事的茶余饭后闲聊，什么人才？什么硕士博士？做事能力还不如一个技校生。很明显，同事对所谓人才持以不屑和否定的态度，当然，不乏嫉妒贤能者。

同事的闲话，并不是针对杨晓敏，他们感慨的，或许是社会上有这样的现象存在。但是言者无意，听者有心。杨晓敏唯有表现的积极些，才能改变同事的看法。积极，不光体现于工作，更要体现在人际关系的相处方面。机关事业单位，最复杂的是"关系"，最善变的是"人心"，最难捉摸的是"人意"。她深谙其中的微妙。

报到前几天，杨晓敏特地去书店买了一本《职场攻略》，并潜心研读。书的前言有一段是这样描写的："有人说过，当你刚踏上社会这条溪流的时候，你还是块四面锋利，棱角分明的石头，渐渐地，你被各式各样的'遭遇'冲刷，研磨平整，最后，变成了一块极其平整的鹅卵石。其实，这些是归根结底都是做人的问题，我们不能去要求市场为我们而改变，我们只能强迫自己去适应社会。"

她看到这段话时，心中五味杂陈，百感交集，至而愤愤不平。难道这就是传说中的社会吗？

棱角分明的石头，久之，成了一块鹅卵石，这需要经过多少次的千锤百炼啊。"人在江湖飘，哪有不挨刀。"江湖险恶，血淋淋，残酷。

杨晓敏只觉得背脊上有阵阵凉意袭来，就好像真的有一把刀在她脊背上霍霍生风。她认真细读，把经典的支招名句记录于心，"别气馁，每个人都是冠军""防人之心不可无，害人之心不可有""认真要适度，不要太较真""令千里马失足的，往往不是崇山峻岭，而是柔软青草结成的环……"

她如履薄冰地做好相关准备，踏进了传说中的社会。传说，来源于生活，又高于生活，一桩小事，可以被人添枝加叶、添油加醋大事渲染，或者，虚构故事情节，无中生有、捕风捉影。

《职场攻略》上又云，为什么职场同事很难成为好友或知己？因为，职场交友，容易有利益冲突，同为科室人员，相互协助，又相互竞争，一旦出现利害关系，或者侵犯了各自的既得利益，很可能被对方出卖。

杨晓敏小心谨慎，步步为营，处处提防。她对她的老乡叶慧，也时刻保持清醒和警惕。虽然，时常出入叶慧家，但也仅仅是刚进单位后的一年内，确切说，大半年内。

那时的她，初来乍到，人生地不熟，需要叶慧做她的后盾、保护伞。尽管叶慧并不算重量级人物，但好歹叶慧也有根基，官场中有姨表兄，再者，独木难成林。叶慧像是一根救命稻草，被刚踏入社会的杨晓敏紧紧抓住。

半年后，她渐渐适应职场生涯，就刻意和叶慧拉开了距离。她以恋爱约会为由，偶尔才去叶慧家一次。

传说终究是传说，不能当真。杨晓敏职场一年多，并没感觉到像传说中描绘得那样凶险和刀光剑影。

科长吴莉莉，年岁和她相仿，精确讲，比自己虚长一岁零六个月。她对每个人都客气有加，一脸温和，布置工作任务，均以商量的语气，而不是颐指气使地下达命令。

杨晓敏发自心底敬佩吴莉莉，年纪轻轻，做事滴水不漏，有条不紊，又喜怒不形于色，猜不太透她内心真实想法。她对吴莉莉的敬佩之意，自然被叶慧尽收眼中。

叶慧提点杨晓敏，说："你不要被吴莉莉的表象所迷惑，她手段高明着呢，别人把你卖了，你还帮人家数钱。"她见杨晓敏一脸疑惑，又补充了一句："我把你当成自己人，才善意提醒啊。"言外之意，不是老乡的话，才不管你死活。

杨晓敏拎得清，立马接茬，说："谢谢慧姐眷顾，妹心里有数。"心中却暗暗思忖，难道她和吴莉莉之间曾有过节？或者，吃过吴莉莉的亏，给她穿过小鞋？不然，怎么会说这样的话。

吴莉莉就是传说中的"笑面虎"？

杨晓敏想从叶慧嘴里探个究竟，希望更深入地了解吴莉莉到底是什么样的人。叶慧却讳莫如深，缄口不提，而且表情诡异，随之，一脸灿然地微笑，说："没什么，我多虑了，你不要放在心上，当我没说。"

一百八十度大转变，更让杨晓敏摸不着头脑。但她谨记那句话："防人之心不可无，不可全抛一片心。"包括对老乡叶慧。当然，更要防着吴莉莉了，小心才能驶得万年船。

杨晓敏有意和老乡保持一定距离。刚开始叶慧并没察觉，信以为真，还真认为人家忙于约会，没得空来她家串门。

叶慧几次邀约杨晓敏与她男友到她家做客，她俨然以娘家人自居，说："方便的时候，把男友带来，姐给你们包饺子吃，顺便让姐过过目，给你把把关。"

邀请了几次，未果，叶慧这才意识到，人家有意与她保持距离，不想和她密切来往。但杨晓敏面上、私底下，依然一口一个叶姐，叫得亲热，偶尔上她家，真像串门似的，饭也不吃，只说吃过了，或者，饭后才去。待的时间也不长，不到半小时，就匆匆离去了。

这种礼节性的到访，叶慧说不出什么来，但又让人觉得，两人之间从没生分过。而杨晓敏每次到访，总给两个孩子带东西，不是糖果，就是玩具，且价格不菲。

叶慧对杨晓敏拒自己千里之外的态度，显得较为释然。年轻人嘛，有想法，没什么不妥，此一时彼一时。职场中，人际关系风云变幻，分久必合，合久必分，没有亘古不变的道理。

想当初，自己初入职场，一路走得步步惊心，被人使过绊，也吃过冷箭，至今想起，心脏某个地方还隐隐作痛。俗话说，吃一堑长一智，以其人之道还治其人之身。最终，当上了部门主管，而其间的经历，相当曲折。

职场如战场，无形的拳脚，伤的是神、累的是身、痛的是心，这些是看不见、摸不着的血腥风雨。台湾已故作家古龙一书《三少爷的剑》，里面有句经典的话，借自燕十三之口："什么是江湖？有人的地方就有江湖。人在江湖，身不由己。"每个人都有各自不得已的苦衷，想明白了，也就释然了。

杨晓敏的目的，立稳脚跟，逐步实现心中宏愿，方不负"人才"之桂冠，以堵住"硕士生不如技校生"闲人悠悠之口。

会议日程三天，周四下午报到，周五全天会议，周六上午离场。会议地点靠近外滩的一家四星级宾馆。

苏州与上海是近邻，车程仅一个多小时。所以，吴莉莉和杨晓敏上午照旧单位上班，用过午餐后，两人前往火车站，坐火车出行。

报到的当晚，两人在宾馆内溜达了一圈，先熟悉一下环境。宾馆成连体式的两幢大楼，前面一幢十一层，后面一幢十七层，她俩住后面一幢12楼505房间。

两幢大楼中间有个天井式花园，花园面积不大，但布置精致小巧，景观错落有致，融进了江南园林元素。有亭台楼阁、流水小桥；有假山飞石、松柏翠竹，池内清水涟漪，锦鲤悠游，楼阁内三三两两游人喝茶闲坐。

入住后面一幢的客人，要通过大厅，穿过花园，再往左经一狭长通道，通道地面铺着雅致的绿色绒毯，绒毯上有点缀的粉色小花，一尘不染，不像是给客人行走的，倒好像是观赏用的幕布。

培训人员用餐室，被安排在大楼前面一幢的二楼西侧，会议室在同一层，二楼最东侧，场内可容纳500人。

入住的房间，布置得极具格调和人文气息。虽说四星级宾馆的布局和设置等都有相关行业标准和要求，但每个宾馆都会融入各自特色，这些特色，除了与当地的人文环境相映成趣外，还有一些细节，这些细节有可能就成为宾馆宣传的品牌，同时，也能让住过的宾客津津乐道，真正的体验宾至如归、胜似居家的感觉。

杨晓敏第一次出席全国性的疾控会议，也是第一次入住这样有档次的四星级酒店。其实，从小到大，外出的机会也不少，或和父母跟团旅行，或和同学自助旅游，但所住的酒店，基本上只能算一个落脚栖息的场所，能省则省，毕竟，自费旅行的成本不低。

让杨晓敏感到印象深刻的，是房间内的一些小摆设，很温馨，很有情趣，有家的氛围，家的味道。

窗明几净的落地蓝褐色玻璃，配以米白色的落地窗帘，一盆青翠欲滴的常春藤悬挂在窗的一侧，在风的轻拂中，垂下的枝叶像一个绿色的小精灵轻轻跳跃。蓝褐、青绿和米白，构成颜色分明的图案，让人视觉清亮，心情宁静悠然。

房间内除了摆放该宾馆及城市的宣传册子之外，在两侧床头柜上还各放了一本杂志，一本《读者》，还有一本《中医健康养生》。

酒店方选择这两本杂志摆放在酒店房间内，或许已经在市场上做过统计。杂志《读者》被誉为"中国期刊第一品牌"，很多人还把《读者》看作是中国人的"心灵读本"。杨晓敏也喜欢看，高中期间，曾订阅过《读者》，直至高考结束的那一年，现在回想起来，高考超常发挥，除了本身的刻苦努力之外，《读者》对她的身心抚慰也功不可没。

健康与长寿是人类永恒的主题之一，健康是人类最大的财富。随着人类社会的日益繁荣与进步，精神活动的丰富多彩，物质生活的极大提高，人们对健康的渴望越来越迫切，因此也越来越重视学习并遵循养生之道。

中医是中国传统文化的瑰宝，而中医养生，就是指通过各种方法颐养生命、增强体质、预防疾病，从而达到延年益寿的一种医事活动。因此，传统的中医和中医文化，已经深深地植根于中国人的生命世界之中，融入血液，成为中国人的生理和哲学思想的重要支柱。

一本被称作心灵读本，另一本健康养生刊物，身心结合的两本杂志。从这小细节上，可反映酒店管理方对待宾客的良苦用心。宾至如归，家的感觉、家的氛围，或许，就体现在这些小细节上。

用过晚餐后，两人步行到了外滩，仅十分钟时间。外滩，游人如织，它是上海的风景线，游客到上海观光的必到之地。

吴莉莉每次来上海，也必到外滩一游，而每次游历，又总有不一样的感受和体会。

外滩景区最大的特色，就在于被称为"万国建筑博览"的建筑群，鳞次栉比地矗立着各种风格各异的大楼，有文艺复兴式、新希腊式、美国芝加哥学派、巴洛克式……再现了昔日"远东华尔街"的风采，处处散发着浓郁的异国情调。外滩建筑在泛光灯的映射下，更显得晶莹剔透，闪闪发光，犹如用黄金砌成的，好像在向游客诉说着上海的历史。

夜晚的黄浦江，像一个沉睡的少女，宁静又甜美。她是上海的母亲河，像一条黄色的飘带，把老城和新城连在一起。横跨在江面上的南浦大桥，就像她修长脖颈上的珍珠项链，吹拂的江风，像是它温柔的双手，轻轻地抚摸每一位游客的肌肤。

杨晓敏有些兴奋，举起手中的手机，把上海滩华丽的夜景尽收在手机方寸之间。她又拉着吴莉莉一起玩自拍，表情时而呆萌，时而风情，和在单位沉默少言的样子判若两人。

吴莉莉毕竟是科长，又工作多年，在事业单位的氛围中练就了一副职业化的表情，那副职业化的风姿，至少比她的实际年龄要大十岁。现在被杨晓敏拉着一起玩自拍，做奇模怪样的表情。吴莉莉不太习惯，但又不想扫她的兴，就象征性地以微微一笑配合对方的各种卖萌。

杨晓敏手机中定格的两人，一个俏皮活泼，表情呆萌，一个贤淑优雅，神情端庄，很反差的组合，看上去不像是同龄人，倒更像是母女。

回到酒店房间，已将近十一点。两人洗漱后躺在床上，或许还处于兴奋中，就一边翻阅酒店方给顾客准备的杂志，一边有一搭没一搭地说话，杨晓敏开启了聊天话题。

"吴科，谢谢你。"杨晓敏简短的一句话，包含了她内心对吴莉莉的感激之情，包括了日常工作中对她的提携，以及这次的会议之行。

吴莉莉头也不抬，仍旧翻阅着杂志，轻描淡写地说："小杨，不用客气，这是工作上的安排。"

一句"工作上的安排"，滴水不漏地表明她的公正和公平，也体现她很有素养的为人和处事态度。

杨晓敏越发觉得吴莉莉的处事方式与众不同，不像有些领导，常常会把对你的好，或者工作上给你的一些便利，时不时挂在嘴上，提醒你不要忘恩负义，要饮水思源。

杨晓敏极其拎得清，又善察言观色，而她的察言观色和林子珊的鉴貌辨色有质的区别。

林子珊冷眼旁观，透过现象看本质，当然，这并不是她刻意想探究，归根结底，四年的临床儿科医生积累的看病经验，导致她超于常人的观察能力，这种能力，也给林子珊造成了一定的困扰。她洞察一切，心知肚明，抬头不见低头见的同事，各自扮演着不同的角色，演技有时拙劣，有时出彩。那她自己呢？又何尝不是别人眼中的戏子，或者小丑。正如卞之琳的那首诗："你站在桥上看风景，看风景的在桥下看你，明月装饰了你的窗子，你装饰了别人的梦。"

"科长，你看，那吊兰，多美，多有生命力。"杨晓敏马上话锋一转，视线转移到窗口那盆生机盎然、枝叶繁茂的盆景上。

"这是常春藤，不是吊兰，吊兰的叶子有点像竹叶。"吴莉莉轻笑地纠正杨晓敏。

"啊？不好意思，我是花盲。"杨晓敏下意识地吐了一下舌头。她在做错事或说错话后，就习惯性地吐一下舌头。这个动作，在有些人看来，很可爱，但也有人认为做作，恰巧应验了那句话，各花入各眼。

"小杨，什么时候喝你的喜酒？"吴莉莉冷不丁地抛出这一句。

杨晓敏处于热恋期，只是婚期尚未公布，这在科室乃至整个单位，早已不是秘密，人尽皆知的了。

作为科长的吴莉莉，对同事表示一下关心或慰问，纯属情理之中，只不过，平常的工作中，不太适合过问别人的私事。

"打算年底结婚。吴科，到时你一定要来参加啊。"

近期，杨晓敏确实正和男友筹备年底结婚事宜，但这一切，都是男方家在操持，包括婚房、婚庆公司选定、酒店预定，等等。杨晓敏像个甩手掌柜，偶尔发表一下她的观点。

当然，这得益于男友是本地人，男友家亲戚朋友多，很多事情不需要准新娘操劳。杨晓敏乐得清闲，随男方怎么弄。她就两个字"好的"。男方父母对准儿媳的态度赞不绝口，夸她脾气好，性格随和，会做人。

"筹备婚礼，是个累活，小杨，需要调休息，提前和我说，我一定准假。"吴莉莉想起了她和男友筹备婚礼的那段日子，一个字"累"。

吴莉莉老公是外地人，所以筹备婚礼就以女方为主。虽然她父母担当了主力，但还是有一些环节要吴莉莉亲力亲为。那段时间，吴莉莉足足瘦了十斤，穿上婚纱的那天，她略显清瘦的身材在婚纱的凸显下，倒更显得楚楚动人，风姿绰约。或许，每个女人一生中最美的时刻，就是穿上婚纱做新娘的那刻。

"嗯、嗯、嗯。"杨晓敏感动地不知所以，连连点头，竟然重复用了三个叹词"嗯"，来表达她此刻心情。她停顿了一下，接着说："其他的，差不多都准备好了。下月初拍婚纱照。"

"祝贺你，小杨。"吴莉莉由衷地给予她最诚挚的道贺。

六

吴莉莉外出培训期间，把科室管理工作交给了叶慧代管。这是她自担任科长以来外出期间，第一次把科室管理权限交给别人。

其实，每个人的常规工作早有分工，由叶慧代理，只是以防中心下发临时或应急性工作。

国不可一日无君，不然，民心动摇，根基不固。科室也如此，失去凝聚力，如一盘散沙，无头苍蝇。

叶慧认真执行吴莉莉出差前在科室里宣布的决定，她出差的几天，工作暂由叶慧接手。

吴莉莉出差三天，其中一天为周六休息天，实际上，叶慧就代理一天半的科长职责。

虽然只有一天半时间，也要尽心尽责。叶慧煞有介事地当起了科室老大。

之前吴莉莉出差，她都会预先把科室里的常规及准备要做的事务，逐一落实和安排妥当，只是临行前，私下交代范雪琴，或者叶慧，请多带只眼睛照看一下科室，有什么特殊事宜，及时和我电话联系，我24小时手机保持畅通。然后，出差回来，带件礼物给叶慧，或范雪琴，就算谢意了。

而这次，与以往不同，她在晨会上公开宣布，如果有突发性事务，叶慧全权代表。当时的叶慧，有些受宠若惊。

叶慧代理的第一天，也就是周五，其实，就这一天时间。

这天，叶慧上班比平时提前了半小时。为什么要提前半小时？因为她要开个早会，做个发言。第一次以科长代理身份发言，自然要精心准备一下。当然，发个言对她而言轻而易举，她不会怯场，因为她有经验。之前所在的外企，她作为部门主管，上班点卯、主持会议、发言总结，可谓信手拈来，得心应手。

但毕竟时过境迁，离开外企进入疾控，有好多年了。不同单位，不同身份，自然，心境也不同。有时，她觉得自己都不会流畅地和人交流了。

发言稿前晚在网上摘录了几段，又添了点自己想要表达的话，她默记在心里，早上起床前，又默诵了一遍。

她好像又找到了几年前在外企任主管的感觉，虽不能说呼风唤雨，但起码，手下的十几名员工，都要看她的脸色行事。时常有机灵劲的小伙儿或美眉，以各种缘由，隔三岔五请她吃饭，或给礼物。

哎，要不是为了孩子，她才舍不得外企的职务而流落到此。

不甘于平凡的她，潜藏内心多年的雄心壮志，再一次被点燃。或许，她也能做科长，或更高的职务。她有把握，有信心，这次，她的发言，一定比吴莉莉要精彩。

林子珊上班了，只是今天的她，却不是第一个到，叶慧比她来得更早。林子珊不知情，她手捧鲜花，是黄玫瑰，淡黄色的花朵看上去十分典雅、庄重，花瓣的边上泛着一点粉红色，娇艳欲滴，散发着一阵淡淡的清香。

她逐一把黄玫瑰插在每人办公桌上的花瓶内，花瓶，也是林子珊自制的，其实，就是装牛奶的瓶子。林子珊喝完牛奶，把瓶子洗刷干净、晾干，就拿来当作花瓶了。

玻璃材质的牛奶瓶，插上鲜花，同样显示出花和瓶的优美，一点也不比专门插花的艺术花瓶逊色，反而更显得有居家的味道，小巧、灵动和俏皮。

当林子珊走到叶慧办公桌前时，看到叶慧端坐在位置上，不由一愣，便脱口而出："早啊，叶老师。"

此时的叶慧，正全神贯注于她的发言稿，而对于林子珊的到来浑然不觉。

一句"早啊，叶老师"，把叶慧的视线转移到了林子珊身上。她抬起头，又点了点头，看看林子珊，以及她手中的黄玫瑰，没有露出惊讶的神色，只是淡淡地回答："哦，小林啊，早。"

叶慧没说自己为什么早来，自然，林子珊更不会问"你怎么来得这么早"这愚蠢的话。

林子珊笑了笑，没再说话，准备把手中的黄玫瑰，替换叶慧办公桌上花瓶内枯萎的百合。

叶慧从座位上立起身，对林子珊说："小林，把花给我吧，我自己来换，你忙你的吧。等范姐来了，我们开个早会。"叶慧完全一副前辈，不，科长架势。她理所当然、受之安之的态度，若换作旁人，说不定心里早已泛起些许不快。

林子珊却没往心里去，没往心里去，不代表她缺心眼，她只是想得明白，看得透彻，不予计较罢了。所以依旧一脸明媚，微笑地点了点头，说："好的，叶老师。"

插完花，接着做第二件事，打水。

单位为了发扬勤俭节约的优良传统，每个科室不供应饮水机和桶装水，就在一楼西侧，设了一间集中供水点，就是烧水间，烧水间安装了自来水烧水设备。职工要喝水，就拎着水壶，到烧水间灌水。

人事总务科也一样，谁要喝水了，就到烧水间取水。不知道是嫌麻烦还是觉得自来水不好喝，又或许，和寓言故事《三个和尚没水喝》一样的情况？反正，大家很少拎着水壶去烧水间泡水。

那口渴了怎么办？各自带瓶装的矿泉水，两瓶的量，一千毫升，足够了。

但自从林子珊来了之后，大家陆续不带水上班了，毕竟天天带水不方便，毕竟还要花钱，算算一年的水费，近千元了，这一千元能省则省，省下来，可以买别的必需品，如衣服、化妆品，保健品之类。

那不带水，喝什么呢？

科室里来个田螺姑娘，田螺姑娘早早把水壶冲灌满了，连带办公室的卫生工作，日复一日。林子珊就是那位好心的田螺姑娘。

一个人把一件事揽下来做，做久了，人们逐渐形成一种固定思维模式，那件事，就是你的事，不做，那就是你的不是了。

打水，现在就是林子珊的活儿。有时，林子珊没留意水壶中的水喝完了，或正忙着做别的事，科室其他人，比如吴莉莉、又比如范雪琴，再比如叶慧或杨晓敏，就会提醒林子珊，说："小林，水没了。"言下意思，你拎水壶灌水吧，等着喝水呢，其他事可先缓缓。

有好事者私下为她鸣不平，愤慨地说："把你当成什么了？用人还是奴婢？我才不会像你这样伺候她们呢。要喝水，自己打去。"

林子珊听了，则微微一笑，人家的一片好心，心领了，假使别有用心的离间话，就一笑了之。她所做这一切，不为博取美名，也不为讨好别人，举手之劳的事，何况自己也要喝水，赠人玫瑰，还手留余香呢。

范雪琴准点的上班了。她上班第一件事，泡茶。可不要小看她的茶，她泡的可不是一般的绿茶、红茶、人参茶或枸杞茶。她的茶，有配方，而且是独门配方，一般人想要获求她喝的独门配方养生茶，可不那么容易。

那范雪琴是如何求得这独门配方的呢？这归功于她当卫生局副局长的爱人，许志强。

许局在一次清剿非法行医专项行动中，清查到一个村庄，村庄里有一位不愿透露姓名的村民，他神秘地说，我们村有位神医，能治百病。就此，神医的行医点被大白于清剿行动名单上。

至于那位村民，出于什么原因向卫生局反映？是眼热还是有过节？那就不得而知了。

神医没有行医资质，没有卫生部门颁发的执业许可证，也没有符合规范的行医场所，那么，神医的行医行为，当然是非法行医了。

但神医行医，却与黑诊所的诊疗行为，有很大的不同。神医看病，不收取任何费用，自己不但倒贴铜钱，还叮嘱左邻右舍、亲朋挚友不足为外人道。神医越神秘，众乡亲越膜拜于他的医术，口口相传，由此，神医的名气在乡村一带颇为流传。

那他的行为究竟属于什么性质？济世救人？还是图财谋命？他倒贴铜钱，图财的罪证就不成立，至于谋命，他行医至今，没听说有人吃了他的药死于非命。

神医究竟何方神圣？

老中医不是神人，也不是神医，他是个农民，地地道道的农民，他和庄稼田打了几十年交道，直至六十花甲。

有一天，他不知怎的突发奇想，开始钻研中医学。当然，他的突发奇想，却并非空穴来风，而是为继承父辈未了的事业。

老中医的祖上是中医名家，在当地很有名气，对一些疑难杂症有独特的实践理论和心得，一代代传承，传到老中医这辈。

老中医却生不逢时，他出生的那年，日本侵略者正全面对中华民族实施烧杀掠夺、惨绝人寰的侵略战争，致使无辜善良的老百姓妻离子散，背井离乡，家破人亡。战争造成中国人民死伤无数……

老中医爷爷不幸被炮火枪弹击中，当场身亡，父亲则被炸去了一条腿，柔弱的母亲背着年幼的老中医，扶着残疾的父亲躲到了偏远乡下。

从此，一介弱女子挑起了家庭重担，和当地的乡民一起，日出而作，日落而息。开垦荒田，播种收粮，饱一顿、饥一顿地把老中医养大成人。艰难的日子，一直持续到全国解放。

老中医跟着母亲，入乡随俗，并扎根农村，娶妻生子。直到父亲临去世前，他才知道自己祖上曾是中医名家。

父亲弥留之际，用混沌的目光示意母亲。母亲颤颤巍巍拿出一只褪色的花布包，神色庄重，一脸肃穆，把花布包交给老中医。父亲去世没几天，母亲也一病不起，一个月后，母亲也奔赴黄泉，同刚到地下的父亲团聚了。留下悲痛万分的老中医，那年，他刚过而立之年。

老中医而立之年时期，正是物质极其匮乏的年代，他哪有闲心翻看祖上留下的书籍。家中几个孩子嗷嗷待哺，整天疲于生计也挣不到几个钱。就此，母亲交给他的花布包，一直原封不动被搁置于衣柜一角。

那花布包里到底藏的是什么书呢？

据后来村里人说，花布包里包着的是包治百病的中医书籍，是老中医祖上几代人行医积累下来的祖传秘方。

但老中医对花布包里包的什么宝贝，却讳莫如深，缄口不提。一直到他年逾六旬，忽然对中医产生了浓厚的兴趣，并潜心研学。

俗话说，六十岁学打拳——心有余力不足。而老中医六十岁开始学中医，不知是否祖上附体显灵？又或许是花布包里的秘籍很神奇，不到两年时间，老中医的看病本事初露端倪，一传十，十传百，从此，他的名气传遍四方乡邻，老农民就成了老中医。

老中医轻易不给人诊脉，但凡找他诊脉的，都是乡里乡亲，老中医抹不开面子，就开个中药方子，或者，把自制的秘方赠予求医者。

接受馈赠的乡亲，不知道是老中医配方真的管用，还是受到了心理暗示。有几个常饱受头痛脑热乏力气虚病痛的乡邻，在服了老中医药方几个疗程后，顽疾竟然痊愈了。他们逢人便说，老中医，神医也。

看病给钱，天经地义，但老中医分文不收，只是千叮咛、万嘱咐前来求医者，我不会看病，也没有国家规定的行医资质，请大家不要相信传言。我给你们开的仅仅是养生方子，不是治病的。有病，一定得上医院看。

老中医的低调、善举，阻挡不了前来求医者的脚步。在乡亲眼中，他就是济世救人活菩萨。他们可不管有没有行医资质、是不是非法行医。

卫生部门在清理非法行医时，根据不同对象的诊疗行为，给予不同的处理结果。就拿老中医来讲，卫生部门没对他进行任何处罚，只是进行了口头劝诫："你这么大年纪，犯不着冒此风险。虽说，你的配方仅仅几味养生药材，但不怕一万，就怕万一。万一有人吃了，吃出问题来了，到那时，你说不清楚。好心办了坏事。"

卫生部门的劝诫，老中医自然要遵从，并当场把祖上留下的书籍，无偿捐献给了卫生部门。自此，他闭门谢客，一律不给人搭脉，他只给自家儿女开方子熬药。

老中医闭门谢客的日子并没维持多久，仍有人锲而不舍地一而再，再而三前来，甚至跪在他家门要挟，老中医一日不接诊，他们就跪一日，直到接诊为止。老中医哪见得别人如此苦恼，只好又搭脉开方，并再三关照那些个乡亲，你们千万不能到外面说，若传到官方耳朵里，你们就是在害我。

世上没有不透风的墙，老中医接诊的行为，又传到了卫生部门抓医政的许局那儿。但这次许局没派人去取缔，也没下达警告通知，他对向上反映的人说，这件事我们会调查清楚的，之后就没了下文。

许局这样做，可不是不作为，只是他清楚，老中医搭脉，纯属助人为乐，至于会不会导致什么后果，这谁能预料呢？何况老中医还有贡献，他捐献的中医秘籍，已经送到了一所中医大学。据中医大学教授反馈信息说，那是一套很有价值的书籍，填补了中医某些方面的空白。

范雪琴就是从爱人口中得知，某乡村住有这样一位神医，心中一动，想去会会。局长太太要见，那岂不是许局一句话的事，但范雪琴没惊动爱人，或许，她不想给许局找麻烦，又或许，有别的原因。她在要好朋友的牵线下，一日，敲开了神医家的大门。

神医果然不同凡响，范雪琴吃了神医自制的保健茶，她多年的妇科顽疾，竟有了明显的好转。原来，范雪琴的妇科顽疾，就是月经失调，成年女性常见的妇科疾病，虽是常见，由于病因复杂，所以治疗效果常常不明显。

范雪琴对自己每月一次的例假，苦恼不已。例假有时几个月不来，有时，来了后迟迟不见干净。有时例假时间长，还引发了尿路感染。在她四十岁之后，例假更是行踪不定，神秘莫测。也因此，看了不少医生，西医、中医。也吃了不少药，西药、中药，还有土方和偏方。

这种难言之隐，不但范雪琴苦恼，就连她当局长的爱人，也跟着一同遭罪。偶尔，许局兴致高昂，却因范雪琴例假在身，就不得不作罢。几天时间，还能忍，一个月不见干净，许局如何能忍得？

夫妻不能同房，时间一长，岂不影响两人的感情？

老中医的养生茶，不但改善了范雪琴的月事，连原本灰暗的皮肤，都逐渐变得红润起来，脸上的黄褐斑，也日趋变淡，头发黑亮有光泽。和她年龄相仿的女同事，早生华发，至而，不得不隔段时间就去美发店加工。

月事改善了，许局的情致得到了满足，夫妻关系也就变得美好起来。所有这些，都来自老中医的秘方。

范雪琴为了表示谢意，不时给老中医捎去一些日用品，一些吃用物品。当然，老中医不是为了这些吃用之物，才给人搭脉赠药，是在他推之再三后，实在推不出去下接受的日用品。但所有贵重之物，老中医一概坚决不受。

叶慧见范雪琴泡好养生茶，便轻移莲步，走到她身旁，轻唤了一声："范姐，我们现在开个早会。"叶慧对范雪琴也很谦恭，当然，也只是浮于形式的尊敬。

人啊，就这么一回事，对没文凭、没能力之人，心底里瞧不起，而对高学历高能力之才，却又免不了心生嫉妒。幸好，范雪琴有棵大树好靠，那棵大树，就是她夫婿，当卫生局副局长的许志强。大树底下好乘凉。

范雪琴抬了抬眼皮，一脸漫不经心，看了叶慧一眼，眼神中有不屑，言外之意，真拿鸡毛当令箭了。她喝了一口茶，慢吞吞地说："小叶，长话短说啊，我有一份表格马上要送去局里，上面催着要呢。"

　　她故意把局里两字拉长了音调，意思很明显，我爱人是卫生局局长，你们的上司，不要忘记自己是谁。科长又有啥了不起，芝麻绿豆大的官都不算，何况还是代理。再说，代理有文书吗？有上级部门下发的文件吗？没有，那只能算是山寨的。

　　叶慧的表情稍显尴尬，心想，我第一次代理，就被你来了个下马威。好吧，我暂且忍一忍。毕竟，叶慧做过多年的外企部门主管，见惯了职场上的变幻风云。再者，她就是这样一路走过来的。

　　即刻，恢复了神情。顿了顿，顺着范雪琴的话头说，"好，那我就长话短说，简单说两句，第一，感谢吴科对我工作的信任；第二，感谢范姐、小林对我工作的支持；第三，在我代理期间，如有不周之处，请范姐多指正。"说完，朝范姐和林子珊两人看了看。

　　范雪琴一脸漠然，不知道她到底有没有在听？或者，听是听了，但一只耳朵进，另一只耳朵又出了。

　　林子珊笑了笑，又点了点头，没说话，当然，她不需要表态，因为叶慧压根儿不用她表态。叶慧只说"请范姐多指正"，简而言之，她没把林子珊放在眼里。

　　叶慧见范雪琴对自己的这一番话没什么反应，有点自讨没趣，没办法，有开场白，自然也要有结束语。她自圆其说："那不耽误大家的时间了，做事吧。"

　　就这样，早会草草收场。昨晚精心准备的一篇发言稿，也枉费心思了。

　　叶慧心有不甘，铆足一股劲，等待时机，寻找机会，排除万难，重出江湖。正如，当初调动工作，也是何等不易，但最终，可不随了人愿。

　　走着瞧吧。

　　叶慧目光坚定地朝办公室四周扫视了一圈。

　　范雪琴扭着柳腰，穿着半高跟的时尚皮鞋，的咯的咯，拿着报表去局里了。

　　叶慧瞅着她的背影，鼻孔发出"哼"一声同时，嘀咕了一句："什么人呐！"声音很小，范雪琴走远了，没听见，邻座的林子珊，听得真切，但只能装作什么也没听到。

　　她是愤愤不平的，不平的原因，是范雪琴小人得志。昔日一名饭店服务员，攀上高枝，摇身一变，竟然是局长太太。仗着局长牌头，目空一切，藐视别人，视她如空气。

　　范雪琴和许局的恋爱史，全局上下无人不知，或许，就是因为两人的身份特殊，才导致人们津津乐道，成了永远的话题。

　　二十年前，范雪琴供职于某饭店，许局当时还是籍籍无名的内科小医生。看上去完全不相干的两人，怎么会聚到一起的呢？这得感谢医药代表，医药代表就是负责相关药品推广的工作人员。

　　那一次，医药代表请一线临床医生吃饭，许志强也在其内。当时，他初出茅庐，毕业不到一年时间。

　　药代请客的饭店，正好是范雪琴服务的饭店。就这样，两人在饭店的包厢内相遇了。药代为烘托气氛，从口袋里掏出一沓钞票，大手一挥，赏给服务员范雪琴。药代此举，无非是让服务员尽心尽力伺候好他请来的客人。

　　这是范雪琴自当服务员以来，第一次收到小费，而且小费还很可观，至于具体多少钞票，她没好意思当场清点，反正一沓，目测一下，估计比她当服务员的一个月工资还要多。

　　老话说，吃人嘴软，拿人手短。范雪琴拿了人家的小费，自然要竭力伺候好药代请来的客人。她使出浑身解数，逗、哄、唱、跳。陪酒，就是要竭尽全力让客人吃得开心，玩得高兴。当然，在敬酒时，免不了和客人有些肢体接触，比如推推搡搡、拉拉扯扯，喝个交杯酒啥的。

　　在座的男性客人，唯有许志强是单身，而且还是雏男。所以在范雪琴和许志强身体碰撞的那一刻，许志强的神情，显得羞涩、扭捏，倒像一位不谙世事的大姑娘。

许志强窘迫的表情，惹得一旁起哄的同行，情绪更加亢奋。他们鼓掌、煽情、高喊，怂恿服务员现场调教尚未开化的雏男。

打工妹范雪琴，虽然是从偏远山村走出的乡下妹子，但这几年，辗转不同行业、不同场所，见得多，也经历了一些事。所以客人提的要求，只要在合适的范围，一概愉快应付。作戏嘛，娱乐而已，又不来真的。你不当真，人家更不当真。一切看在钱的份上，谁和钱有仇啊。

众目睽睽之下，范雪琴大方地挽起许志强胳膊，喝起了交杯酒。她抿在口中的酒，并没咽下，含着酒，将她绯红的粉脸，贴往许志强涨红的脸庞，轻启朱唇，口对口地，把酒缓缓注入许志强嘴里。

雏男之身的许志强，哪招架得了这阵势。或许酒精的作用，或许少女酮体的刺激，又或许场上气氛的热烈，许志强醉了。就此，他倒在了女人怀里，石榴裙下。

医药代表的无心之举，却导演出一段当今灰姑娘遇上白马王子的爱情故事。两人相碰，碰擦出爱情的火花，成就了一段人们津津乐道的佳话。

范雪琴常感慨，我命好，眼光好，找了个绩优股。

可不是嘛，许志强的一路迁升，范雪琴也跟着沾尽无限风光。

范雪琴去了局里，办公室就剩下叶慧和林子珊。

叶慧还没从早会的懊恼情绪中平息，望着范雪琴消逝的背影，不禁又暗暗骂道，一个服务员，有什么了不起，靠男人吃饭，难不成你男人能当一辈子官？

人在屋檐下不得不低头，还有一句"君子报仇，十年不晚"。

她强忍心中不快，当然，不可能忍十年，三年时间，不，至多五年，我一定要以其人之道还治其人之身，来洗刷所受到的种种耻辱。

哪些人在叶慧复仇的黑名单之列？

首当其冲，铁板钉钉名单之一，范雪琴是确凿无疑的了。谁让她狗眼看人低，小瞧曾经叱咤外企的风云人物。

位列名单之二的，有些出人意料。谁又和她结下了梁子？竟然也上了黑名单。原来是科长吴莉莉。那吴莉莉犯了什么事惹恼了她？

事情的经过是这样的。

三年前，卫生局机构改革，所辖部门或精简，或合并，或另设处室。机构改革，牵一发动全身，部门人员大换血，分流的分流，调整的调整，该退居的，也退居了二线。调整变动中，出现部门处室人员缺编现象。

岗位没人，这情况有点严重，万一影响了工作，那产生的后果就不可想象了。缺人，根本不算事儿。泱泱大国，多的是人，人才济济，前赴后继。老百姓担心的，是没岗位。

于是，卫生局一方面公开向社会招聘人才，一方面，向分管下属单位借调人员，以解一时之需。

疾控中心收到卫生局借调二名人员的通知，不敢丝毫怠慢，即刻召开中心会议，先由各科推荐一名，然后经中心领导班子审核，在推荐人员中，选两名业务娴熟，能力较强的同志，向卫生局"进贡"，以表下属单位对上级部门工作的大力支持。

叶慧就在推荐人员名单之列，吴莉莉推荐的。照这么看，吴莉莉对叶慧应该有恩，加上这次代理科长的授权。

令人费解的是，有恩之人竟然上了她的黑名单？这不是恩将仇报嘛。难道叶慧是个恩将仇报的无情无义小人？

中心的办事效率可谓神速，各科在推荐借调人员的第二天，入选名单就出来了。

当时，各科推荐中心的借调人员，共五人。五人之中，按照资历、业务能力，叶慧更胜一筹。不出意外，叶慧应是中心向局里输送的不二人才之一。

叶慧自己这样认为，科长吴莉莉也这么说。

吴莉莉说："我把你们五个人作了一番比较，你入选的概率更大。因为你有担任外企主管的经历，现在的领导，很看重这方面的能力，机会难得，可要好好把握。"

叶慧听了，满心欢喜，也满怀希望。科长所发的言论，不可能是空穴来风，或许，里面隐含了中心领导的意思。叶慧感激地握着吴莉莉的手，说："吴科，谢谢你的推荐。我不会忘了你对我的提携之恩。"

不但叶慧看重这次卫生局的借调，其余四人也一样。大家都心知肚明，借调借调，过个一年半载，就调入了局里，成为卫生局一名有编制的职员，也就是人们口中的公务员。

之前，中心有过几次人才输送，输送去的人员，有的早已是卫生局某处的处长。当然，并不是所有被借调的人员，都幸运地能留在局里，也有回来的，但回来的同志，今非昔比，毕竟，在局里和领导共过事，积聚了一定的人脉。一年半载后，也被中心提拔了。

名单公布，叶慧不在入选名单之中，她落选了。很出乎她的意料。

落选后的叶慧，情绪跌到了低谷。暗自神伤之际，心生疑惑，明明她的条件要优于其他四人，怎么落选了呢？

向中心领导问个究竟，没这个胆量，就算有胆量，领导会怎么想？你是在质疑领导班子的决定嘛！这样愚蠢的行为，叶慧断断不能做，自讨没趣不说，反而会在领导心中留下一个急功近利的不好印象。

那就问吴莉莉，探探她的口风，她推荐的这份好意，还记着呢。或许，她清楚评选的条件，及她落选的原因。

叶慧趁汇报工作之际，道出她心中的疑惑："奇怪，那两人的条件不如我，怎么把他们借给局里了？"

吴莉莉像换了个人，一脸漠然，对她的探问不置可否，回驳道："领导班子做出的选择，必然有他们选择和考量的依据。每个人都有长处。你不要瞎猜。"

言下之意，不要太高看自己，怎知别人不如你呢？

叶慧见吴莉莉一副不愿多说的样子，也就此作罢。或许，自己确实技不如人。技能，有多种多样。

隔了些日子，有同事悄悄向她透露，她没被推荐到局里，是因为有人从中作梗。也就是说，有人挡了她的去路，阻止她前进的脚步。

原来，真的有内幕，而不是她技不如人。那么阻止她借调卫生局的人是谁呢？叶慧暗自盘算，她进单位没几年，没和人有过节，也没和同事闹过不愉快。究竟谁有那么大的本事？阻止她前进的脚步，并能左右中心领导的决策。

叶慧逐一排查阻挡她去路的嫌疑人。难道是输送至局里的两名同事？确实，这两人的嫌疑很大，只有黑了别人，他们才能晋级，才能如愿以偿进入卫生局大门。随即，否定了自己的推理。她认为被推荐的五人，没有一人能左右中心领导班子的决策。为什么她这么肯定呢？

原因有二：其一，叶慧是五名借调人员之一，属于当事人，假使她去中心领导那儿贬低别人，而抬高自己，领导会怎么想？领导是傻子吗？明眼人都看得出，你是司马昭之心。所以借调的同事没一个人会做这么愚蠢的事。其二，据了解得知，借调至局里的两名同事，和中心领导既不沾亲也不带故，不然，也早委以重任了。

排除了借调至局里同事的嫌疑，那么还会是谁呢？

叶慧苦思冥想，也没理出头绪来。她与透露消息的同事嘀咕："我与人往日无怨，近日无仇的。谁会黑我？这位拦路虎是谁？"

同事做起了半吊子，话锋一转，诡秘地说："我也是道听得来的，听说了，就给你提个醒，日后好留个心眼。"再问，一溜烟地走了。

就在瞬间，叶慧突然灵光一闪，一人反常的表现浮于脑海，是科长吴莉莉。她在中心领导面前能说得上话，一个肯定，或者，一句否定的话。毕竟，她是一科之长，中心领导做出决策时，还要听听科长的反馈意见。

不可能啊，吴莉莉举荐了她，私下还说，五名推荐人选中，她的可能性最大。当时把叶慧感动的，以为遇到了贵人，没想到，这是她设的一个局，故意放的烟雾弹，迷惑叶慧纯真的心。

正是既当婊子又立牌坊，把她当什么了？弱智还是傻子？

但这仅仅是叶慧的一厢猜测，又无真凭实据。退一万步讲，如果吴莉莉在中心领导面前说出一番冠冕堂皇的理由，阻止叶慧借调至卫生局，她又能怎样？

叶慧只好放下心中不快，还装得若无其事，听从吴莉莉工作的调配。但自此，对吴莉莉起了戒备之心。因为吃过哑巴亏，所以作为杨晓敏的老乡，她有责任提醒："你不要被吴莉莉的表象所迷惑，她的手段可高明着呢，别人把你卖了，你还帮人家数钱。"

至于人家领不领你的情，那是她的事了，反正，我做到仁至义尽了。

话点到为止，不能说得太直白，不然，倒显得她在搬弄是非似的，如传到吴莉莉耳朵，那她岂不要吃不了兜着走了。

之后，叶慧再没和杨晓敏说过吴莉莉的半句不是，不然，此次她屁颠屁颠地跟着吴莉莉出差，又共住一室，为巴结科长，表明她的感激和忠心，说不定会出卖自己。人心叵测，防人之心不可无。

看来，杨晓敏不可能和自己一条心了，又一想，杨晓敏何尝与她一心过。叶慧自嘲地摇了摇头，吐槽自己，纯属自作多情。

相互利用，逢场作戏。吴莉莉利用出差，欲拉拢杨晓敏，那我也可以拉拢林子珊。对，现在就是好时机，范雪琴去局里还没回，估计，上午是不会回单位了。办公室就只有她和林子珊两人。

不可忽视每一个人的力量。能进入事业单位的，一般都不是普通人，要么有深厚的背景，要么有非比寻常的才能。活生生的例子就有，比如范雪琴，比如自己，还不是靠着关系进来的。

那杨晓敏和林子珊她们呢？谁知道是凭关系还是实力，反正，都不是省油的灯。

叶慧抛橄榄枝了。

临近中饭时分，她对正忙着在键盘上敲字的林子珊说："子珊，吃饭时间到了，走吧，我们外面去吃饭，我请客。我们改善一下伙食。"

林子珊正在赶通讯稿，赶昨天卫生局领导来中心调研的一篇通讯报道。临床出身的她，写病历，信手拈来，不但规范，而且质量高。每次病历评比，若抽到她写的，都被评为甲级病历。也因此，分管病历质量的业务院长，在总结会上，常把林子珊的病历当作模板展示，号召医务人员向她学习，规范书写，提高质量。

通讯报道格式、要求，不同于临床病历，要在简短的几百字内，写得出彩，也着实不易。

林子珊没写过，也不喜欢写，但这是工作。吴莉莉说："在机关事业单位，人人都要会写通讯报道。不会写，那更要多写、多学、多看。"

既然是工作，就得认真对待。经过半年多的用心学习，加上扎实的文学功底，她撰写通讯报道的能力飞速提升。原来，她还是个文艺青年，空闲之余，写散文、写诗歌、写小说。作品投到报纸、杂志，陆续发表了几篇。

有两篇通讯报道竟然获了奖，一篇获区一等奖，一篇获市二等奖。获得如此成绩，疾控中心也仅她一人。

通讯报道写得如此之好，那么，人事总务科所有的通讯稿，就非林子珊莫属了。

关于局领导调研的这篇通讯稿，作为科长的吴莉莉，那更得要上心，宣传领导工作，自然，要写得出彩一点，这相当于拍局领导的马屁。

所以吴莉莉在出差前，再三叮嘱林子珊："报道迅速及时，内容真实、意义深远，有指导性，重点突出，简明扼要。写好，发我邮箱，我看过，你再发至卫生局信息科。"

吴莉莉动一动嘴皮子，却苦了林子珊。局领导的调研，仅十几分钟时间，简短讲了几句话，又匆匆赶去别的单位，就像过个场，走个形式。

要把这十几分钟时间，写出一篇客观真实，有新意、立意，还要不落俗套六百字左右的稿件，这难度着实太大。

所以林子珊对叶慧的到来，以及说的话毫无察觉，她正沉浸于通讯报道的创作中。

叶慧见林子珊没反应，只得提高声音，边唤边拍她的肩膀说："子珊、子珊，和你说话呢。"

这下，林子珊终于回过神来，她抬起头，看到叶慧站在面前，赶忙立起身回答："啊？叶老师，什么事儿？"

叶慧展开明媚的笑容，和颜悦色地说："你来我们科室一年多了，还没和你聚过。中午，我们去外面吃，我请客。咱姐俩说说话。"

林子珊不明叶慧请客就里，推辞道："哦，叶老师，不好意思，我正在赶通讯稿，时间有点紧，想利用中午时间，尽快把它完成，叶老师的好意，我心领了。明天，我请叶老师吃饭。"

叶慧见林子珊不识好歹，便露出不悦神色，说："工作是要做，但饭也要吃啊，大脑没能量补充，你怎么写得出来？还是不给我面子？"

林子珊看着叶慧不悦的脸色，一时语塞，竟然不知如何回复，还没等她想好措辞，叶慧又说话了。

"就这么说定了，你先忙，到饭点的时候，我叫你。"说完，便回到了自己座位。

"谢谢叶老师，那我恭敬不如从命了。"

林子珊不再推辞，不然的话，显得她太不识相，太不知好歹了。

七

午饭选在单位附近的一家西餐厅，典型意大利风格，装修格调舒适宜人，环境相当不错，还有蓝天白云、清风吹拂下的露天座位。

西餐厅离单位不远，步行十分钟时间。偶尔，林子珊也会踏足，但仅仅是偶尔，距上次有大半年了。上次闺蜜沈忆眉千里迢迢，远涉重洋，从美国飞来看她，就是在这家西餐厅招待的。

叶慧点了两份牛排，一份水果色拉，还有两杯拿铁咖啡，量不多，费用却不便宜。如果关系不错的朋友，或要好的知己，一边品咖啡，吃七分熟的澳洲小牛肉；一边聊家常，说一些贴己话，应是十分地惬意。就像上次她和沈忆眉那样的闲聊。

但这次，林子珊吃得颇为忐忑，她不知道如何面对叶慧这突如其来的"示爱"。那就静观其变吧。

叶慧打开了话匣子，她说："做女人不容易，做两个孩子的妈妈、又要工作的女人，更不容易。"

"是啊，叶老师您要带两个宝宝，一定很辛苦。工作上需要我做的，尽管吩咐我。"

"我不是说工作。我是说我们女人不容易。等你结婚有了孩子，就更能深刻体会这一点了。"

聊到结婚、孩子这话题，林子珊有一些尴尬，笑了笑，没吭声。

"我的意思是，我们女人要对自己好一点，心情好了，万事也就顺利。"叶慧补充道。

"怎样算是对自己好一点？"

林子珊问。她想了想，至少目前为止，不管过去，还是现在，她是感到满意的，也知足的，当然，也有小遗憾，比如，她的白马王子为何不现身。好像就这一件。至于其他的，什么金钱、地位、名誉，她是没有想法的。再说，有想法也没用。她能做的，就是把她的工作尽力做好。

叶慧笑了笑，说："傻瓜，女人要对自己好，无非吃和穿。吃一定要讲究。当然，吃饭不是为了填饱肚子，多了，就成胖子，少了，胶原蛋白不足，就衰老得快。要讲究生活品质，品酒、品咖啡、品美食。又比方穿，女人不能随意穿着，既要得体，又要时尚，更要品质。从穿着上可看出女人的学识、品位。地摊货不要买、不要穿，会降低女人的身价。"

林子珊脸色微微一红，她身上穿的衣衫，就是叶慧口中的地摊货，估计早被她看出了。按照她的理论，穿地摊货，就是没品位、没学识了？她不认同，自己穿着舒服就好。每个人追求不同，自然想法也不同，人各有志。

叶慧说完，见林子珊脸色微红，知道失言了，便马上改口，说："嗨，我不是说你，地摊货要看穿在谁身上，你穿，一点也不俗气，反而显出一种纯朴美。同样穿品牌衣服，有人穿了，效果好，有些人穿了，不伦不类。范姐身上穿的，都是名牌，可别小瞧了。"

真是一张嘴两层皮，翻来翻去都是理。她夸林子珊穿着，却带上了范雪琴。明眼人听得出来，她指范雪琴穿着名牌，却不伦不类。

林子珊笑了笑，说："让叶老师见笑了。我身上穿的衣服，大都在地摊上买的。觉得式样不错，价格还便宜，就买了穿了。还请叶老师您多指点。"至于范雪琴穿得怎么样？她没发表半点言论。

　　叶慧倒是不客气，接嘴说："没问题，我做你的形象顾问，免费的啊。下次，我约你一起逛服装店。"

　　"谢谢叶老师。"

　　"谢什么呀。以后咱姐妹多多来往。"

　　"好，下次我请叶老师吃饭。"

　　"谁要让你请吃饭了。我是说，我们像姐妹一样相处。"

　　姐妹一样相处，是无话不谈吗？怎么可能啊。林子珊没吭声，不知道如何接叶慧的话头，就低头吃盘子里的牛肉。她不擅和人聊家常、聊张家长李四短。如果聊学业、工作，兴许能聊上半天。

　　吃饭场面一度清冷，气氛略显尴尬，只听见刀叉的声音。

　　叶慧耐着性子，尽显主人的热情。她请客吃饭，就要让人吃得开心，吃得舒服，不然，请哪门子客呢？钱花了，还不见好，那不白白糟蹋钱不说，还枉费她一片苦心。没办法，若要好，老做小。尽管她深知，她和林子珊不是一路人。

　　她话锋一转，说："晓敏年底要结婚了。子珊，什么时候吃你的喜糖？"叶慧是个聪明人，在问及女孩子有没有男朋友话题时，尤其像林子珊这般的大龄剩女，说话更要委婉，不能直截了当。有句话叫"哪壶不开提哪壶"，免得对方尴尬，或不高兴。

　　确实，部分大龄女忌讳人家过问她的个人大事，因为问及之人，不乏八卦者，他们以探问别人的隐私为乐，再大而广之，最后，得出为什么剩下的不实结论，如相貌一般、性格不好，或要求过高，等等。

　　林子珊也一样，就怕别人问起，她倒不是担心八卦之人，大而广之她为什么被剩下。她只是厌烦，厌烦回答千篇一律的话，有时被问烦了，就笑笑，不作声，就招来热心人的质疑。热心人说，把人家的好意当驴肝肺了，怪不得剩下呢。

　　当然，至亲好友问起，林子珊可不敢厌烦，就像村子上的王好婆。王好婆和林子珊奶奶同岁。奶奶活着时，两人相当要好，用现在话来形容，叫闺蜜，就像林子珊和沈忆眉一样。

或许因为王好婆膝下没有孙女，又或许爱屋及乌，反正，王好婆像奶奶那样疼林子珊，把林子珊看作她的孙女，家里有好吃的，好穿的，给她孙子的同时，总会留一份给林子珊。

每次回家，王好婆见了林子珊，就乐得合不拢嘴，眼睛眯成了一条缝，满脸的褶子，在阳光下兴奋地跳动。她拉着林子珊的手，一边抚摸，一边说："珊珊啊，你年龄不小了，要抓紧呢，趁奶奶还活着，还有口气，还想喝喜酒抱重外孙呢。我这年纪，今朝不晓得明朝，说不定啥辰光，我就去见了阎王。见着你奶奶，我怎么交代啊？"

林子珊也拿王好婆看作亲奶奶，尤其奶奶去世之后，她把对奶奶的一腔感情，就转移到王好婆身上。所以，王好婆每回问起她的终身大事，她都不敷衍，更不敢厌烦，总挑一些好听的话，哄她老人家开心。

她说："奶奶，您一定会健健康康康长命百岁的。我的喜酒，您不能缺席，您要看着我做新娘子，风风光光嫁人。我还要给您跪下，给您敬酒敬茶。您还要给您的重孙取个好名儿。"

一番话，把王好婆激动地，她连连摆手，说："我的好孙女，可使不得，使不得，我一个乡下老人，不认几个字，你是大学生，又是医生，不能跪啊，我受不起的。小重孙的名字，我更不敢瞎起，你们自己取，你们有学问，有见识，取个好听又好叫的名儿。"

王好婆对林子珊婚姻大事的关心，一点都不输她父母。

父母当然也着急，看着左邻右舍、亲朋好友家年纪相仿的孩子，陆续成了亲，生了娃，而年近三十的女儿，对象一事，至今毫无着落，心头那个急啊。

其实，早在林子珊刚工作头几年，父母就开始张罗女儿的终身大事，他们沿袭上一辈观念，早抱孙子早得福。所以，厚着脸皮，拜托四方邻居或亲戚，尤其善于做媒的，有合适的男孩牵个线搭个桥。

乡邻很热情，亲眷也上心，林子珊不知道相了多少亲，粗略估计，至少有一打。但最终因各种原因，一个个成为彼此的过客。

父母看在眼里，急在心里，便给女儿下最后通牒，到某月某日止，再不带男孩上门，你也不要回来了。

当然，这是气话，他们哪会和子女较真，仅仅嘴上图个痛快，吓唬一下。过个十天半月，见真的不回家，倒开始担心起来，就抽个空，烧了好吃的菜，一路颠簸，送上门去。

其实，林子珊算是个让父母省心的孩子，从小到大，不管学业还是工作，父母基本上没操什么心。但她的终身大事，却让父母操碎了心。眼看女儿即要而立之年，而女婿踪影全无，心里能不急吗？但急有什么用？又不能代替女儿出嫁，当然，这是玩笑话。

林子珊说："结婚是大事，不是儿戏，找个没感觉的人结婚，还不如死了算了。"

林妈妈听了，很惊恐，暗暗和她父亲商量，不能把女儿逼得太急，就一个宝贝女儿，如真的出现什么状况，老两口还能活吗？算了，儿大不由娘，随她吧。

再者，女儿性格虽然乖巧，但主意大得很，就拿调单位这事来讲，他们一点都不知情，直到考上了，她才和父母讲。

林爸爸林妈妈一直认为，女儿做个儿科医生蛮好，村上小孩碰着伤风感冒，或发烧拉稀，总归找女儿看病。自然，左邻右舍念林子珊的好，也念林子珊父母的好。

至于疾控中心做什么工作的，至今，林爸爸林妈妈也没弄明白，但是既然女儿选择了，至少说明，疾控中心不管收入还是工作性质，应该比做儿科医生要来得好。不然，女儿何苦折腾来着。

所以应该相信女儿的眼光，她看不上那些男孩，自有她看不上的道理。至于女儿口中的没感觉，这是个啥概念，唉，年轻人的事，不去弄明白了。假使女儿真成了老姑娘，一辈子不嫁，只能说，这是她的命，也是我们的命。就只能这样安慰自己了。

自此，林父林母对女儿的终身大事采取迂回战术，表面上装得若无其事，风轻云淡，还反过来安慰女儿："只要你认为好，那怎么着都行。我们唯一希望，就是希望你开心、健康。至于我和你妈，你一点也不用担心，我们老了，走不动了，就进养老院，养老费用，我们自己筹，现在已经有了一些积蓄。所以，我们自己养老没问题。"

林子珊听了，心里反而觉得不好受，对父母说："你们放心，我一定会带一个让你们称心如意的女婿回来。"

保证归保证，但找一个有感觉，而且彼此有感觉的人，何其容易。正如民国才女张爱玲写道："于千万人之中遇见你所遇见的人，于千万年之中，时间的无涯的荒野里，没有早一步，也没有晚一步，刚巧赶上了。"

足见，遇见对的人、合适的人，有多么的不容易。

林父母采取的迂回战术，仅仅是不在女儿面前叨叨，不主动谈起她的个人大事，当然，不表示不关心、不关注，他们时刻密切关注着女儿的一举一动。

偶尔，恰巧聊到这相关话题，就装作无心一问："最近，有啥情况没有？"

林子珊岂能不知父母心中所想，但也装作漫不经心，顺口一回："没有。"就此，话题结束。

如今，面对叶慧的探问，林子珊可不能一笑了之了，只好尴尬地回答："叶老师说笑了，我还没男朋友呢。"

其实，叶慧是明知故问，她当然知道林子珊还没男朋友，不然，怎么叫抛砖引玉呢？砖头抛出来了，那"玉"呢？

"凭你的条件，我想，追求你的男生一定很多，怎么，一个都没看上？"

"我比较宅，接触的人不多。"

"想要找什么样的？说个要求。到时有合适的，给你们牵个线。"

"我没要求。"

"怎么可能没有要求？总得有标准吧，比如外貌、学历、收入？"

"我真没有要求，差不多就行。"

就这样，两人不咸不淡地一问一答。

叶慧想问出个所以然，按图索骥，有合适的，给林子珊介绍。万一，真成全了好事，那她这个大媒人，岂不让林子珊感激一辈子。

只是她辜负了她的一片赤诚，她好像不愿意谈及此事。常听人说，老姑娘性格古怪，此话不假。我一番好意，当成了驴肝肺，不识抬举。

这可错怪了她，每每被别人问及，包括父母，对另一半有什么要求？她总是说简短的"我没要求"这几个字。

这是她的真心话，不管别人信不信。她对对方没要求，而对自己有要求，什么要求呢？心里要有感觉，感觉到了，其他都是浮云。

聊得话题无趣，那就不聊了。

两人沉闷地又吃了一会儿。

突然，叶慧冷不丁地又抛出一句话："范雪琴和宋建成是同村人，你听说了没？"

林子珊一怔，一个迷糊，脱口道："啊？宋建成是谁？"

单位有这人吗？她把单位同事的姓名一个个捋了一遍，没有这人，狐疑地重复问："谁是宋建成？"

真是个书呆子。叶慧笑着回答："门卫宋师傅啊。"

唉，怎么把门卫宋师傅给漏了呢？但又怪不得她没把宋师傅和宋建成连在一起。迄今为止，她只知宋师傅，至于他的名号，她还真不知道呢。原来自己一直叫惯的宋师傅，名字叫宋建成。

林子珊记着他的好呢。当初报到时，宋师傅的一杯热水，不但解除了一名新人初来乍到的不安和忐忑，还祛除了她身上的寒意。这杯水之恩，还一直没机会回报。

宋师傅是个门卫，除了做好门卫的分内事，他还是个热心肠的巧匠，一些分外事寻来，就像他说的，有修修补补的活儿，只管叫他，他能办到的，一律来者不拒，且分文不取。

中心流传着这样一句话，"有困难，找宋师傅"。可见，他的作用堪比人民警察。

那宋师傅巧在哪里？又做了哪些分外事？

笼统地讲，大到空调冰箱电视维修，小到灯泡门锁水龙头更换。当然，宋师傅仅限于单位设施的基础维修，毕竟，他不是专业维修工，距专业技工的技艺，还有一定差距。

就是这基础的修理，不仅为中心节约了一笔维修费。现在的人工费可不便宜，叫个人来，上门费就要50元或100元的，还不包括修理费用、材料费用。他还为碰到急事的职工，化解一时之急。

林子珊就碰到过囧事，而且不止一次，就是宋师傅，那双魔术师般的手，妙手回春，化腐朽为神奇，三下二下，化解了尴尬事，帮了她大忙。

举个例子，来佐证宋师傅的巧手和热心。

那是一次全市疾控会议，各区疾控中心都要有人出席，并要求出席的代表会上进行业务交流，吴莉莉安排了林子珊参加。

接到通知后的林子珊，不敢有丝毫怠慢，利用几个晚上时间，收集数据，整理文稿，精心制作PPT。PPT有图有文，不但清晰直观，还能让大家更好理解文中的内容。

就在林子珊即将出发之际，她办公桌抽屉的锁打不开了，用尽各种办法，如硬拉、敲打、手锤、撬锁等手段，抽屉像安了定海神针一般，纹丝不动，丝毫不见有开动的痕迹。

这下把林子珊急得，如同热锅上的蚂蚁——团团转，不知如何是好，眼泪差点夺眶而出。

那抽屉内到底放了什么重要的物件呢？

一只U盘，U盘里装有林子珊熬了几个晚上做成的电子PPT文稿。其实，电子文稿也有备份，备份在家用的电脑上，租住的家虽离单位不算远，但一个来回至少也要半个多小时。远水救不了近火。

正当林子珊急得团团转当口，身后的杨晓敏说话了，她说："不急，你找宋师傅，他有办法，这小事，他立马搞定。"

林子珊将信将疑，打了门卫电话。接到电话的宋师傅，二话没说，即刻带了工具，前后不到十分钟时间，轻松搞定，立马解锁，而锁完好无损。

宋师傅真是及时雨，解了林子珊的燃眉之急。他堪比《水浒传》中的宋江，梁山泊寨主，江湖人送"及时雨"。而巧合的是，宋师傅也姓宋，或许，宋师傅是宋江后人。

原来，单位早流传"有困难，找宋师傅"这句话，只是林子珊到单位时间不长，不知道罢了。而更令人肃然起敬的是，宋师傅所做这些，纯属保安职责之外的仗义帮忙，且不收任何财物。当然，如遇到更换物件的，那材料费要照本收取，不然，一个门卫的工资收入，都贴进去也不够。

没有最囧，只有更囧。林子珊又遇到了更囧的尴尬事。

那天，林子珊身着外衣的一枚扣子掉落了，其实，衣服扣子掉落很平常，从小到大，谁没经历过呢。或上衣，或下裤，或外套，或内衣，及时补钉一枚，就可以了。

囧就囧在这儿。林子珊掉落的那枚扣子部位，不偏不倚，女性正前胸。时节正逢秋高气爽，不冷不热，她只穿了一件单衣。

爱美女性时常在春秋两季，大秀时尚美装，大秀曼妙身材，也因此，女性前凸后翘的特征，唯有在那时节，被勾勒得一览无遗，当然，包括夏季，夏季的穿着还要凉快。

林子珊外衣胸前一枚扣子掉落，顿时，雪白的胸部呼之欲出。幸好，办公室就她一人值守。

趁同事还没回来，得赶紧想办法，办法有二，要么把掉落的扣子重新缝好。要么找一件衣服换上。不然，同事回来见状，说不定会取笑她一番。

先用第一招，把掉落的扣子重新缝好。缝扣子，自然要针头线脑。林子珊翻动了办公室所有开启的抽屉，结果却一无所获。很奇怪，女性办公室，竟然没有一针一线，难道她们从没遇到过扣子掉落？她因为刚进单位时间不长，还没来得及在科室内备上针线包。找不到针线包，那就寻一件衣服换上，不管合适不合适，能穿就行。

中心给每个独立的科室，配备了一小间更衣室，更衣室面积不大，仅能放几列橱柜，还有略作休息的几只凳子。中午有午睡习惯的同事，吃好饭，可以在里面打个盹，或眯上一小会儿，或补充点水果什么的。

单位规定，办公室是办公的地方，除了茶杯，其他所有吃食，只能放置更衣室。有习惯吃零食的同事，熬不住要吃，就躲到更衣室吃。

想想也是，各种吃食，如果放置办公室，可想而知，办公室什么气味。又或者，有外人到访，外人，自然不包括本单位同事，同事偶尔串串科室，或者，工作交流踏足，见到了，就笑着一起分享。彼此彼此嘛。

这里指的外人，是指外单位的人。比如，上级部门领导微服私访，来个突然袭击，看到旗下员工正在吃零食，试问，会该如何作想？当然，作为上级领导，尤其宰相肚里好撑船的领导，见此情景，或笑笑，或点点头，不会说什么。但并不表示有容乃大的领导，就见之任之了。

员工放任，究其原因，单位一把手失责。有策略的上级领导，不会专门为此事寻下属单位领导谈话。在召开各单位一把手月度工作会议，或其他会议时，会把各单位在管理、业务工作中存在的一些问题，以文件或会议纪要的形式，正式提出来，逐一整改，以正风树纪。

或许，就是因为之前有职工办公室吃食，被上级领导或其他单位同仁或服务对象看见，造成了不好的影响，所以，中心才出台此规定，上班期间，不准在办公室吃任何东西。

更衣室，摆放了五列小橱柜，每人一列，每列橱柜都已上锁，门关得紧腾腾，自然，又一无所获。

林子珊捂牢胸口，坐在空荡的办公室，扣子不钉上，怎能踏出办公室半步？又羞又急时，想起了中心流传的"有困难，找宋师傅"，不知他那儿有没有针头线脑？

没想到，宋师傅真有，没几分钟，宋师傅拿了缝针、缝线送了过来。扣子钉上，一场尴尬的危机就此化解。

林子珊为表达心中感激，把沈忆眉从美国带给她的那套护肤品，借花献佛给宋师傅，说，一直麻烦你，这是我的一点心意，给你爱人用。宋师傅说什么都不收，并再三表示，他所作的一切，只是举手之劳，不麻烦，不用客气。再说，他家就他一人。

所以自上到下，都念宋师傅的好。中心领导也念他的好。因为宋师傅的举手之劳，不但为单位省去了一笔开支，主要还省去了一些麻烦。中心没设立设备维修科，所以，但凡涉及维修的，就要寻社会上的维修机构，或维修工。维修工即刻能来，当然没话说，但经常碰到维修师傅业务繁忙，一时半会儿赶不过来，要等上几个小时，甚至半天一天的。

幸亏有了宋师傅，单位碰到的一些如水、电、门锁、电器方面的问题，就喊他先来看看，能修好的，自然不必叫社会维修工了。宋师傅很谦虚，说他瞎弄弄，弄不好，再喊维修工。但就是宋师傅的瞎弄弄，解决了单位的一时之急。当然，复杂的，或者医疗器械的故障，那必须要找专业机构来维修。

中心领导念宋师傅的好，就在颁发职工半年度奖金时，把宋师傅的奖金额度，适当提高一些，不多，比其他门卫多个几百元。

叶慧突然提起不相干的两人，什么意思呢？不见得就随口一说，而且她讲话时的表情，带着些许诡秘。

如果宋师傅和范雪琴是同村人，也不值得大惊小怪。就像叶慧和杨晓敏是老乡，两人走得亲密，多聊上几句，很正常。但叶慧说这话的含意，绝不是老乡那么简单。难道还有其他隐情？

叶慧见林子珊一副呆傻模样，就兴味索然地终止了话题。

两个人又默默地吃完了饭。饭毕，林子珊争着买单，被叶慧拦住了，她说："说好的，我请你，如果你觉得好像欠了我一个人情，那就欠着，以后再还，来日方长嘛。"

哦，好嘛，吃她的一顿饭，就被认为欠了一个人情。林子珊更加不安了。欠的人情，要马上还清。她说："叶老师，明天中午，我请叶老师吃饭。"

叶慧说："明天中午我有事，以后再说吧。"她谢绝了林子珊的午饭之约。或许，明天中午确有事，又或许，就是一句托词，就是要让林子珊内心不安。

两人一同回单位，林子珊回了科室，叶慧到门卫室取快递，她网上买给孩子的童话书到了。

叶慧敲了敲门卫室的门，门开了，走出来的却是范雪琴。两人都一愣，范雪琴解释说："我来拿快递，但快递还没到。有你的，我正要带上去给你。"

"谢谢范姐。中午收到快递员的信息，说我的快递到了。"她又对着一边的宋师傅说："谢谢你啊，宋师傅。"

不知道为什么？宋师傅没敢正视叶慧的脸，眼睛看着别处，嘴里说道："不客气。"

叶慧信守她的承诺，没多久，给林子珊介绍了个对象。男孩姓袁名野，一家企业的软件工程师，比林子珊长两岁，硕士学历，山东聊城阳谷县人氏，和《水浒传》中打虎英雄武松同一故乡。

或许一方水土养一方人，男孩典型山东小伙，人高马大，气宇轩昂，堪比武松神武外貌。

施耐庵在《水浒传》中是这样形容武松外貌的："身躯凛凛，相貌堂堂。一双眼光射寒星，两弯眉浑如刷漆。胸脯横阔，有万夫难敌之威风；气宇轩昂，吐千丈凌云之志气。心雄胆大，似撼天狮子下云端；骨健筋强，如摇地貔貅临座上。如同天上降魔主，真是人间太岁神。"

外貌如武松般英武的男生，又是高学历，职业还是较吃香的IT工程师。他身边一定不乏女孩子青睐。但至今单身。难道和她一样，也没碰到心动的女孩？

叶慧的介绍方式极其简单，她把两人的电话，及各自的基本信息，发给了对方。至于他们约不约，她就不过问了。其实，从她内心来讲，她不喜欢做媒，费心费力费口舌不说，有时还会搭进介绍费用，如安排两人相亲，相亲地或饭店，或咖吧，又或在家，自然少不了要吃吃喝喝。懂事的男女，一般抢着买单，但也有让介绍人买单的。

这些还不算啥，介绍成功了，那是两人的缘分，浓情蜜意时，早把媒人抛之脑后。但一辈子那么长，哪可能一帆风顺事事如意？总会碰到闪电、雷雨、风浪、海啸的时候。浓情蜜意，就演变成苦情戏，或者武打戏。恶语相向，连带媒人，要不是她（他），我倒了八辈子血霉认得你。

唉，城池失火殃及池鱼。媒人，如同池鱼一样无辜。所以除非关系极好，又受人之托，就留意合适的小伙或姑娘，给双方牵牵线。

叶慧说过之后的两个月，袁野打了电话。他很直白，开口就说："我是袁野，我们见见吧。"

那天是周六，上午十点晨光，林子珊在花店帮忙，一时之间没想起袁野是谁，脱口问了一句"你是谁？"她没想起他是谁。当时，叶慧把男孩的信息发她，她没细看，也没放在心上，而且时间又间隔了两个月。

袁野倒是不介意，重复了一句，又提起叶慧的名字。林子珊这才想起来了，赶紧表示歉意，然后作了答复，那就见见吧。

　　一见，林子珊一头栽了进去，她日盼夜盼的白马王子，终于出现了。就这样，袁野捕获了她的芳心。几天不见，她竟如隔三秋般地思念。想他说过的每一句话、和他一起时的每一个动作。此刻，他在干什么？跟什么人说话？怎么不打电话、不发信息给她？他也在想着她吗？她的心中好似有十万个为什么。

　　思念在痛苦与幸福中交织着。这么想他，还不赶紧找他去。两人同一城市，相距不远，可以天天黏一起，吃饭、看电影，或干点其他。分分钟钟就可以搞定她的思念。

　　说来不解，他们的约会有点特别。约会地点、时间由袁野指点，固定每周一次。他像一名特工，一般于约会当天，提前两小时，把约会地点，以短消息的形式告知林子珊。

　　热恋中的林子珊，一日不见，犹如隔三秋，一周相见，岂不有一个世纪那么长。不，她要见他，即刻马上。她无法忍受折磨她的思念了。于是，一个在感情中极其被动的人，在一个午后，摸到袁野公司。

　　很遗憾，她没有见到他的面，连公司的大门也没进。门卫说，不是公司的员工，一律禁止入内。若是洽谈公务的访客，管理部会电话通知门卫。好吧，不难为门卫了。她打他电话，他的电话，一直处于忙音中，发信息，也不见回复。她像一名痴妇，在公司大门口徘徊了近一个小时。无奈之下，只得扫兴而回。自此之后，她再也没去公司找他。

　　一周一次的约会时间到了。林子珊谈起那天，她到他公司，她没说特地去的，只是路过，当时很想见他。然后又说，打了几次电话，你没接，信息也没回，估计那时你很忙。

　　袁野说，是的，有时一个任务下来，要通宵达旦地连轴干。加班加点，我们是常态了。没办法，IT工作就这样。希望你理解我的工作。

　　林子珊听出来了，他的言外之意，他工作忙，不要随意打扰。好吧，我理解他。谁让我死乞白脸爱上了他呢。

"我理解。只是你身体也要注意。熬夜，最伤身体了。"

"谢谢，我会注意的。"

他拉过她的手，放到他嘴边，亲吻了一下她白皙的手背。

林子珊一阵战栗，好似有一股电流，在她的血管里跳跃，烧得她浑身发烫。她双颊绯红，呼吸变得急促起来，此刻，她真想倒在他怀抱，由他肆意地爱抚。

只是袁野很绅士，发乎情，止于礼地亲吻她的手背，或额头。仅此而已。尽管林子珊内心有些许失落，但也就是他的谦谦君子，她才更爱他了。

"同事年底结婚，你和我一起参加我同事的婚礼吧。"林子珊抛出了橄榄枝。嗨，真是豁出去了。此话有催婚嫌疑。一起参加婚礼，就等于昭告天下，坐实两人恋人的关系。还有，她也热切地等待他的求婚。

她的热情，换来的是袁野的一团温和。他笑了笑说："还早着呢。到时再说吧。"

这样的交往，持续了半年。林子珊思念的激情，随着时日，在渐渐变淡。冷静下来的她，有时回想他们之间的交往，惊讶地发现，其中有许多令人费解之处。袁野除了一周一次发信息约她见面，其他时间很少打电话、发信息。他解释说，他工作忙，有时还要出差。因为他如此解释，导致林子珊也不敢贸然给他打电话，实在思念难熬时，发几条信息给他，以解她的相思之苦，尽管很少收到他的回音。

他好像没对他说过"我喜欢你"或"我爱你"这话。她把和袁野约会时的情景，像回放电影般的，又过滤了一遍。确定，以及很肯定，他没说过。

他也没主动吻过她，吻额头、手背不算。这指的是接吻，口对口地亲吻。有过接吻，那都是林子珊主动献上的。在看电影、逛公园时，她像小鸟一般，依偎在袁野宽厚的胸膛，嗅着他身上散发出的男性气味。那气味就像迷魂药，勾魂摄魄。她迷迷糊糊地献上她的芳吻，把她柔软的舌头，伸进他的口中，紧紧勾住他的舌头。就这样，两条舌头紧紧胶合一起，永远不分离。但是很快分离了。袁野退出来了，并轻轻地推开她，说："好了。很多人看着我们呢。"哎，他好像被逼无奈似的。当然，也没有带她到他住的地方，更没有带她回山东老家。

这不反常吗？唯一可以解释上述的这些费解，就是袁野根本不爱她。

想到此，林子珊心痛得没法呼吸，眼泪扑簌簌地从粉脸流下，心底里有一股声音喷涌而出，不爱我，为什么还要和我交往？要我吗？

她不能再像个傻子一样，被动等他的电话，等他的召唤。她要即刻见他，当面问个明白，"你爱我吗？"但他的电话，又关机了，发的信息，依然石沉大海。这次，她没有犹豫和退缩，她像一位勇士，所向披靡。她走到叶慧身边，向她要袁野公司办公室电话。

"你们吵架了？"叶慧问。

"没有。他手机关机了。"

"关机？是不是出差了？"叶慧也奇怪。她在外企多年，工作再怎么忙碌，手机也不会关机，而且 24 小时保持通畅，这是企业对中层以上干部的要求。只有一种可能，坐飞机飞行期间。

她在提醒林子珊同时，翻出通讯簿，把袁野公司办公室电话报给林子珊。然后又问："这么着急，有急事吗？"

"是的，很急。"

林子珊要了电话，走到更衣室，拨了叶慧给的电话，但电话一直处于通话中。叶慧跟着也进来了，她觉察到林子珊情绪的变化，猜测小两口吵架了，不放心，就跟了过来看看。

"工作时间，不一定打得通。等到中午，你再打试试。"叶慧提醒说。

"哦，好吧。"林子珊说，转而问道："叶老师，你和袁野很熟吗？"

"当然熟。我们曾是同事。不然，也不会把他介绍给你。"

"你们是同事？没听叶老师说起。袁野也从没和我提起过。"

"他曾是我手下的一位得力干将，人很聪明，也肯吃苦。他现在就职的公司，也是我推荐的。"叶慧有点忘形了，一瞬间，她的脸上飞起了红晕。

她脸上的那一朵红云，林子珊自然看到了，心中隐隐作痛，即刻断定，两人关系非同一般。

"一定有很多女孩子喜欢他吧？"林子珊装得若无其事地说。

"是的，公司里很多女孩都喜欢他。"

"袁野一个也没看上？还是他心另有所属了？"

"傻姑娘，看上了，还有你和他的事嘛。"

叶慧听到心另有所属时，她的心，就好像被一根绳子牵拉了一下，猛然惊醒，望着一脸探究她的林子珊。

"他不喜欢我。"

"不可能。你们交往半年了，如果他不喜欢你，早就和你分手了。"

"叶老师你怎么知道？"

"我们共事过五年。他交往的女孩子，如果看不上，一般不超过三个月，之后就不交往了。"

"什么原因呢？"

"缘分没到吧。缘分这东西，说不清楚。"叶慧说。转而把话题指向了林子珊，她说："子珊，我衷心地希望你和袁野走到一起。如果袁野不喜欢你，早和你分手了。而你们交往了半年，说明他喜欢你的。我等着喝你们的喜酒呢。"

林子珊被叶慧的真诚感动了，她红着脸说："八字还没一撇呢。"

中午，林子珊终于打通了袁野办公室电话，接电话的是个女的，声音甜美悦耳："您好，声通软件研发公司。请问，您有什么事？"

"我找袁野。他在吗？"林子珊说。

"袁野，有女人找你。"悦耳的声音，也传到了林子珊的耳朵。

一分钟过后，袁野的声音传来："我是袁野，请问你是哪位？"

听到心爱之人的声音，林子珊拿手机的右手有点微微颤抖。为了爱情，而不是盲目的爱情，她鼓足勇气，电话追到他的公司。

"我是林子珊，我要见你。今晚老地方，我等你。"她没等袁野开口，按下了结束通话的按钮。她像下最后通牒似的，不容置疑的口吻。这样的口吻，把她自己镇住了。

袁野也被镇住了。他没想到林子珊会打电话来，而且是他公司办公室电话。在交往的半年里，她给他的印象，一直是温柔贤淑、单纯善良、通情达理。而刚才，她的语气、声音，却是如此坚定，声音里没有柔情蜜意，像换了个人似的。言外之意还含有："我很生气，你要是不来，后果自负。"

办公室同事的起哄，一浪接一浪地响起，"谁啊？新交的女朋友吧，追到公司里来了。""是哪家的良家妇女，又落入你虎口了？""对啊，可不能吃着碗里，瞧着锅里啊。宝宝要伤心死的。"

袁野无心理会同事的起哄。今晚要赴约吗？当然要去，尽管，她破坏了他制定的约会模式。叶慧说对了，如果他不喜欢，不会和她交往半年。他喜欢上了她的温柔、单纯、善良、朴实。如今有些女孩儿，不是矫揉、造作、蛮横，就是霸道、任性、无理。而她，温柔得像水一样。有人说，女人是用水做的。她就是水做的，应该是纯净水。

正当袁野揣摩林子珊心思时，收到了叶慧发来的短信："你手机怎么关机了？林子珊找你，给你电话了吗？没吵架吧？"

原来，他有两个手机，两个号码，他和林子珊保持联络的手机及号码，只在约会时开启。他为什么要这样做？他有什么不可告人的阴谋？

叶慧？还是袁野？又或是两人的合谋？或者又什么都没有？

袁野当即给叶慧回了电话，说他要马上见她。二十分钟后，在她单位附近的咖啡店。

八

叶慧向科长请假，说她儿子学校下午家长会。

吴莉莉当然准假，她说："家长会要紧。那你早点去吧，可不要迟到了。手头上有急的事，就交给我。"

"没有，都完成了。谢谢吴科。"

叶慧哪里是去开家长会，她是和袁野约会呢。二十分钟后，两人同时出现在咖啡店。落座后，两人对望一眼，又相视笑一下。这一眼一笑中，包含了多少风云变幻和前尘往事。

袁野见到叶慧，心底情不自禁升起一股柔情。他明明知道，罗敷有夫，但感情这东西，往往不由自主，又无法控制。他对她是日久生情，还是一见钟情？很多年了，早就无法考证。

叶慧比袁野年长五岁。他对她暗送秋波，目露柔情，作为一个女人，育有一子的少妇，她心底里是欢喜的，也自豪的，这充分说明她一名少妇的魅力。她美滋滋地享受，他对她的迷恋和爱慕。

早上，她刚踏进办公室，就看见桌上冒着热气的一杯豆汁，和一份三明治。下午三点，正是人困顿之时，一杯香气扑鼻的咖啡，恰到好处地送了过来。遇到要紧的节日，比如妇女节、情人节、七夕节，以及她生日，有时玫瑰、有时百合、有时康乃馨，快递小哥踩着点送来。

叶慧感动之余，有些愧疚，她对他说："你的心意我明白。但我已是人妻人母，没办法报答你。找个好姑娘结婚吧。"

袁野不作声，默默地做这一切，他愿意为她付出，包括他的生命。但袁野没说出口，连"我爱你"都没说过，更不要说其他的动作了。他不愿为难她。这样的境况持续了两年多。

但接下来发生的一件事，终于捅破了那层关系，让那层关系，变成了没有关系。

一次饭局，叶慧酒喝多了，袁野也在场，尽管他替她喝了一些酒，但毕竟女人酒量小，又架不住人家劝酒，她喝醉了。袁野护送她回家。在出租车上，她半靠在他胸前，她呼出的带有酒精芳香的气息，一阵阵吹送到他的鼻孔。

这是他第一次零距离搂抱着心爱的姑娘，多少个日夜，多少次浮想联翩。他热切地渴望，渴望和她耳鬓厮磨，相拥相抱。他的身体，在酒精和荷尔蒙的双重诱惑下，产生了强烈反应。

袁野再也按捺不住他的欲望。此情此景，若换作任何一人，也会和他一样的反应。心爱的女人，坐于怀中，能不乱？他的亲吻，像雨点似的，落在她的额头、眼睛、鼻子。他发烫的舌头，像一根烙红的木条，紧紧吮吸她柔软的双唇、耳朵。他的手也没闲下来，上下抚摸她的身体。他只感到浑身的血脉偾张，体内有一把火，在熊熊燃烧。

司机专心致志地开着他的车。或许，他见惯了，对车上所发生的，就装着没看到。但也有他的底线，就是不能在车上，做违法勾当，比如吸毒，他会毫不犹豫选择报警。还有，男女之间的苟且之事。不管你是夫妻，还是情侣，或其他关系，都不能把他的车当作交欢的温床。

就像此刻，若再不出声阻止，一场云雨之欢，将在他车中上演。司机清了清喉咙，提高声音说："到了，下车吧。"其实，离袁野住处还有一段距离。

袁野不明就里，搀扶叶慧一道下了车。夜间的风，凉爽如水，风吹到他发烫的身体，不禁打了个寒战，胸中的那团火，也随之被吹灭。

　　叶慧被冷风一吹，一阵头晕，胃内的东西，吐了个精光。吐完，她清醒了一些。

　　身旁的袁野，扶着她的胳膊，并用纸巾帮她擦拭嘴边的污渍，还说："吐出来，就舒服多了。以后少喝点，工作不要那么拼命。"

　　叶慧苦笑一下，抬头望了望天空的月色。新月宛如一叶小舟，翘着尖尖的船头，在深夜的静湖中，孤独地隅行。清冷的月色，映照出袁野关切的脸，她心中又一动，说："我会注意的。我现在好多了。麻烦你，帮我叫辆车，我该回家了。"

　　"都到我家了，上去坐会儿吧。喝点水再走。"

　　袁野已完全冷静了下来。他责备自己在车上的鲁莽。若不是司机出声阻止，他就成为强奸犯了。他邀叶慧家中小坐片刻，就是当面与她把话说开，把压抑在内心多年的情感，向她敞开心扉，不论她接受还是拒绝。终要做个了断，对他的那份情感，有个交代。

　　叶慧跟着袁野到他的家。这是一套两居室的公寓房，地面、家具一尘不染，或许缺少女人的缘故，整个房间显得略微清冷。这是她第二次来。但曾经有段时间，他的家杂乱不堪，乱到无法想象的程度。

　　那次袁野生病，叶慧代表部门同事看望。当时，她踏进门的瞬间，就因为房间脏乱的景象怔住了。地上、茶几，随处是空的瓶罐，啤酒罐、饮料瓶，还有泡沫盒。沙发、电视柜上堆满零乱的衣服、袜子。空气中弥漫一股馊味。竟然无处下脚，走过之处，还留下一串脚印。可想而知。他的住处，有多长时间没清扫整理了。那天，叶慧用了小半天时间，为袁野收拾屋子，整理衣服。

　　或许就是那次她的光顾，他的家，才变得如此整洁。

　　"家很干净啊。"

　　"钟点工每天来打扫。上次让你见笑了。"

　　袁野给叶慧倒了杯水，然后，紧靠她的身边坐下。他握住她的手，但被她轻轻地逃脱了。他注视叶慧的眼睛，他要表白，吐露压抑多年的感情。

　　"我爱你，叶慧。我想，你知道我对你的情感。我不是一时冲动。自我第一次见到你，我就爱上你了。不要问什么理由，我说不清楚。我不会破坏你家庭，也不要求你离婚。我只想待在你身边，为你挡风遮雨，为你抚平心灵的疲惫。有时，我控制不住自己情感。因为我的情不自禁，也给你造成一定的困扰。但是，请你相信，我对你的感情是真挚的、炽热的。我不要求你的回报，只要你允许我爱你，我就心满意足了。"

　　叶慧何尝不知道袁野对她的感情。她动心，也动情，但她是有夫、有子、有家庭的女人。小日子说不上红红火火，但也有滋有味。她不能因她情感的迷失，导致家庭破裂。鱼和熊掌，不可兼得。

　　面对袁野的深情告白，她流着眼泪说："我不值得你爱。我什么也给不了你。袁野，找个好女孩结婚吧，把我忘了。我不可能背叛我的家庭。"

　　"傻瓜，你以为感情说放下，就能放下的。如果能轻易放下，我早放下了。你放心，我不会强迫你做你不愿意的事。我只想好好爱你。"说完，他把她拥在了怀里，嘴唇盖住了她的双唇。

　　他的吻是热烈的、滚烫的，她被他吻得喘不过气来，脑海一片空白，情不自禁回应他热烈的吻。他们拥抱、亲吻。终究，叶慧灵魂深处的那个念头，像个幽灵，拽着她的神经，往外跑，向她大声疾呼，醒醒，你是个有家庭的女人，千万不能做糊涂事。

　　她打了个激灵，睁开双眼，离开袁野的怀抱，捋了捋凌乱的头发，又理了理衣衫，脸上表情凝重。

　　"谢谢你给我的爱，但我不能接受，更承受不了。我明白你对我的情意，可我没资格和你谈情说爱。我是有家庭的女人。我知道你不在乎。可是我在乎，我在乎家庭、在乎你、在乎流言蜚语、在乎世俗眼光。如果发展下去，我和你都不会有好结果的。"

　　"我无所谓。但如果我的爱，成为你的负担，那我离开。"

袁野离职了。跳槽到那家企业的人事总监，是叶慧朋友，曾经一起吃过饭，席间，还玩笑说要把袁野挖了去。果真，被挖了去。这举荐功劳，自然要拨给叶慧。

不久，传出袁野的风流韵事。说他同时和好几个女孩交往。还有说他和有夫之妇有染。更离奇的传言，说他是同性恋，有人亲眼所见，他搂着一位男子喝酒作乐。尽管绯闻不断，但事业发展如日中天。一年后，他被提拔为公司软件研发部门总监。

袁野对感情生活的放纵，咎其于藏于他内心深处的那个她。叶慧岂能不知。为减轻她心中的负疚，她给他介绍女孩。在她一再坚持和要求下，袁野带着负气的情绪，和介绍的姑娘见了面。见面后，就被他秒杀。

半年前，叶慧把林子珊又介绍给了他。出人意料，见面之后，袁野没有把林子珊秒杀。而且一直在交往。她欣喜地认为，这两人有戏。

"这么火急火燎地见我，到底出什么事了？闹矛盾了？你手机怎么关机了？"

叶慧连珠炮似发出三个疑问，引来袁野爽朗的笑声。

"呵呵。两个孩子的妈妈了，急脾气一点也没改。"

"是谁急着要见我？你急，还是我急？"

"我急，我急。是我急着要见你。"

"那回答我上述三个问题。怎么回事？"

"我有两个手机号，给林子珊的那个号，工作时不用。我们没闹矛盾。也没出什么大事。"

"既然如此，急吼吼地找我做什么？我还请了假，谎称下午开家长会。"

"好、好，我找你，是想问问，她和你说了什么？"

"谁？"她故意逗他。

袁野脸微微一红，重复道："我是说，子珊和你说什么了吗？"

"哈哈。你爱上她了。"

"怎么可能？"他想也没想，便脱口而出。他心里早有别的女人了，就是面前坐着的她。

"你在乎她的态度，就表明你在意她，换言之，你喜欢她。"叶慧帮他分析，他当局者迷。

是啊，林子珊的一个电话，搅乱了他的思绪，关键是她电话中的语气，一点也不友好，给人感觉要分手的意思。他怎么能不着急呢？他爱上她了。他终于承认他爱上了她。

"她中午打电话给我，约晚上见面。"

"这不很好吗？"

"可是她的语气不对。"

"哈哈。还是我熟悉的意气风发、神采洋溢的袁野吗？怎么变得这么不自信了？"叶慧又是一阵窃笑。

"她真的没有和你说什么吗？"

"没说什么。我以为你俩吵架了。"

叶慧望着袁野急切、担忧，和不自信的神色，内心泛起些许酸涩。曾经，她是住在他心底的女人，而今，要换作旁人了。

"没有不愉快，我们好好的，一个星期见一次面。不知道什么原因，电话里只说了一句晚上见，就把电话挂了。"

"你有两部手机，她不知道？"

"还没告诉她。"

"这就是了，她打你手机一直不通，自然，怀疑你对她的感情了。晚上好好向小林解释。她是个好女孩，不要辜负了。"

袁野点了点头说："我知道了。"然后，从腰包中拿出一只纸盒，递给叶慧，说："给你的。"

"谢礼吗？早点了吧。"叶慧开起了玩笑。她打开盒子，盒子里是一条漂亮的丝巾。颜色、品牌，都是她喜欢的。他了解她，自然要投她所好。但她故意推辞说："给小林吧。"

"拿着，给你的。"袁野说。他霸道的语气，像是命令他的女人。

叶慧就要他这么说，说明他心里还有她。她喜滋滋地把围巾围在她白皙的颈部，拿出化妆盒，照了照，又转动了一下脖子，问袁野："好看吗？"

袁野笑着说："好看，主要是人好看。"确实，漂亮的围巾能起到画龙点睛的效果。

林子珊准点下班，径直坐公交车前往。那是一家西餐厅，年轻情侣的约会之处，氛围雅致，又不失浪漫。距离疾控中心五站的路程。以前每次见面，她坐的都是公交车，偶尔打车。袁野有车，但他从没说来接她。而他也不开车，和林子珊一样，乘车前往，只是他坐的出租车。

她来得太早，餐厅空无一人。所有负责招待的服务员，齐聚餐厅大堂一侧，排成了两排队伍。一位身材高挑，肤色白皙的美女领班，站在前面，像一位威严的教官，喊出的口号铿锵有力："让顾客难忘，是我们的期待；微笑、真诚、感恩！时刻保持为顾客着想的心，用真情感动顾客，用努力成就自己，加油！加油！"

排成队伍的服务员，跟着领班的口号，复诵了一遍，声音很齐整，看来是经常在操练。口号结束，邻近的服务员互相击掌，击了三掌，然后精神饱满地回到各自岗位。

林子珊穿过大堂、中厅，来到后厅，找了一个靠窗位置的双人座。以往，她有时早到，会拿出随身带的书，一边看书，一边等心爱人的到来。这次，她没心思看书，她无比伤心的思绪，像即刻下暴雨的乌云，风卷云涌般地，阵阵撞击她的心脏。

你为什么要这样对我？你和叶慧到底是什么关系？你爱我吗？今晚会是和他的最后晚餐吗？

窗外，夜色像一个好动的精灵，将日光一点一点驱赶，取而代之，一片华丽灯光，点亮黑色序幕下的大街小巷。

袁野到达时，天色已黑，他在餐厅寻找林子珊身影，还给她电话，但电话没接。在后厅的一侧，找到了她。她背向入门，双手托着香腮，头侧向窗外，微侧的背影，像一副列宾的油画。她的背影是孤单的、安静的、清傲的。袁野见到她背影的刹那，心突然痛了一下，那是针刺的痛。

就像小时候，生病到医院，护士小姐姐在他头部扎针的那种痛感。小时候的他，体质羸弱，三天两头往医院跑，他的脑袋、手背、脚踝，常常被针扎后留下淤青。也因此，看到穿白大褂的医生、护士，就惊恐不已，那针扎过的部位，瞬间又隐隐作痛。

但此刻，他心脏的刺痛，显然不是条件反射的扎针痛。这是疼惜的痛，疼爱的痛。他爱上了她，不知什么时候起，他爱上了她。他还以为，他这辈子不会再爱上第二个女人了。

有时爱，就这么简单，说来就来，没来由。

半年前，叶慧把林子珊的联系方式发给他，当时，他是排斥的，他不想见任何女人，再说，他身边也不缺女人。叶慧又说，找个好女人结婚，林子珊是你结婚对象的不二人选。

于是，他约见了她。在随后交往的时日里，或许缘分，或许其他原因，约会持续了半年。

"对不起，子珊，我来晚了。"

袁野热烈地和林子珊招呼，并表示晚到的歉意。是的，从没有过的热烈。

"子珊。"这是他第一次叫她的芳名，而且语气亲热，就像恋人之间的口吻。她心头一热，又一怔。他的态度不同往日，只是她的态度也不同往日了。

"你没来晚，是我来得太早了。请坐吧。"林子珊很客气。

落座后的袁野，借助餐厅朦胧的灯光，第一次仔细端详林子珊。她素净的脸，精致秀气，齐肩的黑发，自然地披散下来，双鬓垂下的一缕秀发，被夹在耳侧，露出粉嫩的耳朵。V 字领的藏青毛衫，露出修长白皙的脖颈。整个人显得尤为清爽、干净。他的心中又是一动。

记得当初叶慧电话中和他说，你这个看不上，那个也不适合，和江湖上纷传你的风流绯闻很不符。我要使出撒手锏了。估计你会喜欢这一款。随后，把林子珊介绍给了他。

今晚的林子珊，极尽东道主之谊，就像招待一位远方的客人，不亦乐乎。当然，她的内心还是痛苦的，她已经作出了决定。

她举起杯中的酒，一饮而尽，即刻，双颊飞起了红晕。她借着酒劲，一泄心中的衷肠。

"我很高兴遇见你，你知道吗？我第一次见你，就爱上了你。这么多年的等待，我终于等到了，你就是我心目中一直等待的那个'他'。我感恩上苍，感激叶老师。或许你不相信，你是我的初恋。我是那样地爱你，每天都想见你。"

她的眼眶里泛起了晶莹的泪花。她要一诉衷肠，倾诉压抑于内心深处的感情。诉完，也就结束了。

"我知道，知道你的心意，我也谢谢你。子珊，请相信我，以后，我会加倍地对你好，不再辜负你了。"

看到她这样的状态，袁野很心疼，他拿起桌上的纸巾，靠近她脸部，要帮她拭去眼中的泪水。

林子珊躲开了，一抹凄美的笑容，展现在素净的脸上，像夜色中绽放的烟花，绚烂，却转瞬即逝。她略带伤感的语气说："你之所以和我交往，是因为叶老师的关系。你敷衍她，也敷衍我。你喜欢她。"

"开始是这样，后来不是这样了。是的，我喜欢她，那是认识你之前，但我们什么也没有做过，之前没有，以后也不会有。请你相信我们。"

"我们？好一个我们。你和她。对啊，你们才是情人的关系。"

"我说过了，那是认识你之前。我和她是清白的。"

"清白？什么叫清白？肉体还是灵魂？"

"你这是无理取闹。"袁野见解释不通，心下一急，责备起她来了。

"好吧，我无理取闹。我想你了，很想很想。就打你电话，你手机关机，发的信息，也不见回。你给我的理由，是你工作忙，不能被打扰，就把手机关了。我信了，因为我爱你。"

"我承认，之前对你没什么感觉。也确实在小慧的催促下，才约了你见面。但这半年的交往，我发现，我爱上你了，彻底爱上了你。子珊，我爱你。"

果然如此，他和叶慧是情人关系。"小慧"，叫得多亲热。林子珊的心，像被刀扎了一下，露出一个口子，血液从心房里汩汩流出。她苍白的嘴唇，在微微颤抖，说话的声音有些无力："为什么？为什么要这样？你们合起伙来欺负我，我好欺负吗？"

"是我不好，是我的错。请你相信我，我和她，已成为过去。我现在爱的是你。我保证，我手机对你保持24小时通畅，不会再关机了，也不会再不回你信息了。只要你想见，我们天天见。我们天天在一起。"

他此刻的真情告白，在林子珊听来，却像一个笑话。她不能接受这样的情感，和她谈着恋爱，心里却装着别人。而这个"别人"，竟然是她同事、保媒拉纤的红娘。她感到一阵恶心，赶忙离开餐桌，快步来到卫生间，把刚才喝的酒，一股脑儿地吐了出来。

她回到座位时，像换了个人似的，脸上的红晕不见踪影，目光清明、坚定，淡淡的微笑漾在嘴角，此时她的身份，又是请客吃饭的主人了，她礼貌地说："对不起，多喝了点酒。有些失态，让你见笑了。"

袁野一阵狂喜，以为她原谅他了。他激动地进一步表明心迹："子珊，让我们重新开始。今天，就算我和你的第一次约会。我会好好爱你、疼你、呵护你。"

"谢谢你能爱上我，谢谢你刚才的那番话，它如同一道曙光，点燃了我自卑的内心，也增添了我的自信。谢谢你给予我美好的六个月。只是今天的我，已不是昨日的我了。我接受不了你和叶老师曾有的关系。抱歉，我不是不能接受你的过去，只是你过去的那个人，是我抬头不见低头见的叶老师。我克服不了这道心结。我们做普通朋友吧。希望你我能幸福，你我都能找到真爱。我敬你，我把酒干了，从此，我们江湖见。"

她说话的声音轻柔，但在袁野听来，如同响雷，击打在他头上，刚才的狂喜，变成了狂躁。他喊道："我好不容易爱上你，就被你否决了。再给我一次机会，也给你一次机会。你说过，我是你一直等待的那个人。你不能放弃我啊。"

她走了，如诗人徐志摩诗中写道："轻轻的我走了，正如我轻轻的来，我挥一挥衣袖，不带走一片云彩。"她是买完单后走的。袁野猜得没错，这是最后的晚餐，是鸿门宴、分手宴。

望着林子珊像风一样的离去，袁野显得那样的无力和无奈。他从她的眼神中看到了她决绝的心意，她是早已下定决心的了，是经过挣扎后的痛定思痛，从深爱演变成失望和痛苦，最终离他而去。从此他们就是路人了，他是路人甲，她是路人乙。

袁野独自坐了一会儿，喝干了剩下的红酒。他拨通了叶慧的电话，带点酒意的声音喃喃道："她不要我了，她走了，她不会回来了。我们分手了，我活该、报应啊，哈哈哈。"

叶慧听得云里雾里，但有一点很肯定，林子珊和袁野分手了。至于为什么会这样？其中有什么缘故？她不得而知。等她想问个明白时，电话传来了嘟嘟的忙音。袁野挂断了电话。

从电话中听出，袁野很伤心。袁野本是个痴情汉子，这点，她比谁都清楚。至于后来他的一些风流韵事，只是他的逢场作戏，或者人为的渲染。

她不能坐视不理，不能看着他伤心。她是红娘，关键时刻，红娘必须出面，搞清原因，然后，有的放矢，从中调和、斡旋。虽说清官难断家务事，但难断不是不能断，还是有希望调解。不然，就没有破镜重圆这成语了。还有一词，奇迹。

九

回到家中的林子珊，已是身心俱疲，心力交瘁。从中午至深夜，她一直处于焦灼状态。但在旁人看来，她是温婉的，如同那一刻决绝地离去，似风、似云，挥挥衣袖，含笑而去。可谁知道，她的内心，如黄连一般的苦，她的思绪，如狂风那般汹涌。这是她的第一场恋爱，仅仅半年，就结束了。她的一番深情、满怀热血，就这样付诸了东流。

她倒在沙发上，内心的委屈、酸楚和痛苦，不可抑制地往外飞奔，泪水，像雨滴似的滚落面颊。就在此刻，房间电话响起，林子珊没去接，过了几分钟，又响了。她快快地从沙发上起来，走到房间，拿起电话接听，还没开口说"喂"，就传来沈忆眉的声音："你这个死丫头，晚上去哪里疯了？打你手机，不接，往你家打，也没人接，发你邮件，也不见回。你要急死我啊。现在几点了？是不是和帅哥约会去了？老实交代。"她说话时，带有吃食物的咀嚼声。

听见闺蜜关切的声音，她像见到亲人似的，有千言万语，却不知从何说起。眼泪再次扑簌簌地往下掉。

两人半年多没联系了。半年前，沈忆眉从美国飞来看她，小住几天，匆匆惜别。临走时，她对林子珊说，我有个美国朋友，单身，和你年龄相貌都相当，也是美籍华人。或许，你会对他一见钟情。

返回美国不久的她，果真发来了邮件，邮件中附有一张男子的生活照，照片中的男人，站在一片绿茵茵的草坪上，是一张打高尔夫球的照片。他头戴蓝色球帽，身穿白色球服球鞋，手挥高尔夫球杆，挺拔的身姿，像一颗白杨树，轻舞飞扬，神采奕奕。双目注视着远方——高尔夫球落下的地方。

邮件中有男子的基本信息，基本信息很基本，男子的姓名、年龄、学历、毕业院校，一应俱全，连身高、体重、爱好，也列在上面，还有他的 MSN 账号及邮箱地址。看来，沈忆眉是认真的，她认真地要把她嫁为人妇。

信的下方还有注解，如一见钟情，飞来美国面谈，有人出资来回机票，以及包吃包住。仅有好感，那加他的 MSN 账号，鸿雁书信，传递情感，谈到水到渠成，再见面也不迟。结尾处，还贴上了夸张的调笑表情。

林子珊看完，扑哧笑出了声。邮件的一番措辞，以及所发照片，就是一则征婚启事，还是涉外征婚启事。只是缺少了对所觅女孩的要求。她对涉外，或者相距甚远的，感觉不踏实，她自小缺少安全感，她希望和爱的人，天天黏在一起。

照片上的男子，绝对高富帅。再一端详，好像在哪里见过？似曾相识之感。她搜寻以往的记忆，是演艺圈的哪个明星？还是体育界的健儿？

Davis（戴维斯），她一边念着名字，一边竭力在脑海里搜索。终究想不起来。或许，他长得就像某位明星。正当她停止搜索时，突然，脑中灵光一闪，难道是他？

三年前，林子珊参加沈忆眉的婚礼，她是伴娘，新娘向她介绍她的新郎，唐思华，我亲爱的 Davis。照片中的男子，和沈忆眉老公笑貌极为相似。只是时隔三年，在婚礼上也匆匆一瞥，她不敢断定。或许，是沈忆眉老公的近亲，所以才如此相似。再者，沈忆眉怎么可能拿她老公的照片，来忽悠她的闺蜜呢？

她是这样回复的：感谢亲爱的一片美意，照片上的人很帅，谈不上有好感，也没有一见钟情。至于书信往来，亲爱的，还是算了吧。

在回信的当晚，沈忆眉电话追来了，再三追问，对他什么不满意了？是啊，她很不得其解。Davis，她的挚爱，在她眼里，绝对是百分百的完美男人。年轻有为，又高又帅。因为是闺蜜，姐妹情深，她才如此慷慨，要效仿娥皇女英，和她同侍一夫。这种高尚情操，试问，世界有几个女子能做到？

当然，这只是她的一厢情愿，她没把她所想的，告知她的 Davis。沈忆眉认为，男人容易搞定，有哪个男人能抗拒美女的投怀送抱？何况是他的妻子，从中牵的线，搭的桥。

林子珊说："我怎么可能对他不满意？你介绍的人儿，一定是千里挑一的精英。感谢亲爱的一番美意。我这儿给你叩头谢恩了。"她用两个手指，在听筒上敲了两下。

沈忆眉咯咯咯的笑声，传到林子珊的耳朵："死丫头，这才像话，敢辜负我的美意，看我不吃了你。"她故意把吃东西吧唧的声音弄大，声音很清脆，像是在嚼黄瓜。接着又说："什么时候来美国？我们见面聊。"

"我哪里说要去美国了？我感谢母后千岁，为我所做、所想的一切。"

"小妖精，敢糊弄老娘。那你说说，到底什么意思嘛？我还要去复命呢。"其实，她只比林子珊大一个月零三天。但她倚老卖老，成为人妻后，更把林子珊当小孩了。电话中常常说教。

"你挑选的人太优秀，我和他的差距，有十万八千里，他在天上飞，我在地上跑。我无福消受，也高攀不起。我就在家乡的这片土地扎根吧。还有，我不想离开我父母。"

"傻丫头，这些都不是事儿，只要你同意了，我这边，我能搞得定。至于你父母，简单啊，接来和你同住。想想啊，到时，我和你又可以天天在一起了。像大学时那样。"

林子珊听得有点讶异，如果她嫁到美国，也是成为他人妇，又不是嫁到她家。不在同一屋檐，怎么可能天天一起。嗨，她乐糊涂了。难为她的一片姐妹情。

"小眉，照片上的人，和你的 darling 很像。他是你家老公的什么人？"

又传来她咯咯咯的笑声："哈，你终于发现了。猜猜，他是谁？"

有钱真任性，美国长途电话费，多贵啊。她一点也不心疼，竟然让林子珊猜，猜谜语，那不得要几个回合。

林子珊说："不猜了，你不心疼钱，我还心疼呢。长话短说，照片上的人到底是谁？"

"呵，还没嫁过来，就知道节约过日子了。我会花钱，你会持家。我俩组合，一定子嗣绵延，家庭稳固，万事兴旺。"

林子珊终于听明白了，戴维斯不是别人，就是沈忆眉老公。她真大方，真慷慨。再怎么姐妹情深，也不能把爱人作为资源共享啊。亏她想得出，美国再怎么开放，也是一夫一妻制。

"沈忆眉，你说什么呢？你也受过高等教育的，那些年读的书，读傻了，你是想让贤呢？还是要我做妾？爱情是自私的、排他的。你到底爱不爱你老公？你是世界上第一大奇葩。"这是她第一次说教她的闺蜜。

"宝贝儿，别激动，你听我说，我爱我老公，也爱你。你们两个人，我不分彼此，一样的挚爱。古有娥皇女英，共侍一夫。我想，我们也可以效仿古人，亲亲热热，和和美美在一起，我们成为一家人。你织布来，我耕田，我挑水来，你浇园。"

她居然在电话里唱起了黄梅戏，惹得林子珊又好气、又好笑。其实，她了解沈忆眉的个性。大学五年，她做出出格的事情还少吗？逃课、考试私藏小纸条、贿赂辅导员泄露考试内容、堕胎。实习期间，还和有妇之夫关系暧昧，闹得沸沸扬扬，差点影响她毕业。

一个是循规蹈矩，一个是离经叛道，两个性格截然相反的人，匪夷所思地居然能成为最好的朋友。这也只能用缘分一词来解释了。从心理学角度分析，弗洛伊德的"三我"人格学说，或许可以佐证两人亲密无间的关系。

弗洛伊德将人格结构划分为三个层次：本我、自我、超我。本我：位于人格结构的最底层，是由先天的本能、欲望所组成的能量系统，包括各种生理需要，本我是无意识、非理性的，遵循快乐原则；自我：位于人格结构的中间层，从本我中分化出来的，其作用是调节本我和超我的矛盾，遵循现实原则；超我：位于人格结构的最高层，是道德化的自我，它的作用是：抑制本我的冲动、对自我进行监控、追求完善的境界。

这和美国报业巨头约瑟夫·普利策所言如出一辙，他说，每个人心里都住着两个人，一个是魔鬼，一个是天使。而林子珊和沈忆眉的友情，或许就是性格互补吧。林子珊从沈忆眉的所作所为里得到了"本我"的满足，而沈忆眉又从林子珊的一言一行中完善了她的"超我"。

林子珊"咬牙切齿"地在电话中骂道："疯得越发没边了，简直一派胡言。我真想一口咬死你。啊呜！"说完，"啪"地挂断了电话。谈话由此结束。当然，她并没有真的生沈忆眉的气。两人打闹惯了。但并不都认同她的一些奇谈怪论。

她要咬死她，她生气了？她才不会。俗话说，打是亲骂是爱，不打不骂不相爱。这句话是形容情人，或夫妻间的俚语，同样也适用在她俩身上。

过了两天，沈忆眉发了一封邮件给她，信中写道："对不起，宝贝儿，我的这个念头把你惊着了吧？Davis 他也批评我了。两天没和我说话，可是我的出发点是好的。你不知道，我一个人在美国，很孤单、很想你。不生我气了，我给你作揖磕头了。"

信件的结尾处，同样附上了一个夸张表情。只不过，这次的表情，是流泪的符号。

片刻，她忍住心中的委屈，回复说："小眉，不好意思，我刚从外面回来，我手机关机了。也没来得及看你发来的邮件。这么晚来电话，有事吗？"

"我没事，主要想你了，想和你聊聊。你的声音不对，哭了，什么情况？

快告诉我，姐姐替你出气。"她俩对彼此太熟悉了，连声音的稍许变化，都能感受到对方的喜、怒、忧、思、悲、恐、惊。中医上称"七情"。

"没事儿，都已经过去了。我也想你。"她不想再提这段伤心的往事了。虽然仅仅过去了两小时。

"什么叫没事儿？没事儿你能哭，到底出什么事了？你想急死我啊，快说。"

沈忆眉是个急性子，最听不得半吊子说话，说一半还留一半。

在她的追问下，林子珊就把她和袁野交往的过程，大致说了一下。她讲述时，语气平静，已听不出她情绪的波动，好像在讲别人的事，与自己一点关系也没有，但内心依旧是阵阵隐痛。

沈忆眉听得义愤填膺，开口大骂："Asshole，狗男女，敢欺负我妹妹。子珊，你把那混蛋的电话给我，我现在就打过去，看我怎么收拾他！"

她夹杂着英文单词地破口大骂，倒把她逗笑了。她能想象出，沈忆眉双手叉腰，柳眉竖立，杏眼圆睁的泼妇样。

"没事了，我真的没事了。主要是听到你的声音后，我忍不住就想哭。"

"什么叫没事儿了？不能这么便宜他们。明天你上班后，找你科室的那位，就是和那小子有不清不楚关系的，和她理论，她不要的，就扔给你。什么乱七八糟的。"她顿了顿，又说："你把他俩的那点破事儿，全抖搂出来。看她以后还敢欺负你？"

"我知道怎么做，好了、好了，不要为我的事生气了。我不生气了、也不伤心了。这篇翻过去了。"

"你的事，就是我的事，我能看着你被别人欺负不管吗？傻丫头，以后再有什么新情况，得先告诉我，我好给你作参谋。凭我的一双法眼，就算他有七十二般变化，我也能看出他是人还是妖。"

"是，大小姐，我以后一有情况，就立马向你汇报。对了，小眉，找我有事儿吗？"

"哦、哦。嗨，把我给气糊涂了，我准备下个月回国，你能请几天假陪我吗？"

"好，具体哪天？"

林子珊没有一丝犹豫，就答应了闺蜜的请求。尽管，她拿休假，需逐级向领导申请。先向科长请示，科长同意后，再由分管领导审核，最后一把手审批同意，程序走完，才能休假。

沈忆眉说："婆婆催着要抱孙子，我不能一拖再拖了，再拖下去，我和戴维斯的婚姻，有可能就走到尽头了。还有我之前做过流产的事，也会东窗事发。老公催着我去医院做检查。他做了身体检查，检查下来没问题。言下之意，问题出在我身上。这次回国，做输卵管疏通术。我想好了，再痛苦也要做。"

"输卵管疏通手术，并没有想象的那么痛苦。放心吧，有同学付佩玲，还有我陪在你身边。你一定能成功造人。说定了，我要当宝宝的干妈妈。"

"好啊，那你得赶紧找个人结婚，我可不想让宝宝只有干妈，而没有干爸。当然，不能瞎找，就像那个小子。宁缺也不要。"

第二天一上班，林子珊向科长申请休假。吴莉莉在签名时问了一句，去北京旅游？是的，科长。林子珊顺着她的话回复。

申请休假的流程，走得很顺利，一圈走下来，纸条上落满了领导的签名。嘿，领导的签名就是值钱，没有他们的签名，申请条就是一张废纸，她就休不了假。休假申请好之后，她在邮件中给沈忆眉发了信息，我这一切 OK，北京见！

叶慧听见了，问坐在身后的林子珊："你去北京旅游？和谁一起去？"

林子珊看着叶慧，不自主想起袁野来，心中掠过一阵刺痛，真的翻篇了吗？哪那么容易。估计带给她的伤痛，还会萦绕一段时日。她想挤出一丝笑意，装得若无其事，只感觉脸上的肌肉僵硬，算了，就这样吧，估计挤出来的笑容，比哭还难看。

"是的，叶老师。是我一个人去北京。"

昨晚沈忆眉关照她找叶慧理论，说把她和袁野的关系，给它公之于众，让她脸上无光，名誉扫地。哪有这样欺负人的，看她以后还能在林子珊面前颐指气使。

她没找叶慧理论，她什么也没说，什么也没做，就像什么事也没发生。谈恋爱，就是谈个你情我愿，周瑜打黄盖—— 一个愿打一个愿挨。只是她付出了真心，却是错付了。她认栽了。

或许叶慧是一番好意呢？何况，她没有强迫你一定得以身相许，或非他不嫁，她只是给他们搭个桥而已。至于谈不谈，和她无关了。她不怪叶慧，也不怨恨袁野。这样一想，心下又释然了一些。

叶慧看了看周边，然后又说："子珊，你跟我出来一下。我有话和你说。"她要问个清楚，她和袁野之间到底发生什么事了？

两人一先一后，来到办公室对面的阅览室，此时室内没人。叶慧很直接，上来就问："怎么回事？能告诉我原因吗？袁野说，你和他提出分手了。"

"是的。我俩性格不合。"

"没有其他的原因？"

"没有，六个月相处下来，彼此性格不合。"

明眼人都知道，所谓性格不合，大部分都是借口。这是文明的托词。分手是有原因的，而且那个原因，是最主要的原因，是不可原谅的原因。

"袁野说他爱你。他不想和你分手。"

"他和你说的？他倒是什么都和你说。"

俗话说，听话听音。叶慧听出来了，隐约感觉此事与她有关，但又不能说什么。她略微尴尬地说："我是介绍人啊，所以他希望我出面调解。"其实，袁野没叫她调解。他只是电话里传递他们分手的信息。

"我和他之间，已经过去了。"她的语气很坚定。接着又说："没其他的事儿，我回办公室了。"没等叶慧开口，转身走了。

叶慧望着林子珊决绝的背影，不好再说什么了，也说不上什么了。她的处境，也很尴尬。她只是期望，期望袁野尽快从这段感情中走出来。他是个痴情汉子，想到他痛苦模样，她的心，也跟着隐痛。

不知道哪个好事者的传播？林子珊失恋的消息，在不大的单位纷传开了。男孩儿叫什么，介绍人是谁，怎么分手的，描述的分毫不差。且还有人证和物证。

吴莉莉私下探问："子珊，外面传的消息是真的吗？他们竟然在你眼皮底下，眉来眼去。还充当红娘。把你当成什么了？幸好及时分手。万一到了谈婚论嫁，或者生米煮成熟饭时，那就晚了。"

林子珊对于外面的传闻，一点都不知情。她疑惑地看着吴莉莉。

"科长，你在说什么？我没听明白。"

"傻瓜，你和那个男孩儿谈恋爱的事。"

"啊？你怎么知道的？"

"单位里都传开了，说你们玩三角恋。叶慧保的媒，那男的，是她的老相好。"

"不是这样的。别听那些传言，什么三角恋？瞎说嘛。我和他是正常交往，谈不合适，就分手了。和叶老师没关系。"

她有些气愤那些传言，把她和叶慧，还有袁野，当成是一台戏，在戏说、在渲染，成为茶余饭后的笑资。但这些传言的内容，与真实的故事，又不差分毫。事实却是如此，虽然某些之处有些失真。

"你别不信，我给你看张照片。"

吴莉莉点开她的手机，翻看保存的相册，有一张照片，赫然跃入眼帘。照片上的两个人，就是叶慧和袁野。而且两人的神态，显得那么亲密。

林子珊看后，心下十分气恼，但还得一副淡定的样子。她说："曾经的同事，一起聚聚，也很正常。"嘴上这样讲，但那种被欺骗后的伤痛，又向她的心头袭来。她更加坚定她挥手斩情丝的果断和正确。

"子珊，你真沉得住气。你知道这发生在哪天吗？"

"哪天？"

"昨天下午，我们单位附近的咖啡馆。"吴莉莉边说，边观察她的脸色。如她所愿，看到了她脸上流露出的不悦之色。

原来昨天下午，袁野先和叶慧约会，晚上再和她见面。他倒是充实得很呢。脚踩两条船，和有夫之妇有染，还信誓旦旦说他俩是清白的，鬼才信呢。真把她当成三岁小儿了。

"谁看见的？科长你吗？"林子珊问。

"昨天下午，叶慧向我请假，说她孩子学校下午家长会。她撒谎，工作期间，和别的男人约会，竟然拿孩子作为挡箭牌。"

吴莉莉的这段话，说得有些分量。从严重性来讲，叶慧欺骗组织，趁上班之际和异性约会。这是作风和人品的双重问题。当然，如果吴莉莉不追究、不汇报的话，这事也就不了了之了。

林子珊没表态，疑惑地看着她，难道她想把此事搞大？

吴莉莉也纳闷，给你看了物证，还说了一段略带煽动的话。她倒好，好像与她无关似的，一点不吃惊、不愤恨。真如她所说，他们是谈不合适分手了？她不在意她交往的对象和保媒的关系暧昧？

"你真沉得住气，我佩服你的雅量。"吴莉莉的这一招，用了激将法。

林子珊终于听出她关切背后的真正意图了，她想假借林子珊之手，以整顿朝纲为由，将此事上报，或以同事之情意，从中斡旋，收买人心。她没有步入她设好的圈套，假如她和叶慧争执，此事会更闹得满城风雨，人人相传。好事之徒再添枝加叶，叶慧名誉受损，她也会被连累。

"我已经翻篇了。"她淡淡地说。

吴莉莉终究没把这事捅上去。叶慧在同事眼中，落下了作风不严的口舌。

其实，这是人家的私生活，影响谁了、碍着谁了？她老公都不操心，你们操哪门子心。何况，又不是捉奸在床的艳照。再者，现实社会中，有个关系不错的异性，很时尚呢。

随着时间推移，叶慧之事渐渐被人淡忘。社会从来不缺少花边新闻，单位也一样。吴莉莉没把事情弄大，不表示她也会遗忘，她的工作日志及考勤表上用红色字体鲜明的标注着，某年某月某日某时，叶慧请假开家长会的记录，还有，那张照片。

叶慧深陷于绯闻，她心中是忐忑的、不安的，但她也不是吃素的。一个东北妹，在外打拼多年，早练就了金刚之体。万一有人要搞她，或拿她做文章，她会反击，迎接挑战。她还知道，是谁偷拍了她和袁野的照片，又是谁把照片给了吴莉莉。这些信息，来自检验科的朱雯雪。朱雯雪和她是同一年进的单位，当年作为新人的两人，自然走得近一些。

林子珊在去北京前夕，获悉了那张照片的始作俑者。叶慧悻悻地向她解释，她和袁野见面的真实原因，她说："不管你信不信，我和袁野是清白的。"然后不甘心地再次向林子珊确认："你和袁野，还有可能复合吗？"

"我和他结束了。谢谢你，叶老师，让你费心了。"林子珊态度鲜明，没有丝毫回转余地。

叶慧知道再讲也无益，就此作罢。末了，她又悻悻地说："你知道谁拍的照片吗？"

"谁啊？"

"范雪琴。"她带着怨恨，一字一字地说。目光中露出一丝杀气。

林子珊拿了休假，赶往北京，陪同沈忆眉做输卵管疏通手术。同学付佩玲请了一位全国知名妇科专家操作，手术很顺利，沈忆眉也没有受很大痛苦。日程安排得也很紧凑。

一周后，沈忆眉飞回洛杉矶，林子珊也坐高铁回转家中。

十

人到中年的女人，或许不甘心韶华即将褪去，又或许想抓住青春的尾巴。她们在穿着上精心装扮，在皮肤的保养上，也不惜代价。她们不能像年轻的女孩那样，什么衣服都能穿，穿什么都好看。青春就是一张王牌，即使脸上不施脂粉，素面朝天，也是清水出芙蓉般的俏丽。

上了岁数的女人，穿着不仅要讲究品质，还要注重搭配。护肤品也不是传统的擦拭和涂抹了。也因此，美容机构如雨后春笋，一家接一家地开出。还有各类面膜，什么祛斑的、补水的、紧致的，铺天盖地的广告。以及规格、项目不一的健身机构，应运而生。容貌美了，身材也要美。美的追求，要付出一定的代价，且代价不菲。

范雪琴绝对有经济实力来保障她对美的追求。尽管徐娘半老，但风韵犹存。凹凸有致的身材，堪比年轻女孩儿。略施粉黛的鹅蛋脸，饱满有光泽，几条细细的鱼尾纹，更增添了成熟女人的韵味。

她呷着从老中医那儿求来的养生茶，每天四杯，雷打不动。她已经连续喝三四年了。每年的养生茶配方，都是不同的。老中医每半年为她搭一次脉，根据脉象调整养生茶的配方。

按理说，范雪琴什么都不缺，老公是卫生局副局长，虽不能呼风唤雨，但好歹也是一人之下，万人之上的一方领导。尽管她是外来妹，老家经济条件相对差一些，但只要她娘家的亲戚朋友，左邻右舍来拜托许局办个什么事儿，许局也尽可能地提供帮助。虽然偶尔也有一些牢骚话，那也只是说说而已。所以家中的不论大事还是小事，都由许志强一手操办。她就负责她的貌美如花。

但她也有无尽的烦恼，她烦恼的，就是儿子许博远。

许博远怎么惹恼他妈了？是学习成绩不理想，还是调皮捣蛋打群架了？再或者是和女生早恋了？都不是。其实，许博远还算是个乖巧听话的孩子，从小学直至现在就读的高中，成绩一直居于中等偏上，他和同学间的相处也极其和谐文明。虽有当局长的爹，但许博远从未在同学面前自卖自夸。用当今流行形容成功人士的一个词语，就是"低调"。不像有些孩子，时不时把老爸的头衔拿出来耀武扬威，最终连累大人导致丢官或入狱的事，也时有发生。

各任老师倒是对他另眼相看，其中原因，可能还是他当局长的爹吧。明年他要高考了，许博远的班主任预测学生的前景，说他的成绩，保守一点，考个二本是没问题的。乐观点的话，能上一本的大学。

这也不错了啊，全国那么多考生，能考进一本，或二本的，也实属不易了。难道范雪琴希望儿子上清华、北大？她没有这样想，只要许博远顺利进入大学，她就知足了。万一发挥失常，她和许志强也商量好了，送他出国，拿个海外文凭，一步到位。至于大学毕业后的工作，交给老公了，她不操心。

而且许博远长相又好，五官像极了范雪琴。一入高中，个头噌噌地长，身高一米八，活脱脱一大小伙子。他又高又帅，还有背景，深受女生的青睐。

范雪琴时常望着儿子俊俏的脸庞发呆，又是欢喜，又是担忧。她担忧什么呢？

这是她心中的隐痛，不足为外人道的秘密。爱人许志强也不知爱妻心中藏有的愁绪。

但有一人，似是猜到了她的隐秘。

那天下午，范雪琴因公去邮局，路过咖啡馆，无意中看到咖啡馆内温馨的一幕。叶慧面带桃花，手中拿了一条漂亮围巾，对着镜子，把围巾系在了颈部，并转动着脖子。对面坐着一名男子，男子含情脉脉地望着叶慧。真是一副"郎情妾意"的温馨画面。

她立在外面，看了一会儿，用手机拍下了那一景。她想起了自己的少女时代。自和许志强结婚后，他一路高升，在得到名利的同时，却失去了陪伴家人的时间。范雪琴还算是个通情达理的人，老公忙于工作，忙于应酬，她就一个人吃饭、一个人逛街。偶尔的，两人床上相欢，她嘀咕几句。没隔多久，老公送她礼物，以表他不能时常陪她的歉意。范雪琴喜欢珠宝首饰，许志强就投其所好，送黄金、送钻石、送玉器。

回到办公室，范雪琴还在品味刚拍下的照片。她感叹，时间过得真快，转眼之间，她成中年大妈了。虽然她的身材和容貌，保养得还像年轻女孩，但那只是表象。她的身体她清楚，就像一台机器，年久日长，已是锈迹斑斑，运转缓慢了。不然，不需要每天喝养生茶，去美容机构动小刀子了。

青春一去不复返，看看叶慧，正三十出头，这是女人一生中最美好的年华，像一只熟透的水蜜桃，娇艳香甜。而她的美好年华呢？

"范姐，麻烦你把这份数据汇总一下。"吴莉莉不知什么时候来到她的身旁，打断了出神中的范雪琴。

范雪琴抬起头瞄了一眼吴莉莉手中的A4纸，说："莉莉，那不是叶慧负责的吗？"

"是啊，范姐，叶慧下午请假去开家长会了，这份数据很急，上头催着马上要。我手头还有其他急的事儿，分不开身。小杨和子珊出去采购物品还没回。只能辛苦范姐你了。"吴莉莉向范雪琴解释说。

"开家长会？我没听错吧？"

"是啊，孩子家长会。我能不准吗？"

"我刚才在咖啡馆看见她了，这不，我还拍下了她的照片。"范雪琴边说边给吴莉莉看照片。

　　果然是她。她撒谎，她以孩子家长会的名义，和男人约会，还是上班之际。而这个男人不是她爱人。她爱人来过单位，吴莉莉见过，范雪琴也见过。吴莉莉看后，很生气，但脸上不动声色。

　　"叶慧真是的，为什么要撒谎呢？而且还拿孩子做借口。谁没有个事儿呢？我哪会不准假啊。"她说得轻描淡写。

　　范雪琴接过话茬说："是啊，为什么要骗人呢？莉莉，这事儿你准备怎么处理？"

　　吴莉莉沉吟了一会儿说："算了，都是科室姐妹。等她回来上班，我说她几句。范姐，你把照片发我。不然，叶慧还以为我诬陷她呢。"

　　常言道，好事不出门，坏事传千里。不知道是吴莉莉还是范雪琴的无意泄露，或者有意为之。叶慧和男人约会的事，就此被传得沸沸扬扬。还人肉搜索出此男人的相关资料和背景、他和叶慧的关系以及他和林子珊的交往。整个事件直指向叶慧，把她推到了舆论的风口浪尖上。

　　范雪琴是拍下照片的始作俑者，但和她的初衷，是背道而驰的。她并不想弄出什么事情来，但往往有些事情的发生，向相反的道路上越走越远。就像成语"南辕北辙"。

　　叶慧知道了范雪琴是照片的始作俑者，她恨死了她。她认为，范雪琴故意为难她，要整她，把她的名声搞臭。她为什么要这样做呢？她和范雪琴没有利害关系，可以说是井水不犯河水，再说，她也犯不了河水，一个是官太太、卫生局长夫人，一个是一介平民，她巴结还来不及呢。平时的她，一口一个范姐，叫得不要太亲热。私底下，也时常塞给范雪琴一些"针头线脑"的零物，如围巾、香水、口红什么的。

　　叶慧看明白了，范雪琴只是一个被利用的道具，吴莉莉才是背后的推手、幕后的真凶。此时，她唯一能做的，就是静观其变，等待时机。谁没有一点过错、或把柄，也会落入他人之手呢？

范雪琴的这一无心之举，被别人利用了，最终她招来了一场"杀身之祸"。当然，用"杀身"两字形容，好像有点严重，毕竟没有性命之忧。但对于年近五旬的中年妇女而言，遭受家庭变故、母子反目及名誉扫地，岂不是堪比"杀身"一样的严重。

一天中午，吃饭时分，许博远突然来到范雪琴单位，这下把他妈吓得不轻。当时的她，一脸惊慌，脸色发白。这就奇怪了，儿子到妈妈单位，这是一件很平常的事，至于把她吓成这样嘛？

原来，许博远在网上买了复习材料，快递员发信息给他，材料送往他妈妈单位了。以往都是范雪琴拿了，下班带给他。这次，因买的复习材料，下午课堂上要急用，所以趁中午吃饭时赶来取。好在学校和妈妈单位不远，电动车十多分钟的路程。

这是许博远有印象以来，第三次来妈妈单位。距离上一次来，已过去了两年。那时他刚升入初三，那次的造访，许博远至今记忆犹新，他被妈妈好一番训教。范雪琴语重心长地说："我再三和你申明，妈妈上班时间，不要来我单位。你不知道有多少双眼睛盯着你妈妈。同事们背后会议论，上班时间带孩子，还能安心工作吗？单位不是托儿所、游乐园。会说我无视单位规定，会认为沾了你爸爸的光，对你爸爸不利。我们做人做事要低调。别的妈妈，或许可以带孩子来单位。但我不能这样做，你明白妈妈的意思吗？"

所以每逢寒暑假，范雪琴就给许博远报各式的培训班，每天的课程，安排得很满。当然，一个寒暑假下来，培训费是一笔不小的数目。但这些钱，她必须得花，教育投资嘛，不能让孩子输在起跑线上。这是每个父母的心愿。范雪琴还有另外一番用意，就是担心孩子没事到她单位来。

范雪琴赶紧把儿子拽出办公室，抱怨他不打招呼就来。尽管许博远向妈妈作了解释。

"你急用，妈妈可以给你送去啊。"

"我也想来看看妈妈。再说，中午休息时间，不会影响你工作的。"

"我叫你不要上妈妈单位，自有我的道理。"

"可现在是你的休息时间，也影响吗？"

"总归不太好，万一有人做文章，说范雪琴儿子，老来单位看妈妈，会造成不好的影响。"

"真这么复杂？是不是妈妈你小题大做了？"

许博远不理解，他偶尔来一次，真给妈妈添麻烦了？妈妈太小心谨慎了，哪有说得这么严重。

母子两人一边小声说话，一边向门卫处而来。到了门口，范雪琴让儿子在外面候着，她去里面取快递。

宋建成早把范雪琴的快递收藏在一边了。

宋师傅不但负责整个中心的安全保卫、信件报刊的收发，现在还增加了网购快递的签收。近几年，随着电子商务的普及，网购已经被越来越多的人使用，购物只需点点鼠标，就能轻松实现。尤其到了重大节日，随后的几天，快递包裹如"雪片"似的砸来，忙得宋师傅应接不暇。他的签名，也练就得如草书一样的潇洒，狭小的门卫室，包裹被堆放得像小山似的。其实，签收快递，并不在宋师傅的职责范围之内，他纯属义务代劳。

有时，热心人也会招来是非，责怪宋师傅代收后的包裹随地乱扔。这真难为他了。他是个门卫，他的职责，就是做好单位的安全保卫，还有信件报刊的收发，这才是他的本职。

宋师傅也有私心，他对待范雪琴的态度，确实与其他人不同。范雪琴每次网购寄到单位的快递，他签收后会放到另一边，而不是随手堆在小山似的包裹中间。

难道宋师傅也拍局长夫人的马屁？还是因为他和她老乡的关系？就连范雪琴科室的其他人，也跟着沾光。宋建成也会签收后，整齐地归置一边。

十一

范雪琴母子俩的举动，被叶慧尽收眼底。

许博远踏进妈妈办公室，叶慧正好抬起头来，不偏不倚照了个正面。他礼貌地叫了声叶阿姨。他还认得她，几年前，那是他第一次来妈妈单位，妈妈介绍过她。当时办公室只有三人，还有一位年轻阿姨，是妈妈的上司。

叶慧倒是一愣，进来的小伙儿，又高又帅，一时之间，想不起他是谁。细一看眉眼，像极了范雪琴，她也想起来了，是范姐家公子，以前见过一次。那时，还是个初中生，还没发育长开，如今出落得翩翩少年了。

她刚要立起身招呼他，却被范雪琴一个箭步，直冲到门口，拉起许博远就往门外走，转眼便消失在叶慧的视线内。

范雪琴的这一举动，把叶慧愣住了，她呆呆地望着门口，望着母子俩消失的背影，许久，才回过神来。

吴莉莉走进了办公室。

"吴科，看到范姐了吗？"叶慧问。

"看见了。范姐家的儿子变化真大，一转眼，成大小伙了。"吴莉莉说。

"是啊，长得像范姐，和许局一点都不像。"叶慧边说边沉思。

"真是的，许局的影子也没有。不过，儿子随妈的多。"吴莉莉说。

"我怎么觉得他很像一个人，而那人我们也很熟悉。唉，就是想不起来了。"叶慧嘀咕道。

"和谁像啊？你是说范姐，这是她儿子，当然像妈妈了。"吴莉莉边落座，边随口回答。

"想起来了。他很像门卫宋建成。你觉得呢？"叶慧问吴莉莉。

"谁？像宋建成？"吴莉莉一愣。脑子里即刻浮现两人的外貌，她说："真的哦，很像呢，十分相像。"

说完，她忙她的活了。吴莉莉没有多想，长得相像之人，现实生活中就能见到。俗话说，世界之大，无奇不有，还有更像的呢。经常在银屏上看到，有人和某位当红明星长得像，就去参加模仿秀，挣一些出场费。再或者，做相像明星的替身。

叶慧突然发现，范雪琴儿子和门卫宋建成，有惊人的相似之处。尤其那双眼睛，如果把两对眼睛，独立于五官之外，活脱脱就是一双眼睛的翻版，还有那脸型和鼻子。叶慧越比较、越吃惊，再加上范雪琴刚才的反常行为，好像她儿见不得人似的，急吼吼拉着他狼狈地逃离办公室。

这其中一定有蹊跷。范雪琴有不可告人的秘密。她和宋建成是老乡，而且是一个村子的。这个秘密，叶慧去年才得知。

去年，她整理中心所有职工的档案，无意中翻到，范雪琴和宋建成的出生地，竟是同乡同村，而且年龄相仿，范雪琴比宋建成大一岁。他俩应是发小，用亲密的词来形容，青梅竹马的关系。可是从没听范雪琴提起过，宋建成也没露过口风。

宋建成至今未婚，他的婚姻一栏里填的是未婚。真是不可思议，20岁当兵，30岁退伍。退伍后，在多个城市打过工。六年前，到了疾控中心做保安。履历表中清晰地记载了他的基本信息。

或许，范雪琴不想认亲，她嫌贫爱富，觉得宋建成这老乡，给她丢脸，所以假装不认识。有这可能，当时叶慧是这样认为的。但随后观察到两人的举动，好像又不是那么一回事。

就是从去年开始，她怀着好奇心，关注起两人的一言一行了。

再狡猾的狐狸，也会露出蛛丝马迹。何况范雪琴根本不是一只狡猾的狐狸，她只是一介妇孺，人到中年的平凡女人。再者，一个在明里，一个在暗处。常言道，明枪易躲，暗箭难防。

范雪琴哪里会想到？她的背后，有一双猫头鹰一样的眼睛盯着她。

有几次叶慧去门卫室取快递，碰巧范雪琴也在，好几次了。范雪琴一见到叶慧，马上找个借口匆匆离去。她说她也是来取快递的，但快递还没到。有时说，她是来向宋师傅借东西的。之前的叶慧，并没在意。自得知两人是老乡的关系后，她就觉察出，范雪琴和宋建成之间的关系，极不寻常。

那天叶慧送孩子去幼儿园，因路上堵车，她上班迟到了半个小时。当她急匆匆路过单位门卫处时，正好看见范雪琴红着眼圈从门卫室出来，好像还用纸巾在擦拭双眼。叶慧和她招呼，她的神色显得极为惊恐，解释说眼睛内进了一粒沙子。还有上次和林子珊中午一起用餐，饭后去门卫室取快递，恰巧范雪琴又在。还有宋师傅心虚的模样，他都不敢正眼看叶慧。

这一切的一切，太不正常了。

突然，一个大胆的假设，在叶慧心中冉冉升腾。范雪琴和宋建成曾是恋人关系，后来不知什么原因，没走到一起。而许博远，是范雪琴和宋建成的私生子。

这样的推理，可以合情合理解释范雪琴的一些异常行为。比如她刻意隐瞒和宋建成是老乡的事实。再比如她不想让她儿在公众下露脸，以免被人看出许博远长得像宋建成。

叶慧震惊于她的假设和推理。如果这一切是真的，那么我们敬爱的许局，他的妻子，不但给他戴了绿帽，他唯一的儿子也不是亲生的。这种电视剧中才出现的狗血情节，竟然就发生在身边。许局做梦也想不到，其中的主角之一，就是他。她的假设和推理，不幸被她猜中了。

范雪琴也是直到儿子升入初中后，随着儿子体型和外貌的分化，她发现许博远越来越像某个人。她惊恐、慌张和不安，缠绕在心中多年的疑团和担心，终于尘埃落定。她痛苦地接受这残酷的事实，终日惴惴不安，就担心东窗事发。

每次看到儿子和他父亲促膝欢谈，交融愉悦的亲情画面时，她追悔莫及、痛彻心扉。17 年前的往事，不自主地浮现在眼前。

范雪琴和宋建成不但是老乡，还是情侣。他们从小一起长大、一起玩耍，还玩过家家。到了上学年纪，两人又是同桌。随着年龄的增长，情爱之花，在两人心中发芽、开花。双方父母也默认他们的关系，就等男大当婚，女大当嫁的年纪。

高考时，两人双双落榜。他们没选择复读，就结伴外出打工，辗转多个城市，好工作不好找，能找到的工作，又很辛苦。

作为男人的宋建成，他不想让心爱的女人跟着他受苦受累。20 岁那年，也是高中毕业后的第二年，他回乡报名参了军。他希望，通过当兵来改变他的境况。自此两人海角天涯，往来书信，成了他们情感的寄托。

范雪琴独自一人在异乡打工。那一年，她 23 岁，在饭店当服务员，她遇到了贵人，就是成为她老公的许志强。许志强看上了她的美貌，形容她像开在山间的杜鹃花，娇艳热烈，又朴实自然。

一个外来打工妹，被有身份有地位的内科医生看中，虽然当时的许志强，还只是一位刚工作不久的内科小医生，但在外来打工妹的眼里，他就是骑着一匹白马的王子、天上下凡的一位神仙。她是最底层的灰姑娘，被他看中，那是何等的幸运。

范雪琴欣喜之余，又感到痛苦和矛盾。为之欣喜的是，如真能攀上许志强这根高枝，那她外来妹的身份就能彻底改变。为之痛苦、矛盾的是，她放不下和宋建成这么多年的感情，从小到大，两人形影不离，直至前年宋建成参军。分别两年多的日日夜夜，她无时无刻不思念远方的爱人，宋建成就像是一枚烙印，深深地刻在范雪琴心底，融入她的生命，她曾坚定地认为，她早晚是宋建成的妻子。

宋建成不在的日子里，范雪琴觉得自己就像大海里的一叶孤舟、天空中离群的孤雁、沙漠里一头迷途的羔羊，她是那么凄凉和无助。她抱怨宋建成的离去，她不在乎日子的清贫，只要两人在一起，吃糠咽菜也觉得甜蜜，她的心愿，成为他新娘，为他生儿育女。

理想很丰满，现实很残酷，范雪琴终究没能抵挡住内心情感的孤寂和现实生活的磨砺，她投入了许志强的怀抱，成了一名医生太太。果然，没几年的时间，范雪琴彻底转型，外来打工妹转成了事业单位有编制的职工。

远方当兵的宋建成，从他父母口中得知范雪琴结了婚，结婚对象是一名医生时，他想死的念头都有。昔日的情情爱爱历历在目，转眼间，他的女人却成了别人妻子。

宋建成向部队领导请了十天的假期，他要找到范雪琴，当面质问，为何弃他另嫁，昔日的山盟海誓、海枯石烂不变心的情话，抛之脑后成一缕轻烟了吗？他一路风尘仆仆，终于寻到范雪琴单位。此时的范雪琴已是小学图书馆一名图书管理员，在她和许志强相恋结婚后，这是她辗转的第二个工作驿站。

那天，宋建成突然出现在她学校门口，把范雪琴吓了一大跳，脸色转眼变得苍白，颤抖着双唇说不出一句话来。她呆呆地望着昔日的发小、同学兼情人。

宋建成也一样，望着站在眼前亭亭玉立的恋人，纵有千言万语，却不知从何说起。一年多前，她像一只断了线的风筝，杳无音讯，寄去的书信，一封封的退回，退回的信封上标注着查无此人，打电话问老家的父母，得到的回答，也是茫然不知情。直到一个月前，宋建成的父母打电话给他，告知了范雪琴结婚的消息。

"跟我走！"宋建成的语气十分坚决，不容她半分置疑。在部队的大熔炉里锻炼了几年的他，早已是一名铁骨铮铮的解放军战士，自然，他的口吻中带着军人的威严。他拉起范雪琴的手，往他住宿的旅馆方向走去。

范雪琴像一个犯了错的孩子，一声不响地跟着他，她轻轻地挣扎了一下，从宋建成宽大厚实的手掌心中抽回她的手。这里是她的地盘，熟人遍地，万一被人看见了，传到许志强的耳朵里，那她刚建立的幸福小家庭岂不毁于一旦。

一到旅馆，宋建成不由分说，抱住范雪琴，在她脸上亲吻。他难抑激动复杂怨恨的心情，边吻边语无伦次地喊道："为什么？为什么要瞒着我？为什么不给我写信？这一年多来，我没有你音讯，没有你行踪。给你寄去的书信一封封地被退回，你知道我什么心情吗？我试图找你，在我们原来打工的地方，但物是人非，谁也不知道你去向。我担心你，担心你被骗被拐被害，我甚至想到了报警。"

范雪琴被宋建成抱得几乎喘不过气来，她想挣脱，挣脱他强有力的臂膀，但他的双臂那么有力强壮，几次尝试挣脱，都无济于事；她想说话，但双唇被他的唇紧密覆盖，发不出只字片语。他身上散发的熟悉气味让她眩晕，好像又回到过去两人在一起的甜蜜岁月。范雪琴身体逐渐瘫软下来，依偎在宋建成的怀抱里，任他亲吻和数落。

两人相拥在一起，此刻，时间停住，日夜不分。范雪琴早已忘记自己有夫还是刚新婚一个月的新娘。她一头扎在宋建成的怀抱里，喃喃地诉说着离别后的种种，五味杂陈的感情犹如开闸的江水一泻千里，其中，有思念、有埋怨、有愧疚、有负罪……化为一团炙热的火焰燃烧，两人赤裸的身体紧紧地缠绕和交织在一起。

范雪琴愧疚地发出含糊不清的呓语："对不起，对不起，是我不好，我不应该瞒你，不应该不给你写信，不应该玩失踪。"她连说了三个不应该，以此来表示她对宋建成的深深歉意。

宋建成一见到范雪琴，早忘了来见她的初衷、此行目的。他并不想强迫她和他重归于好，那是不可能的，他一个小战士，什么都没有，怎么可能与内科医生竞争？两人根本不在同一起跑线上。他也不会用偏激的手段报复范雪琴的背叛，他一个在职军人，接受部队多年的培养和教育，不至于因情生恨。

和过去的爱做个了断和告别，这是他此行最终目的。他见她，只想当面问个明白，听她亲口说出移情别恋的原因，不要把他蒙在鼓里。他宋建成也是个响当当的男子汉，我给不了她所要的生活，她当然可以追求她的幸福，这是她的自由和权利。我不会死皮赖脸纠缠，再说，纠缠有用吗？现在，她找到属于她的幸福，宋建成伤心酸痛之余，心中却在默默地祝福。

缠绵过后的两人，渐渐趋于冷静。范雪琴边穿衣服边对宋建成说："忘了我吧，刚才，算是我还你的情分。以后，我们不要再见面了。"

宋建成为自己的冲动懊悔不已，哎，冲动真是魔鬼，这几年在部队里锻炼的意志去哪儿了？万一刚才发生的一切，东窗事发，传到内科医生耳朵里，那我岂不是害了她。这就是我想要和爱作的了断吗？

"小琴，对不起，我是个畜生，我怎么能做出这样的事情来？你是我深爱的女人，我希望你幸福，你不欠我的，你有选择的自由，你离开我，有你不得已的苦衷，都怪我，我没能力让你过上好日子。"

宋建成说完，从脖子上取下戴着的一颗佛珠，这颗佛珠，妈妈在他参军前从寺庙里求来的，妈妈说，这是一颗幸运佛珠，能保佑他万事平安。尽管，宋建成是个无神论者，但这是慈母的心愿，戴上它，就好像有妈妈爱的陪伴。

他把佛珠戴在了范雪琴的脖子里，深情地说："它不值钱，但有我的祝福和爱，衷心祝你幸福。"范雪琴没有拒绝宋建成给她的佛珠，这是一个纪念，一段将要尘封情感的纪念，包含彼此的祝福和期望。自此，两人将天各一方，再无瓜葛、交集。

范雪琴戴着佛珠离开了宋建成，开启她和许志强的新生活，日子过得平淡、踏实和幸福。一个新生命的诞生，圆满了范雪琴的人生理想。许志强也顺风顺水，刚年过四旬就坐上了卫生局副局的宝座。

　　随着许博远的长大，范雪琴的幸福感却与日俱减。儿子许博远眉眼越来越像另外一个人，像谁？范雪琴如瞎子吃馄饨，心里有数，像宋建成。仅那一次，就这么巧，她怀的是他的种，不需DNA鉴定，毋庸置疑，就是宋建成的骨血。范雪琴十分肯定，不，百分之百确定。她感到万分的惊恐和不安，但烦恼远不止于此。就在许博远十岁的那一年，宋建成又出现了，而且还和范雪琴成了同事。真是不是冤家不聚头。

　　回到部队的宋建成，变得沉默寡言，他把伤心化作力量，勤奋工作，积极表现，并向团领导申请，要求留在部队继续服兵役。部队领导根据他的表现和个人意愿，提拔他从一名士兵转为一名士官，这一转，宋建成在部队又干了多年，直到部队裁员，他被裁了下来。

　　在部队的这些年，宋建成并没有忘却昔日的恋人，他通过各种渠道了解范雪琴的动态，她生孩子了，是个男孩；她又换工作了；她住院了，盲肠炎手术……他的心里填满了范雪琴的名字，哪再盛得下别的女人？父母张罗为他相亲，部队上的战友为他介绍女孩子，都被他一一地婉拒了。

　　退伍后的宋建成没回老家工作，他应聘当了一名保安，和昔日恋人成了同事。和他一起复员的战士为他抱屈，明明有机会获得更好的工作，却偏偏干起了低人一等的门卫，不可思议也不得其解。大伙儿都说他脑子进水了。后来才得知，他是为了一个女人，才委身去当了一名保安。

　　范雪琴见到新来的门卫竟是宋建成时，非常吃惊，私底下责问他："你究竟想做什么？我说过我们不要再见面了，我该还的也还你了。可你居然和我成了抬头不见低头见的同事，你这样阴魂不散，想让我不得安生吗？"

　　宋建成一脸温和地解释："我不会给你添麻烦的，我既不会说破我们是同乡，更不会把我们曾经的关系公布于众，我只当不认识你，你放一百个心。"

　　范雪琴能放得下心吗？她一个心也放不下，儿子许博远是他的，长得活脱脱一个年轻版的宋建成。单位同事或者爱人许志强见了，岂不生疑？世上哪有不透风的墙？但这话又不能和他说，万一他知道许博远是他的孩子，天哪，不知道会发生什么惊人的事来？

她只好央求他："换个地方工作吧，如果工作不好找，我帮你找，一定给你找个你满意的工作。"

宋建成笑了笑说："我对现在的这份工作很满意，能天天见到你，我就知足了。我再次郑重声明，我不会妨碍你，更不会打搅你的生活，你就把我当空气一样的不存在。"

话说到这份上，范雪琴没办法了，她只能走一步看一步，所谓的见招拆招。她千叮咛万叮咛儿子许博远，不要上妈妈单位，被单位同事看见了不好，也直接影响你父亲的声誉。尤其你爸爸现在是局长，我们做事说话更得处处谨慎，人言可畏啊。范雪琴的这套说辞，赢得了许志强的赞美，也唬住了幼小乖巧的许博远。

懂事听话的许博远，无事从不登妈妈的三宝殿，他的每个寒暑假都在各种培训班度过，尽管，他很想跟随妈妈去她的单位走走看看，哪怕半天或者几个小时也好。也许，在每个孩子心中，父母工作的地方是神圣又令人好奇的。

许博远也好奇，初二学年暑假培训结束的前一天，培训老师临时有事，取消了下午的培训课程。许博远没和妈妈招呼，悄悄来到范雪琴单位逛了一圈，满足了他长久以来的好奇心。还有，妈妈单位的那个门卫叔叔，一开始盘三问四，拦着他不许随便进入，但在得知他妈妈是范雪琴后，却换了一副表情，又热情又好客，不但拿他老家的特产给他吃，还当起了地陪，陪他把整个单位里里外外参观了一圈。

临走时，许博远再三叮嘱门卫叔叔，不要把他来的事告诉妈妈范雪琴，不然，妈妈会生气的，临了，还和门卫叔叔拉起了钩，"拉钩、上吊、一百年不许变。"

世上没有不透风的墙，几天后，被范雪琴知道了，她火冒三丈，声泪俱下，严厉、狠狠地批评许博远的肆意妄为和胆大包天，把妈妈的话当耳旁风。那么范雪琴怎么会知道的呢？难不成宋建成把他出卖了？这可冤枉了宋建成，他和许博远有达成的君子协定，拉钩为证。

原来，宋建成和许博远的讲话，不小心被宋建成搭档的王师傅听到了，王师傅为讨好范雪琴，向她告密，并附上一句不中听的话，你儿子和老宋长得挺像的。

许博远吓坏了，他从没看到妈妈发过这么大的脾气，他哭着保证，下次再也不敢了。倒是一旁的许志强有点看不下去，他责怪范雪琴大惊小怪，儿子去一趟妈妈的单位，至于发那么大的火嘛。

这次，许博远又猝不及防地来看范雪琴，她是那么的慌张和无措，因为现在的许博远，已是标准的大小伙子了。

十二

范雪琴接过宋建成手中的快递，转身要离去时，听到宋建成发出一声感慨："几年不见，成大小伙子了，真好啊。"

范雪琴心头一怔、一酸，她停住了脚步，带着怨恨的眼神，幽幽地瞟了他一眼。他为她至今未婚，守身如玉，但他的这份痴情却没有带给她快乐，它像一块巨石压在她的心头，沉重而憋闷。他岂不知，门外的大小伙子就是他的骨肉。17年前旅馆里发生的那一幕，她为偿还他的感情债，殊不料，上苍以这样的方式来延续、来惩罚她的背叛。

"找个合适的人成个家吧，不要再耽搁了，你也会有你自己的孩子。"范雪琴于心不忍，再次劝导。其实，像这样的话，她和他说过无数遍了，她希望他早日成家，早日从过去的情感中走出来，那样的话，范雪琴也解脱了。

而每次提及这话题，宋建成只是憨厚地笑着敷衍，他说："可能缘分没到吧，我期待的那个她，估计还在十万八千里以外，慢慢地等吧，等我学会了筋斗云。"

"看来，我是没有福气了，这样也好，等我离开人世间，我是赤条条来赤条条去，了无牵挂，也不错。"宋建成依旧一脸憨笑地回应范雪琴的劝导。他的每次回话，从不给范雪琴有任何的压力和负担。他既不说他心里只有她，也不说他还在等她。

宋建成的"赤条条来赤条条去"这句话，把范雪琴的眼泪都勾出来了。在他们老家，有这样一种说法，如果成年男子在世时，膝下没有子嗣继承香火，那他死后，将成为一名孤魂野鬼，上不得天堂，下不了阴曹地府，他的灵魂无处安放，永世不得超生。

他打定主意单身了，范雪琴知道再劝也是徒劳，可她不忍心见他死后的凄楚，毕竟他们情义一场，毕竟行过夫妻之实，虽然没夫妻之名，而且，他们之间还有骨肉。她决定冒险，她把许博远叫到了门卫室。

许博远很有礼貌地叫了声宋叔叔，两年前，就是这位叔叔热情带他参观了妈妈的单位。

宋建成再次见到许博远，有一种说不出道不明的亲切感。他的理解，因为他是范雪琴的儿子，爱屋及乌，所以见到许博远进来，他忍不住摸了摸他的头，又轻轻在他的胸口捶了一拳，说："不错，很结实嘛。"

许博远阳光般地笑了笑，并夸张地举起两个胳膊，握紧拳头，做了个展示肱二头肌的动作，意思是，我不但胸部结实，四肢也发达。他的夸张表情和动作，把范雪琴和宋建成都逗乐了。

范雪琴看着两人打趣的场面，犹如梦境般的不真实，他们是亲生父子啊。但如今，近在咫尺，不能相认，不敢相认啊。此事只能烂在肚子里，带到黄泉路上再挑明了。

亲生父子做不成，那就认个干亲吧，范雪琴做了个大胆的决定。她对许博远说："宋叔叔和妈妈是同乡，在这儿，他孤身一人，没亲人也没朋友，我想让你认他做干爸爸，你愿意吗？"

许博远没有丝毫犹豫，愉快地接受了妈妈的建议，说："我愿意。"然后，对着宋建成爽爽朗朗地叫了声"干爸"。

倒是宋建成连连摆手，推却说："不行，使不得，岂不委屈了孩子，我什么身份，哪敢当孩子的干爹？"

范雪琴没理会宋建成的推辞，自顾自地说："以后，许博远也是你的孩子了，他给你养老送终。"

宋建成哪能不明白范雪琴的一番美意，因为老家有风俗，没有子嗣的成年男性，去世后将永世不得超生。但宋建成不信这风俗，他是一名有十多年军龄的战士，他相信科学，老家习俗，纯粹是无稽之谈、封建迷信一说。

不信归不信，但这是她的好意，何况许博远又开口叫了他干爸，再说，他喜欢许博远这孩子，打心眼里喜欢。宋建成便不再推辞，那就恭敬不如从命吧。

认亲，和定亲一样，也要有信物，这样才算正式。宋建成摸了摸口袋，摸出了一只哨子，这是一只军哨，它跟随宋建成行军近十年。退伍后，他随身带着，时不时拿出它来把玩一下，吹一下哨子，优美的哨子声把他的思绪带进了过去的从军岁月，他和战友一起出操，一起扛枪，一起喝酒谈天话桑麻。

这只哨子，对于宋建成来讲，有非凡的意义，它已不仅仅是哨子，它是他岁月的见证、他心灵的慰藉。把自己的钟爱之物作为信物赠送给他人，也算是礼轻但情意深重吧。

许博远倒是十分喜欢，生活在互联网时代的孩子，玩惯了电子产品，网络游戏，对于哨子这土玩意儿，觉得很是新鲜，他新奇地吹了下哨子，高亢的哨子声在不大的门卫室响起。范雪琴吓了一跳，随即清醒地意识到，此地不宜久留，时间待得越长风险越大。她赶紧拉起许博远离开了门卫室。

范雪琴的顾虑不是没有道理，有只黄雀正悄悄地尾随其后，门卫室里的一切，被她瞧了个正着。

黄雀正是叶慧。她和吴莉莉聊完后，便尾随范雪琴到了门卫室，这一跟一瞧，证实了她之前的假设和推理。许博远和宋建成站在一起，不用猜，也不用DNA检测，不明就里的外人一看，他们就是一对父子。这正是一个天大的秘密，惊人的新闻啊。叶慧怀中像揣着一头小鹿怦怦直跳。

她和范雪琴一前一后地回到办公室。

范雪琴若无其事地照旧喝起她的养生茶，她不知道，她一直深藏担忧的心事，已被她人破译。如果她知道她的把柄已落入她手，试想，她还有那份闲情雅致喝养生茶吗？

叶慧的心情却是久久不能平静，她像个小偷一样，偷窥到了别人的秘密，却只能藏在心里，不能说、不能晒，这种滋味不好受。她需要有人和她一起分享、一起承担，但现在还不是时候，不到万不得已，影响别人夫妻感情拆散家庭的事，万万做不得。

春风吹遍了神州大地，也吹进了区疾控中心每个职工的心中。中心领导一开春，就重点部署了春季传染病防控工作内容，要求各科各司其职，团结协作，紧密配合，切实加强春季传染病的防控工作，杜绝传染病的流行暴发，为辖区内居民的健康保驾护航。同时，还发布一个好消息，中心将派两名青年才俊赴美深造，为期整两个月。各科室报送一人，由中心领导班子研究后定两名赴美人员。

这的确是个好消息，为期两个月，公派赴美深造，这样的机会在区一级的疾控，实属难得。各科室一方面紧锣密鼓开展春季传染病的防控，一方面积极选拔青年才俊。青年才俊，顾名思义，为才华相貌出众的年轻人，在古代，专指男性，但到了近代，青年才俊成了一个广义的名词，涵盖年轻有为之男青年和女青年，相貌上也不作特别的要求，并非要貌若潘安颜容似昭君，能过得去即可。

近几年，能进入机关事业单位成为在编一员，可以说，都是优秀人才。疾控中心也一样，所以，中心领导的模糊定义，增加了各科选拔人才的难度。作为人事总务科科长的吴莉莉，就很头疼，头疼的岂止她一人，估计其他科室也是如此。

吴莉莉的头痛，在于她自己强烈想成为赴美人员，因为有了出国学习的背景，对于以后的仕途升迁，会有加分。她掐指算了算，科室人员总共五名，范雪琴就可排除在外，她是人到中年的妇女，可不是青年才俊。还有叶慧，两个孩子的妈妈，不足为患，估计她自己不一定想去。那么只剩下杨晓敏和林子珊同她竞争了。

其中，杨晓敏是个劲敌，她是中心引进的第一个硕士研究生，而且是花了大价钱。按照常理，这次赴美深造非她莫属。可吴莉莉极其不甘心、不情愿，这种千载难逢的出国学习机会，并不是年年有，下一次，还不知道是猴年马月了。

而林子珊，更不足为虑，她为人清高低调，看淡名利，又和她师属同门，她不会与她竞争。只要自己给她一个暗示或者甩个灵子，林子珊一定会投票给她。如果不记名投票方式推选，那么她吴莉莉就占两票了，还有范雪琴一票，这样三票对两票，吴莉莉取胜。

吴莉莉把杨晓敏归为叶慧一党，叶慧放弃的话，她这一票会投给杨晓敏。她俩同乡，关系较近，也可以理解，就像她和林子珊的关系，感情上自然亲近些。那就来无记名投票吧，得票数多者，就作为科室的青年才俊报送给中心，这种方式推选，公平、公正，别人说不出闲话来。

事不宜迟，速战速决，以免夜长梦多。中心发布信息后的当天下午，人事总务科仅花了半小时的时间，进行现场无记名投票，并当场唱票。吴莉莉两票，杨晓敏两票，叶慧一票，这样的结果，在意料之中，又在意料之外。

从得票数可窥知一二各人的心思。显然，叶慧的一票是她自己投的，她也想赴美深造，尽管她膝下有一双儿女围绕，这和吴莉莉的猜想有悖。吴莉莉认为，叶慧舍不得扔下两个幼小的孩子，事业固然重要，但孩子可是妈妈的心头肉啊。

叶慧不这样想，赴美学习，机会难得，只要是个有为有梦想的青年人，都想获得此次学习的机会，又不是去了不回，或者要三年五载的。当然，如果是这样，那岂不更美。孩子根本不是问题，再说孩子也大了，请个居家保姆来照看，一切问题也都迎刃而解了。只是可惜，仅一票，还是自己投的一票。

吴莉莉的两票，一票当然是她自己投的，另一票，林子珊投给她的。这一点，吴莉莉确认无疑，有十足把握。那么范雪琴这一票，也是最关键的一票，而她居然投给了杨晓敏，这大大出乎吴莉莉的意料。吴莉莉感到很失望，也很愤慨，在人事总务科，她和范雪琴共事的时间最长。尤其在她当了科长之后，她不看僧面看佛面，处处关照他、讨好她，私底下，她送给她的饰物可以装满一箩筐了，还不算逢年过节正式给许局大人的大礼。看来，范雪琴是一只喂不饱的母狼，还是她根本没把她放在眼里？

不管吴莉莉怎么懊恼和失望，现在的结果，她和杨晓敏打成了平手，那还得新一轮的投票，总得比出个高低胜负吧。吴莉莉这回并不急于做决定，因为她看清楚自己眼前的劣势，假如再来投票，那最关键叶慧一票，她会投给谁？吴莉莉没把握，那没把握的事，就不能做，至少眼下不能做，得缓一缓，来个缓兵之策，夜长才会梦多。反正距离中心上报期限，还有两天的时间，这两天里，可做很多事。

中心规定科室报送一名青年才俊，两天期限，超过期限，就作自动弃权。怎么可能弃权呢？中心人才济济，都快挤破头了。它的激烈程度不输任何一次的干部选拔。

临下班前，吴莉莉叫住了叶慧，她说："下个月，有个去西安学习的会议，我想安排你去。"

叶慧是个聪明拎得清的人，她立马看透吴莉莉用心，她是想用此来作为交换的筹码。那筹码是什么？筹码就是叶慧她的那一票。

下午的不记名投票，吴莉莉和杨晓敏打成了平手，二比二，叶慧就一票，还是自己的一票，尽管她也想得到这个机会，但是她不可能和她们竞争了，她已被淘汰出局。那么她的一票，投给谁，至关重要，可以说是决定成与败的一票。既然自己无望成为科室的青年才俊人选，那么何不做个顺水人情。

"好啊，西安，十六朝古都，还没去过呢。谢谢吴科，也请你放心，我的这一票就归你了。"叶慧说得很直白，并狡黠地笑了笑。

"你是我最信赖和倚重的人，以后，科室里的事儿，你多担点责。"吴莉莉继续她的糖衣炮弹。她的言外之意，假如她成了中心的青年才俊赴美学习，那么人事总务科科长一职，仍旧由叶慧来代理。

"行，吴科，你尽管吩咐。"叶慧爽朗地说。

"不早了，下班吧，你家孩子要等急了，还有，我刚和你说的事儿，先不要声张。"吴莉莉嘱咐叶慧，她好像在思考什么。

"哦，好。"叶慧告别吴莉莉，匆匆地下班了。确实，家中的一双儿女在等着妈妈回家。

叶慧的保证，并没像一颗定心丸让吴莉莉定心，人心是会变的。何况，从私交来看，叶慧和杨晓敏走得更为亲近，她不能在叶慧这一棵树上吊死，这不，还有范雪琴这一票呢，虽然下午她投给了杨晓敏，但并等于下一轮还会投她，事在人为，也夜长梦多啊。

晚饭后，吴莉莉约范雪琴一起逛商场，她借口说，她看上了一条裙子，但她拿不定主意，希望范姐能帮她参考参考。

范雪琴想也没多想地答应了，她也正想去商场看看，好像几个月没买新衣服了，有半年多了吧。记得上一次逛商场，也是和吴莉莉一起。女人逛商场，完全看心情，心情不好，对什么事儿都不感兴趣，包括添置新衣服。但也有相当一部分年轻女性，她们通过逛商场购物来发泄心中的失落、痛苦和委屈。范雪琴没有那癖好，她是属于心情不好时，对任何事儿提不起兴趣的那类女人。再者，她是农村苦出身长大的，把钱看得很重，怎么可能成为购物狂？尽管，现在生活富裕衣食无忧了，但她从不乱花钱，当然，必要的必需品，贵一点，这钱也是要花的，又不是花不起，比如，养生护肤方面的钱不能省。

说是陪吴莉莉买衣服，但最终吴莉莉一件都没买，倒是范雪琴买了一身套裙，及一条搭配套裙的真丝围巾。在付款时，两人差点打起来，范雪琴说什么都不肯让吴莉莉出钱，她说："每次出来买衣服，你都抢着付钱，这哪行啊？"

吴莉莉挡住了范雪琴付款的手，说："你是我姐，妹子孝敬姐姐，那不是应该的啊，除非你不想认我这个妹子。"

范雪琴拗不过吴莉莉的热情，她都把话说到这份上了，不让她付钱，就是不拿她当作姐妹，那岂不是我的不是了？再看看她的手里，却一件衣服也没买。范雪琴恍然大悟吴莉莉的良苦用意了，醉翁之意不在酒，在乎山水之间也。吴莉莉是醉翁，她在意范雪琴手中的那一票。

这边，吴莉莉使出一切手段来赢得明天新一轮投票的票数。

那票数和吴莉莉打成平手的杨晓敏呢？她也不能闲着。

杨晓敏也在分析，她的两票，一票是自己的，另一票是范雪琴投的。范雪琴的那一票，倒出乎杨晓敏的意料，她没想到范姐会投票给她，但从中也可看出范雪琴作为科室老同志的客观、公正。她要夺取最后胜利，成为科室乃至中心青年才俊人选，叶慧的那一票，至关重要。

接下来，叶慧的一票，会投给谁，杨晓敏不敢妄自猜测，尽管她和叶慧有老乡之情、姐妹之谊，但投票赛场风云变幻，不到最后一秒，谁都无法确定自己是赢家。何况，近两年内，她和叶慧亲密的关系有所趋缓，这倒怪不得叶慧。

杨晓敏刚进单位的一年内，叶慧作为东北老乡、科室前辈，对杨晓敏各方面较为照顾，单身的杨晓敏也隔三岔五去叶慧家蹭饭。但自从杨晓敏在科室立稳脚跟后，她就有意无意和叶慧保持一定的距离，你和谁亲近，那势必和其他人关系生疏。

一个公司，或者一个部门，不管是公司领导，还是部门领导，都不希望看到麾下的员工拉帮结派，形成小集体。杨晓敏也有顾虑，她担心科长吴莉莉把她视为叶慧一党，而影响自己以后的发展。毕竟科长是吴莉莉，她要尊重领导，所以她有意无意疏远叶慧。

杨晓敏曾一度打算退出和吴莉莉的竞争，成全吴莉莉赴美的愿望，吴莉莉也许会感激她，或者对她有负疚心理，保不齐日后吴莉莉对她另眼相看、青睐有加。但最终，她还是放弃了退出的念头，毕竟，过了这个村何时再有这个店，就不好说了。

既然不打算退出，那就要做好战斗的准备，杨晓敏把每一场考试每一次选择，都当作是一场战役。人生何尝不是一场战役呢。

目前，最有可能争取到手的那一票，非叶慧莫属。她或许会看在昔日的同乡姐妹情谊，伸手帮自己一把。杨晓敏再度登上叶慧家的大门，距上次已时隔大半年了。

上次登门，乃是杨晓敏筹备婚礼之际，她请教叶慧东北老家有哪些婚礼习俗，虽说，当代的年轻人，新人新办法，不在意不计较陈规陋习，可杨晓敏父母不这样想，咱东北的有些规矩不能破，也破不得，不然，你们的婚礼不参加。杨晓敏没办法，女儿的婚礼，父母不到场，那成何体统了。

杨晓敏的到来，叶慧一脸诧异，随即意味深长地表示了欢迎。当然，杨晓敏不是空着手来的，每次来叶慧家，多多少少会带一些东西，主要给两个孩子的。

客气话自然不能少，杨晓敏打的是亲情牌，她说："离开家乡那么多年，特别想家、想父母、想吃家乡菜。姐，我还没吃饭呢，你这儿有什么吃的，想吃你做的菜。上回你做的猪肉炖粉条，可好吃了，和我妈妈做的，一样一样的味道。"杨晓敏确实还没顾得上吃饭，她下了班直接去了儿童玩具店，精心挑选了两款玩具。

杨晓敏的煽情和不见外，把叶慧感动得眼圈都红了。俗话说得在理啊，老乡见老乡，两眼泪汪汪，见到家乡人、说家乡话、吃家乡菜，聚在一起，何等亲切。

叶慧嗔怪地说："怎么不预先来个电话？这个点还没吃饭，不怕把胃饿着了。你等着，我马上给你做，几分钟的时间。"果然，不到十分钟的时间，一大碗热气腾腾地猪肉炖粉条端上桌面。

杨晓敏迫不及待捞起一块猪肉塞进了嘴里，边吃边说："姐，超好吃，就喜欢我们家乡的味道。"

叶慧真诚地说："想吃的话，上姐这儿来，姐给你做家乡菜。"

杨晓敏吮吸着粉条，口齿不清地开着玩笑说："好，好，我上姐家来搭伙。"

叶慧也笑着打趣道："欢迎啊，不过，你家的那位同意吗？结婚了，有自己的家了，还往别人家跑。"

　　杨晓敏说："那我带他一起来……"话音未落，突然胃里泛起一阵恶心，她赶紧往卫生间跑去。

　　叶慧见状，吓了一跳，"怎么啦？怎么啦？菜有问题吗？"她跟在她的屁股后面紧张地问。

　　"没事儿，姐，我吐掉就好了。"

　　"到底怎么回事儿啊？"

　　"我怀孕了。"

　　"啊？怀孕了？我还以为我做的菜有问题呢？好，恭喜啊，几个月了？"

　　"刚满两个月。"

　　"怀孕头三个月是关键时期，你可要当心啊，三个月，就要去医院建卡。"

　　杨晓敏吐完，抬起头，强作灿烂的笑容，看了看叶慧，说："姐，不用担心，我身体结实着呢。我还想带他（她）一起学习，也算是对胎儿的早期教育吧。"

　　叶慧早知道杨晓敏今晚登门的来意了，兜了一大圈子，她终于说到她来意的重点了。哎，这孩子，怀着身孕还想出国，不怕在路途上，或者国外的生活不适应，来个水土不服啥的。那腹中的孩子万一有个闪失，怎么是好？真是为了前途，命都不要了。她年轻不经事，没经历十月怀胎的艰辛，我得提醒她一下，既然她一口一个"姐姐、姐姐"地叫我。

　　"晓敏，这可不能当儿戏，你可想好了，两个月的学习，不是那么轻松的。再说，你老公，你公婆能同意你出去吗？"

　　"还没和他们说起这个事儿，我能不能被选上还是个未知数呢？"

　　"那我们单位呢？中心领导能批准你带孕出去学习？"

　　"姐，我怀孕的事儿，我只告诉你。你可千万不能出卖我啊。"

　　叶慧听出杨晓敏的言外之意，她怀孕的事儿还是个秘密，这个秘密只有你知我知、天知地知。

　　"孰轻孰重，只要你想清楚就好，以后的道路还长着呢。"叶慧只能点到为止了。每个人的路都是她自己决定走的，再说，任何事物都有它的两面性，有得也有失。

"我想好了，我想得到这次赴美学习的机会。姐，我希望你支持我。"杨晓敏目光灼灼地盯着叶慧，她绕了一大圈子，终于直话直说了。

叶慧面露难色，她避开杨晓敏热切的目光，想到临下班前，她和吴莉莉的那场交易。吴莉莉安排她去西安学习，用意很明确，来交换叶慧手中的那一票。她也明确地给予了答复，成交。

杨晓敏看出叶慧的犹豫，似有难言之隐，虽然她心里对叶慧的犹豫，有强烈不满和失落，但她不露声色，反而宽慰她："姐，没关系，你想投给谁，这是你的权利，我不会怪你的，你是我姐嘛，你做任何事情，我都支持你、理解你。"

她的一番以退为进，反而让叶慧心里滋生一丝不安，为了表明她们之间姐妹及老乡情谊，她向杨晓敏解释："不是姐不支持你，只是我已经先承诺别人了，我不能失信于人。"

杨晓敏当即反应过来，叶慧口中承诺的"别人"是谁了，不言而喻，是科长吴莉莉。吴莉莉早先一步对她实施"恩惠"了，至于什么恩惠，杨晓敏也能猜中一二，无非是利用她手中一星半点的权力，安排出个差或者许诺她代理科长的职务。万一吴莉莉赴美学习，那人事总务科科长一职，将又交给叶慧来代理。

社会就这么现实，感情替代不了实际利益，叶慧如此，那她自己呢？之前和叶慧关系的若即若离，今天的再次热情登门拜访，自己何尝不是在利用他人。想明白了，心里也就释然了。

杨晓敏用力挤出一个灿烂的笑容，说："我明白，姐，就当我没说。我就是来串个门，谢谢姐的猪肉粉条，我回去了，姐也早点休息。"

叶慧把杨晓敏送到门外，临别时叮嘱杨晓敏，说，"想吃家乡菜，随时来家，姐做给你吃。回家后早点休息，不要多想，你现在是个孕妇，照顾好腹中的宝宝，这是头等大事。"

十三

第二轮投票开始。

吴莉莉利用上班后的半个小时，进行了第二轮不记名投票，不出所料，吴莉莉获得四票，杨晓敏一票，大家对投票结果一致通过。吴莉莉即刻把自己作为科室的青年才俊报送给中心领导。

落选的杨晓敏，在祝贺吴莉莉当选的同时，向科室发布了她怀孕的消息。此举，表明了她对投票之事已释然的态度，现在，她的重中之重，就是孕育腹中的宝宝。至于其他的，暂且顾不得了。

有时，事情往往出乎人的意料。在吴莉莉报送人选后的当天下午，她接到中心主任闫寒的电话，示意她去主任办公室一趟。主任召唤，吴莉莉不敢有丝毫耽搁，她立马放下手中的活儿，奔赴主任办公室。

中心主任闫寒，年纪刚过四旬，正当不惑之际，他接任一把手之职两年。两年中，他大刀阔斧，破除旧疾，锐意创新，他推崇业务与效益挂钩，不养懒人、不作为之人，整个中心在他的改革下，面貌焕然一新。当然，也遭到了保守派老同志的抨击和上访，说他一意孤行，听不得别人的意见，不尊老，还行为不拘。

分管疾控中心的许局，对于老同志的反映很重视，他多次前往疾控中心核查此事，也从侧面了解闫寒的所作所为。调查中，年轻人一族，他们对闫寒赞誉有加，褒扬闫主任作风硬朗，行事果敢，说话风趣幽默，是个敢于创新不可多得的新锐领导。而在年龄稍长的几个代表口中及从侧面了解，包括他爱人范雪琴也在列，他们对闫寒的一些做法颇有微词，说他为人处世太过张扬，锋芒太露，没有为官者应有的谦虚和内敛，还不尊重老同志，等等。

通过几次的明察暗访，许局得出结论，闫寒任职期间，在用人、财物及业务管理方面，基本上是称职的。至于老同志的一些意见，许局单独找闫寒谈了谈，在肯定闫寒的政绩之后，对他提出了几点希望：希望他博采众长，接纳不同层次不同年纪的同志之言；希望他谨言慎行，发扬中华民族艰苦朴素尊老爱幼的优良传统。

许局提出的希望含蓄、有水平，可能这就是为官多年打下的基础，滴水不漏、点到为止。老话有："饭可以乱吃，话可不能乱说。"许局把老话中的几个字稍微修改了一下，并成为他行事为人的座右铭："饭可以多吃，话不能讲太满，行事不能太露。"

闫寒对许局提出的建议，采取了"阳奉阴违"的战术，表面上感激、听从许局对他的中肯希望。他说："我以后注意方式方法，我向您保证，决不再给您添麻烦。但也请您相信，我所做的一切，都是为了我们中心的未来。"他这样说，但内心是不服气的。那几个上访的老同志，是因为他的创新和改革，触碰到了他们的利益，说白一点，削去了他们手中捞好处的小权力，讲得再透一点，这几人是"损公肥私"。他们故意诋毁和诽谤，对于这样的人，尊重个俅啊，还得晾晒。晾晒并不等于不安排活儿，如果不想干，请走人，中心不养懒人、废人，这是他在中心职工会议上的多次申明。他问心无愧，身正不怕影子斜，不怕他们搞事儿。

吴莉莉是年轻一族中的一员，她欣赏和敬佩闫主任的管理能力。闫主任不但业务精湛，做事雷厉风行，说话又风趣幽默，还和年轻人打成一片，没有一点领导的架子。但这并不影响闫寒的领导威信，也许，这就是所谓的人格魅力吧。

闫寒对吴莉莉的印象也不错，年纪虽轻，但为人稳重，做事周密，在以往的几次重要接待任务及突发事件应急处置方面，处理得有条不紊，井然有序。虽然过程中有些小瑕疵，也被她机智的临场应变能力化险为夷，几届领导都认为吴莉莉是可塑之才。

既然是可塑之才，那就得重点培养，那这次的赴美学习，吴莉莉理所应当是作为中心青年才俊的不二人选了。但最终，吴莉莉被闫寒一票否决了。

闫主任抱歉地说："莉莉啊，叫你来，就是有个事儿和你商量，这次的赴美学习，你科能不能重新报送一人？首先申明啊，不是对你的工作不认可，你可不要有什么思想负担。"

吴莉莉听罢，内心立刻升起一股不悦、一阵委屈。心想，这是什么话啊？既然对我的工作没有不认可，那为什么要换下我？还叫我不要有思想负担，我现在的思想负担可重了。为什么？为什么？我哪里做得不好了？

她心里这么想，但嘴上不敢这么说，吴莉莉是个懂得分寸的人。尽管闫主任平时没有半点领导架子，对待下属如春天般的温暖，但这是领导维持的平易近人风格，并不代表下属可以跨过没大没小河界。官场上，还是有尊卑之分长幼之别的。常言道，官大一级压死人。

吴莉莉几年的科长做下来，和领导的交道打得如行云如流水般的流畅，她深谙千错万错好话不错的道理。万事不能和领导抬杠，领导的指示，要不折不扣地执行。

心中虽然憋屈，但她脸上还是挂着淡然的笑容，吐出来的也是一团和气："主任，您说得什么话啊？和我商量，领导您是要折我的寿吗？您的任何决定都高瞻远瞩，我不敢有一丁点儿思想负担。"

闫寒笑着打趣道："不敢有思想负担，哈，我这成一言堂了。"

吴莉莉也笑着说："领导，我可没这意思啊，您是我们拥戴的英明领导。"

闫寒转换了语气，笑容凝结在脸上，郑重地向吴莉莉解释换人的原因："莉莉，坐下说话，是这样的，刚才，我们领导班子商量了一下，如果你赴美学习两个月，担心会影响人事总务科的正常运行。现在正当春季传染病防控工作的关键时刻，手足口病、水痘、猩红热、病毒性脑炎及流感等疾病肆虐，一旦有流行的趋势及苗头，中心将立即启动突发公共卫生事件应急处理预案。而涉及你科的那块工作，人员、车辆、物资及其他方面的调配运输等，一个环节有误，那势必影响整个机制的正常运行。这关系重大啊。"

是啊，公共卫生是人民健康的守护神，承担着人民群众健康的首要职责。吴莉莉想起了2003年的那一场"非典"，那时，她正好在见习期，亲身亲历了那场疫情带来的灾难。SARS病毒肆虐，先在中国广东顺德首发，并扩散至东南亚乃至全球。直至2003年中期疫情才被逐渐消灭的一次全球性传染病疫潮。在此期间，发生了一系列事件，引起社会恐慌，包括医务人员在内的多名患者死亡，世界各国对该病的处理，如疾病的命名，病原微生物的特性，以及媒体的高度关注，等等。

也是自"非典"事件之后，疾控的防疫应对突发事件的能力建设被提到了卫生工作战略的重中之重。

主任忧患于传染病工作的防控，那吴莉莉更不敢有丝毫的怠慢和松懈，她立即表态道："好，我明白主任的意思，坚决服从领导安排。"

"换句话说，莉莉，我们很认可你的工作。至于外出学习，会有机会的，你们要求进步，作为中心领导，有责任为你们搭建学习平台、提供深造学习的机会，这也有利于我们中心的发展啊。"

"领导您说的，不许赖账啊。"

"行，我说的，下次优先考虑你。"

"那我回科室了，重新选报一人。"

吴莉莉离开主任办公室，回到科室，把闫寒主任的指示向科室作了传达，其一，协调、配合好相关科室的工作，作好突发事件的应急准备，这是当前人事总务科工作的重点；其二，我放弃青年才俊人选，重新选送一名。

叶慧疑惑地接了一句，问："吴科，好好的，怎么放弃了？"其余三人的目光也齐刷刷盯着吴莉莉，等待她的回答。

吴莉莉微微一笑，说："我被主任禁足了。"

她像打哑谜的回答，仍然没解除叶慧她们的疑惑，四人异口同声地追问："怎么回事？"

吴莉莉略带骄傲地扬了扬头，说："闫主任担心，假如我外出学习，我们科的工作怎么办。"

人事总务科离开了她，难道天会塌下来？中心主任真这么想？这世界离开谁，地球照样转，看把她美的、能耐的。叶慧心想，但又暗自窃喜，吴莉莉赴美无望，那么杨晓敏不就是不二人选了。

吴莉莉接着说："所以人选重新定，因为时间紧，不再进行无记名投票了，我来提名，你们举手表决，当然，也可以毛遂自荐或推荐。"

叶慧马上抢先一步，说："我提杨晓敏。"这个功劳可不能归吴莉莉所有，她要还昨晚杨晓敏深夜到访的人情。

吴莉莉没表态，她用目光扫视了大家一眼，意思是大家对叶慧提名有什么看法？

作为科室的老人，范雪琴有责任提醒，她善意地反问了一句："晓敏怀孕了，合适吗？"她说此话的目的，没有任何不良用意，之前的第一轮投票，她可是力挺杨晓敏投她一票的。她只是作为一个女人，担忧杨晓敏的身体，万一，她赴美学习期间，腹中的宝宝有个好歹，谁来担责？

杨晓敏的神色有点不高兴，当即表态，说："吴科，我不会影响工作和学习的。"她和叶慧一样的想法，吴莉莉赴美无望，那毋庸置疑，自己是唯一人选了。

吴莉莉未置可否地笑了笑，她要的就是这个效应，其实，她心中早有合适的赴美人选。此人，不是杨晓敏，也不是叶慧。刚才叶慧的提议，假如她第一个站出来否定杨晓敏，那么势必会把她俩的不满情绪引到自己身上。而范雪琴的那句客观提醒，正符合吴莉莉心意。

她顺势借着范雪琴的话，担忧地说："范姐提醒得对。晓敏，你刚怀孕，不宜外出，尤其是怀孕头三个月，更要注意。何况这次去国外学习，不是去旅游、度假。学习可不是一件轻松的差事。"

杨晓敏听罢，不吭声了，她有点懊悔自己怀孕一事儿公布得早了，但谁能想到，赴美人选有变呢。也许，这就是天意吧，自己是无望了，那谁是下一个赴美人选呢？叶慧，对，提她，刚才她站出来提的我，轮到我投桃报李还她人情了。

叶慧又说了："杨晓敏不合适，那谁合适呢？"

吴莉莉被主任禁足，杨晓敏又怀孕，那赴美不二人选，非自己莫属了，可自己怎么开口呢？吴莉莉会考虑我吗？

正当她犹豫不决是否要毛遂自荐时，杨晓敏幽幽地抛出来一句话："我提议叶慧作为科室青年才俊的赴美人选。"

叶慧感激地望望杨晓敏，她的提议来得正是及时雨啊，此刻，就等吴莉莉表态了，她再也没有理由阻碍我的脚步了吧。再者，她们之间有交易，第二轮投票，就投了她的票。

吴莉莉仍旧没表态，沉默了几秒，问："范姐、子姗，你们也可推荐人选，发表一下看法。"她的话看似很民主，大家可各抒己见、畅所欲言，实则她的言外之意，叶慧不是她心中的青年才俊人选，只是没说出口而已。

范雪琴接过吴莉莉的话茬，说："小林不错，尽管她来我们科室还不到两年，不说别的，单单她始终如一日为我们抹桌子打水、隔三岔五桌上放上一枝鲜花，这样的坚持，不是每个人都能做到。她完全没必要这么做，这不是她的工作职责。可她为了让我们有个舒心馨香的环境，费心费力费钱，这种精神和毅力，我感动，尽管，我还从没当着她的面表示过感谢。现在，我要说'小林，谢谢你'。"

林子珊红着脸，腼腆地说："范姐，客气了。"

吴莉莉真没想到范雪琴能说出这么有水平有见地的话，以前，她倒是小瞧了她。还一直认为她学历低，胸无点墨，只是仗着爱人的官职，才混到如今的无限风光。但她刚才的那番话，讲得有理有节又动之以情，还官味十足。想想也不奇怪，她和许志强同床共枕十多年，许局的为官之道、说话艺术，有意无意熏陶着他身边的人。而作为枕边人的范雪琴，自然，近水楼台先得月，近朱者赤近墨者黑了。

叶慧涨红着脸，瞪了范雪琴一眼，她听明白了，吴莉莉和范雪琴这一唱一和演的双簧戏，明摆着，吴莉莉对杨晓敏的提议持不认可态度。其实，她心中早有人选，还假模假样地转借范雪琴之口。但她却说不出什么话来，只能憋屈着。

范雪琴感受到叶慧对她的瞪视，但她毫不在意，也无需解释，在推荐青年才俊人选这事，她问心无愧，对事不对人。当然，在第二轮的投票上，她违心投了吴莉莉，在她看来，杨晓敏比吴莉莉更合适，可如今，这二人都赴美无望，那么，相比之下，林子珊是个不错的人选。

被叶慧猜中了，吴莉莉确实想借别人之口，提议林子珊为科室赴美人选，那时，她再附和、附议，然后，彰显公平、合情合理推送林子珊。正当发愁之际，又是范雪琴，救她于"危难之中"，她俩可谓配合默契心有灵犀，也难怪叶慧以为她俩在唱双簧演戏呢。

吴莉莉即刻对范雪琴的一席话表示了赞同，她附和地说："范姐说得好啊，我也要对子珊说声'谢谢'！"果真，她对着林子珊，郑重地说："子珊，谢谢你无怨无悔地付出。"

林子珊的小脸通红，一直红到脖子，她不好意思地摆了摆手，谦虚地说："吴科，严重了，能为大家做些事情，我很开心。"

吴莉莉笑了笑，接着说："现在有两位人选，叶慧和林子珊，同意哪位？大家举手表决。"

不言而喻，林子珊有三人举手赞成，三人中，含有林子珊的一票。这次，她不再谦让，投了自己一票。随即，她被作为科室青年才俊人选报送给中心。一周后，中心公布两名赴美人员，林子珊又意外地出现在名单之列。

鹬蚌相争渔翁得利，林子珊就是那个得利的渔翁。当然，这绝非全靠运气，她本身的实力足以让她发光。中心把她作为赴美人选之一，也是经过领导班子综合考评，肯定林子珊在业务方面的成绩。她曾写过的一篇通讯报道，获得了区一等奖，这也是中心考评的硬性指标，而能获此殊荣，并非易事。

吴莉莉说，据她所知，中心自成立以来，获得区级通讯报道一等奖者，也仅林子珊一人。

两个月的学习时间，一眨眼就过去了。

林子珊在临近结束的最后一周，才发了份邮件给定居洛杉矶的沈忆眉，大致讲述了她在美国旧金山学习的概况。

第二天，沈忆眉从洛杉矶飞过来了，抱着林子珊旁若无人地大喊大叫："你这死丫头，为什么不早告诉我？你置我们感情于何地？你成心啊，真不想理你，我要与你断绝'母女'关系……"听似狠话绝情话，但她肢体语言的尺寸，却是极为"过分"。她像母鸡啄米似的在林子珊粉嫩的脸上，又是啃又是亲，还腾出一只手，掐捏林子珊身上的肉。

林子珊夸张地边喊疼，边求饶："疼、疼、我不敢了，娘娘。请求娘娘千岁宽恕我奏报不及时，您大人大量，不和奴婢一般计较。我自罚，罚'以身相许'一天。即刻开始，我是娘娘的人了，您要刮要杀，我绝无半个不字。"

两人打趣的场面，惊呆了和林子珊同屋的方圆，方圆是林子珊传染科同事。这次赴美学习一行15人，来自全市各县区疾控系统的业务骨干。两个月学习任务，时间安排得相当紧凑。这也是林子珊没事先告诉沈忆眉原因之一。

既然来到了沈忆眉地盘，那她说什么也要略尽地主之谊。她邀请林子珊一行15人，在他们学习地加州大学旧金山分校（USCF）附近的西餐馆，大吃大喝了一顿。吃完算下来，折合人民币人均费用大概在三千元左右，这在国内或国外都是笔不小的花费。当时，林子珊提出要分担一部分费用，因为美国人民崇尚 AA 制消费。

沈忆眉哪肯让林子珊出钱。虽然她移居美国多年，对美国一些人情观念也逐渐接受和认可，但中国五千年文化根植于内心，就像打上了烙印。《论语》开篇第一句："学而时习之，不亦说乎？有朋自远方来，不亦乐乎？人不知而不愠，不亦君子乎？"何况，林子珊是她闺蜜好姐妹，如把钱看得太重分得太清，那情感呢？是不是比纸还要薄了？这绝不是她的处事风格。正如有首歌《我的中国心》所唱："河山只在我梦里，祖国已多年未亲近，可是不管怎样也改变不了，我的中国心。"

"再跟我抢，我要翻脸了？在我的地盘，你得听我的。"

好吧。林子珊没再坚持分担餐费，也算成人之美吧，成全沈忆眉一番地主之情，一片中国之心。

由于学习任务重，时间紧，又临近学末，林子珊力辞去她家做客。虽然旧金山离洛杉矶很近，飞机飞行时间还不到两小时，也就相当于上海至青岛的行程。但她不想错过在外学习的一分一秒。获得这次学习机会，很不容易，她必须珍惜。

沈忆眉拿林子珊没辙，她太了解她了。她是父母心中的乖乖女，老师眼里的好学生，领导心中的好员工，病人眼里的好大夫。而性格迥异的沈忆眉，就欣赏林子珊身上这种特质，也才格外疼爱和怜惜。

随后，两人找了个环境幽静，面朝大海的咖啡馆小坐。旧金山是一个三面环海的城市，气候冬暖夏凉、阳光充足，又被人们称为"海湾之城"。此时的五月，正值初夏，风和日丽，群花烂漫，带着花香的海风阵阵袭来。林子珊朗诵起诗人海子的诗来：

从明天起，做一个幸福的人 / 喂马，劈柴，周游世界 / 从明天起，关心粮食和蔬菜 / 我有一所房子，面朝大海，春暖花开 / 从明天起，和每一个亲人通信 / 告诉他们我的幸福 / 那幸福的闪电告诉我的 / 我将告诉每一个人 / 给每一条河每一座山取一个温暖的名字 / 陌生人，我也为你祝福 / 愿你有一个灿烂的前程 / 愿你有情人终成眷属 / 愿你在尘世获得幸福／我只愿面朝大海，春暖花开。

　　林子珊极其喜欢海子的这首诗，或许，它道出了每个年轻人心中怀揣的梦想。大三那年，医学部举办中秋诗会，林子珊朗诵了两首诗，一首是她的原创《凤仙花开》：

　　不起眼的花瓣／躲在茂密的枝叶中／风飘过／游丝般的暗香／若有若无／昏暗的煤油灯下／母亲专注地把刚摘下的凤仙花捣碎／黄豆叶子／裹着深红的花泥／轻轻地包在熟睡小女孩的指甲上／小女孩长大了／凤仙花开的日子／总想起／被凤仙花染红的指甲／那熟悉的妈妈的味道。

　　另一首，就是海子的《面朝大海，春暖花开》，最终，林子珊抱得两个奖，朗诵第二名及诗歌原创三等奖的好成绩。

　　"忆眉，还记得吗？大三那年，中秋诗会，你古筝配乐，我诗朗诵。"林子珊轻声地问沈忆眉。

　　"怎么不记得？为了配合你排练，我整整半个月没和男生约会，不过，我甘愿做你的绿叶。"沈忆眉笑着说。

　　"呵，你还说，仅此一回绿叶，就吃掉我半个月的生活费。我可足足当了你四年绿叶，还有电灯泡。"林子珊笑着回敬。

　　"几年没看到你的作品了，还在写诗吗？那时在学校，我是你第一个读者，你每次写好之后，非让我过目，还硬逼我给你提建议。"沈忆眉装出痛苦的表情。

　　"偶尔写写，也不成文。过一阵子，就被我丢进了垃圾桶。"林子珊意兴阑珊地说。

　　"随手写出来的文字，不要轻易丢弃，它记录你当时正经历的过程。我还记得你的理想，当一名医生作家，像渡边淳一、毕淑敏、池莉那样的作家。"沈忆眉说。

　　"我只愿和你，面朝大海，春暖花开。"林子珊望着窗外海天一色的深蓝，感叹地重复海子诗歌中的经典句子。

"喜欢上这儿了？"沈忆眉问。

"嗯，世外桃源。"林子珊说。

"那还不容易，想嫁人还是读书？来吧，美国欢迎你，我更欢迎你。"沈忆眉戏谑道。

"不是在此时，不知在何时，我想大约会是在冬季。"林子珊调皮地唱起《大约在冬季》里的歌词。

"死丫头，还一套一套的。说真的，个人的事发展得怎样了？我可不希望我生下的 baby，只有干娘，而没有干爹。"

沈忆眉说的话中有话，林子珊听出来了，她兴奋地从座位上跳了起来，脱口喊道："Are you pregnant? A few months? Boy or girl?"

林子珊的喊声，惊动了咖啡馆里其他客人，他们的目光齐刷刷投注到沈忆眉身上。其中一位身材高挑，金发碧眼的女性客人，四十左右年纪，她款款地走到沈忆眉身边，张开双臂，热情拥抱并亲吻沈忆眉的额头、脸颊，口中带着欣喜及羡慕的语气说："Wonderful! God bless you."

沈忆眉大方地接受对方给予的拥抱和亲吻，微笑着回应说："Thank you very much，God bless you too."她在国外待了那么多年，早已适应西方人热情的表达方式。

林子珊也站起身来，模仿那位女性客人的动作，拥抱亲吻沈忆眉，调皮中略带郑重的语气，说："God bless you my child，Amen."

沈忆眉说了"谢谢"，然后回答她刚才连珠炮似的追问，停经一个半月，用早早孕试纸测了阳性，还没去医院检查，所以，不知道男孩还是女孩。

林子珊问："Davis 知道了吗？"

沈忆眉说："给他看了早早孕试纸结果，他高兴极了。我给付佩玲也发了信息，自半年前的手术之后，她常发信息问我有没有喜讯。感谢老同学的帮忙。子珊，也谢谢你。"

林子珊故意气呼呼地说："哼，没第一时间告诉我，罚你，马上回洛杉矶，不许有任何差池。"

沈忆眉也故作正色,并做了一个敬礼动作,说道:"Yes,Madam!"当天傍晚,沈忆眉坐飞机飞回洛杉矶家,静心在家保胎,坐等胎满十月一朝分娩。

林子珊和同事方圆带着满仓收获学成归来。两人上班后第一天,先一同向中心领导书面及口头汇报赴美两个月的学习心得,并附上在美期间的所有学习材料。林子珊把学习内容、心得做成了 PPT 课件,对中心所有职工开展了为时半天的学习培训。

中心主任闫寒听了汇报后,露出赞许的目光,肯定她俩工作及学习中的成绩,勉励她俩继续发扬带头作用,把国外先进防病控病技术结合到我们中心的实际工作中,为疾控中心未来绽放光彩。

林子珊回到人事总务科,在一只鼓囊囊包裹中拿出从旧金山买回的物品。科室同事每人一份巧克力、一只马克杯。范雪琴的位置空着,林子珊把巧克力和马克杯放在她办公桌上的同时,顺口问了一句:"范姐今天休息吗?"

办公室很安静,无人回答林子珊的顺口一问。过了许久,吴莉莉头都没抬,幽幽地说;"她请假了。"一句话,四个字,不咸不淡,声音略显生硬,有种拒人于千里之外的勉强,挺不情愿似的。

林子珊没多想,也不追问,开始忙碌起手头两个月堆积如小山似的工作。

一周过去了,范雪琴还没来上班。科长吴莉莉只字不提范雪琴这人,其他两人也讳莫如深,好像她从没存在过似的。

林子珊隐隐意识到,范雪琴出事了,出大事了。她极其不放心,出于对前辈的关心和礼貌,她给范雪琴打了电话,只是她的电话一直打不通,不是手机关机就是忙音状态。她越发感到不安,她赴美学习的两个月,人事总务科到底发生了什么?她实在按捺不住心中的疑惑和不安,私下又问吴莉莉:"范姐请假这么多天,家中有事吗?打她电话一直关机。"

吴莉莉一副事不关己高高挂起的神态,回答说:"子珊,我劝你,别人的隐私最好少打听。"

这是什么话嘛？我的一番关心被认作是打听隐私了，难道我林子珊是个爱嚼舌根传播新闻八卦之人？她有点愠恼地反驳道："范姐这么多天没来上班，又打不通她电话，作为同事和晚辈，我的关心和担心不应该吗？难道无视她的不在，就是人情冷暖了？"

吴莉莉一脸尴尬，欲言又止，但最终什么话也没说。她目睹林子珊气咻咻地转身离去，以及她眼中流露出的轻蔑。

林子珊在担心范雪琴的同时，无意中发现门卫室添了新人。宋师傅不见了。开始，她并不以为然，谁家没点事情请个一周或半月休假的。她在一次取快递时，随口问新来的门卫："宋师傅什么时候来上班？"新来的门卫一脸茫然，反问道："谁是宋师傅？"

回到办公室，她问其他人："宋师傅什么时候辞职的？为什么要辞职？"

吴莉莉说话了，她说："宋师傅一个月前辞职了。"

"做得好好的，怎么走了？"林子珊嘀咕。然后，望了望至今还空着的范雪琴位子。

"保安嘛，又不是正式职工，他们想干就干，不想做就拍拍屁股走人了。"吴莉莉解释道。

两个月时间，竟然发生了这么多的变故。范姐至今不见来上班，令人担心，请假原因还是个谜。大家好像达成了默契，绝口不提范雪琴名字。林子珊有时提起，她们装聋作哑，只当没听见。宋师傅又毫无征兆地辞职。

究竟发生了什么？没人告诉林子珊。她想起刚来单位报到时，宋师傅递给的一杯热水，至今还记忆犹新。习惯有困难找宋师傅这么多年的依赖，估计要有段时间重新适应了。

真的不舍宋师傅的离去，他的滴水之恩恐怕没机会报答了。林子珊心想。

明代冯梦龙《醒世恒言》第35卷："天下无有不散筵席，就合上一千年，少不得有个分开日子。"

十四

又过了将近一个月，一同赴美学习的方圆，给林子珊带来了有关范雪琴的惊人消息。因为有一同赴美学习的经历，两人私交关系由此深了一层。她感慨地说："范雪琴和许局离婚了。许局净身出户，他把房子、车子还有存款悉数都给了范雪琴。许局真男人。"

方圆带来的消息惊住了林子珊，她以为方圆和她开玩笑，或者方圆道听途说，又或者一些好事之人编造的八卦，她不相信方圆所说的。

林子珊睁大双眼，盯着方圆说："方圆，你开什么玩笑？这样的玩笑话，可不能瞎开。"

方圆说："我没开玩笑。子珊，你不知道这事？不会吧？"

林子珊说："什么这事？我一点都不知道。范雪琴怎么啦？自从美国学习回来，我没见过她，她休假了。"

方圆故意叹了一口气，说："唉，发生这么大的变故，你一点不知情，可怜呐。"

林子珊说："哼，乱七八糟的破事，谁稀罕知道？"

方圆说："真不想知道？好，算我多嘴，我走了。"方圆装作一副故意要走的样子。

林子珊一把拽住方圆的衣服，做出气咻咻的神态，说："不许走，不把事情原原本本告诉我，你休想离开半步。"

两人都笑了。

方圆说："范雪琴和许局离婚千真万确，谁会拿这事开玩笑。"

林子珊无论如何没想到范雪琴婚变，之前的种种猜测，困扰于她心头的疑团，现在终于被方圆解惑了。许局净身出户，一定是他做了对不起范姐的事，自觉理亏和愧疚，也怪不得范姐几个月不见上班。自家老公出轨，哪个女人还有心思上班？原来在家打婚姻保卫战呢。可惜，保卫战失败。也难怪吴莉莉讳莫如深忌讳谈论，领导的私生活岂能瞎传或讹传呢？又或许，许局下了封口令。但世上哪有不透风的墙。

林子珊愤愤地说："一定是许局做了对不起范姐的事，怎么还成真男人了？难道就因为他是领导？你好赖不分啊。"她责怪方圆没有是非观念。

方圆说："林子珊，你真是两耳不闻窗外事，一心只读圣贤书，我真服了你。范雪琴和许局闹得这么大动静，你竟一点不知情，好歹你和她还是一个部门呢。"

林子珊撇了撇嘴，辩解说："我问了，但我们科长不告诉我实情。我还电话范雪琴，不过，没打通。"

方圆无奈地摇了摇头，但似乎又明白此事秘而不宣缘由，又说："范雪琴和许局离婚，也是前几天的事，但真正知道他们离婚原因的，至少从目前来讲，为数不多。但你不应该不知道啊？祸起萧墙，就是你们科啊。"

林子珊略显尴尬，就顺着她话探问："你消息很灵通，哪里的渠道？还有，祸起萧墙什么意思啊？难不成范雪琴有错在先？"

方圆说："你猜对了，不然，我怎么会讲许局真男人呢？许局是个重情重义之人。至于我从什么渠道得知的，和你实说也没关系，我了解你的为人。我的一个大学同学，他是许局秘书，许局和范雪琴的离婚协议就是我同学起草的。"

林子珊怎么也想不通范雪琴会背叛许局，她现在拥有的一切，可以说是妻凭夫贵。没有许志强，也就没有现在的范雪琴。但从旁观者角度来讲，客观地说，婚姻里没有谁对谁错，婚姻就像穿鞋，合不合脚只有自己知道。又如同喝水，冷暖自知。或许，范雪琴有不得已的苦衷。

婚姻破裂中的男女主角，都是受害者，没有谁是赢家，而受到最大伤害的人，却是孩子。那正在读高二的许博远呢，他的归属何去何从？是跟了当官的父亲许志强？还是随了母亲范雪琴？

林子珊问："许博远判给谁了？"

方圆卖起了关子，故弄玄虚要林子珊猜，还说："你绝对想不到许局家公子的真实身世。"

林子珊一惊，下意识地脱口而出："许博远不是许局的种？是范雪琴和别的男人生的？"

方圆眨了眨眼，点点头，然后又抛出了一个重磅炸弹，她说："你知道许博远的生身父亲是谁吗？给你个提示，这人你认识。"

林子珊满腹狐疑，这怎么可能？范雪琴的情人，许博远生父，我认识，难道他是我们单位的职工？林子珊逐个把中心年龄和范雪琴相仿的男同事过滤了一遍。但她实在不敢猜测，谁竟敢在太岁头上动土吃起窝边草来？她说："方圆，我猜不出来。"

方圆见林子珊一脸迷糊，断定她绝对想不到，就像她同学和她说起这事，她也是惊讶万分，直呼，太戏剧化了，电视剧里才可能出现的狗血情节竟然发生在身边。

"宋建成。"

"啊？宋师傅，怎么可能？"

林子珊再次被惊住了，她做梦也没想到，门卫宋师傅竟是许博远生父，这到底是怎么一回事？那么多年的秘密，又怎么到现在才东窗事发？

方圆说:"就在我们赴美学习的那段时间,许局到我们单位作工作报告,那次凑巧了,范雪琴深藏 17 年的秘密被许局抓了个现形。但后来听说,这是叶慧一手导演故意布下的局。好像吴莉莉也参与了,她俩早已洞悉范雪琴和宋建成两人之间不可告人的秘密。"

林子珊莫名感到一阵恐惧从背后袭来,凉飕飕的,她不知道该如何评价许局、范姐和宋建成之间的恩怨情仇。以及叶慧出于何种目的,要揭露范雪琴隐藏十多年的真相,而大白于天下。

方圆临走时关照林子珊说:"既然你不知情,那继续装作不知情吧。"

林子珊明白方圆含意,就是叫她不要传播。她说:"打死我也不说。"

范雪琴突然出现在人事总务科,那是距离方圆透露范雪琴离婚消息的一个月后。她面色萎黄,神容憔悴,脸上皱纹陡增了许多,半年多不见的她,一下子像老了十岁。她默默收拾存放在办公室的私人物品,什么话也没说,而对于他人的招呼,她仅仅以象征性点点头表示回应。

一旁的林子珊,帮她一起整理,并把她从美国带回的巧克力、马克杯一同装进了纸盒中。范雪琴没有拒绝,离开时,她饱含复杂的目光扫视了大家一眼,然后,迈着细碎的脚步匆匆离去。

吴莉莉对范雪琴投来的目光报以了一个微笑,但她的微笑却很勉强,造成现在这样的局面,她或多或少参与了。而叶慧,自始至终,她都没敢正眼瞧范雪琴一眼。

此刻,叶慧心情极其复杂,由于当初她一己之私和一念之差,才导致接下来发生的一系列变故。宋建成辞职不知去向,范雪琴婚姻破裂,许博远身世蒙羞。据说,他成绩一落千丈,已休学在家。

其实,叶慧并不想看到这样的状况,虽然自己还原的是真相。当初,只是想对范雪琴小惩大诫,以报这么多年她依仗夫势不可一世对她的轻视。还有,她和袁野咖啡馆私会被她偷拍,照片泄露,导致她名誉扫地。以及半年前,中心选派青年才俊人选问题上她的装腔作势，最终自己错失良机没被选上。这些怨愤一直积聚在心头，直至窥破她的秘密。

许局来中心作全区卫生系统工作报告，会议中一切事务均由人事总务科安排。叶慧负责开会场所的布置，会议场所布置看似简单，实则复杂，是个技术活。它涉及影音灯光，麦克风、投影仪、音响的准备；发言稿的排序叠放、参会人员的姓名席卡和会议桌上的盆栽摆放；充分表现会议主题横幅以及饮用水、参会证，等等。哪个环节出现纰漏或差错，小则影响会议气氛，大则影响大会圆满召开。

叶慧对自己负责的这块工作，不敢有丝毫懈怠。她在会议召开的前几日，精心细致地落实各项工作，她动用了一切可以动用的力量。她请懂行的疾控科赵凡杰调试音响、投影仪及麦克风。又叫了门卫宋建成，帮她一起悬挂横幅、摆放桌椅。在宋师傅悬挂横幅的过程中，叶慧突然灵光一闪，正是她这一闪而现的念头，改变了几个人未来的人生轨迹。而在会议期间给参会人员端茶送水的工作，叶慧安排了两人，一人是杨晓敏，另外一人则是宋建成。

当叶慧提出让宋建成参与与会时的安保及倒水的活儿时，吴莉莉沉默良久，觉得不妥，但又找不到其他合适的人选。林子珊外出学习未归，杨晓敏还兼任领导作报告时的会议纪要，而门卫宋建成，虽然身份是保安，但他军人出身，一身英气，作为会议现场安保确实是最佳人选。但吴莉莉又隐隐觉得，叶慧此举好像并不那么简单，至于什么地方不对劲，她说不出来，或许她多虑了。

事情正朝着叶慧布好的局一步步逼近。

宋建成第一次这么真切地看着眼前人，心中如五味杂陈不可言复，他深爱的女人，却成了他人的妻子。之前，他仅仅看到他的座驾从门卫处掠过，以及座驾内模糊的身影。他给他倒水的片刻，竟然出了神分了心，水从杯子中溢出滴在了他手中的稿子上。他赶紧收住眼神停下倒水动作，移步退出他的视野区。

毕竟是领导，大人大量不失风度，许局只是抬起双眼轻瞄了他一眼，继续他的工作报告，就这一眼，许志强心中却已然泛起了一丝涟漪。

会议中场休息期间，宋建成再次为许志强倒水，此时的他神态自若，军人般挺拔的身姿不卑不亢，他坦然迎接许局投来的目光。

"你是门卫室保安？"许志强依稀记得，每次来调研或开会，他透过深蓝色车窗玻璃，就瞥见一个身影，立于门卫室通道一侧。

"是的，局长。"

"你当过兵？"

"是的，局长。"

"在疾控中心几年了？"

"六年多了。"

"听你的口音像安徽芜湖人？"

"是的，局长。"

这简短的一问一答，看似领导平易近人，体恤下情，对一个身份低微的门卫也嘘寒问暖极其关心。可谁知许局另有目的，这一交谈，他心中的疑团越发加大了。

叶慧机警地观察会场内的动静，一有风吹草动，如麦克风突然哑巴了，她第一时间安排人手调试。再或者，会场内谁的手机铃声响了，她一个箭步移至参会人员身边，轻声提醒，请您的手机关机或静音，等等。

大会议程已过半，至少目前，会场内没出现意外情况，叶慧满意地略微松了口气。就在这时，她看到主席台上许局和宋建成窃窃私语般的交谈，她的一颗心好似被吊至了嗓子眼，手心里有微微的冷汗冒出。她猜想，许局起疑心了。

果不出所料，会议结束后，许局把吴莉莉叫到闫寒办公室，谈话也很简短。

"上午会议召开很圆满，辛苦你们了。下午会议仍不可掉以轻心啊。"

"明白，局长。"

"会议场所布置谁负责的？"

"报告局长，是叶慧。"

许局沉默了几秒，接着又问："在会场倒水的保安叫什么名字？"

"他叫宋建成，中心门卫，因人手紧张，临时安排他来帮忙的。"

吴莉莉心想，局长怎么对他感兴趣，难道他看上宋建成了？想要挖他去局里做保安？

"把他的个人档案拿来。"

领导吩咐，刻不容缓，她马上给叶慧打电话，让她把宋建成的个人资料带至主任办公室，许局要看。

叶慧肚子里像吃了萤火虫般的敞亮，许局开始行动了。她不敢懈怠，三步并作两步以最快的速度把宋建成的相关资料送至许局手里。

许局看了叶慧一眼，并没说什么，然后，他看了看手表，时针已指向十二点，他对闫寒说，你们先去饭店吧，我稍后到。

叶慧被许局的这一眼，看得心里直发毛，那一眼，意味深长啊。她开始后悔起当初的一念之差，但事已至此，开弓没有回头箭，接下来，许局要采取什么行动，她也只能眼睁睁地看着发生。

范雪琴对此情此景一无所知，此刻的她，正在饭店点菜。参会人员人数叶慧早报给她了，按照十人一桌，就要安排 6～7 桌，具体多少桌，还要根据实到饭店人次开桌。以往的经验，其中有一小部分参会对象会另起炉灶，不参加大会主办方的宴席，那么这部分人就要剔除在外，以免造成不必要的浪费。还有领导一桌，需要特殊安排。范雪琴熟悉这块业务，可以说是轻车熟路，一是每次单位接待宾客需要食宿，都由范雪琴统一安排。其次，她年轻时曾在饭店做过服务员，两者结合，她的食宿接待这块工作可谓有礼有节，又从简节约。

参会代表陆陆续续前来，饭店服务员在范雪琴的关照下，热情引导前来客人，按部就班有序落座。范雪琴则在领导一桌，静等夫婿到来。

十五

许志强翻开宋建成个人资料，首页上籍贯一栏，白纸黑字清楚地印着，安徽芜湖，学习生涯记载着他上过的小学、中学。

从看到宋建成的那一刻，许志强心中就咯噔了一下，他的神态举止、体型外貌和儿子许博远是如此相像，就像是一个模子刻出来的。当然，世上有长得相像的人。他对宋建成产生了几分好奇，一个和自己儿子长得相像的人，是巧合还是缘分？

但随着和宋建成互动的一问一答环节中，许志强嗅出了被骗的味道，也由此解开了他心中积攒多年的谜团。

他是范雪琴老乡，又和许博远相像，在疾控中心门卫干了六年多，但妻子却从没和他说起过此人。这不反常吗？难道她认为这不值一提？还有她一而再、再而三告诫儿子，妈妈上班期间不要随便打搅，会影响妈妈声誉，还会连累位居局长的父亲。为此，她还动手打过儿子，就因为许博远偷偷到访妈妈上班的地方。当时，妻子深明大义的一番举动和言语，曾感动过许志强，但又未免觉得她有点小题大做。所有这些，现在细想起来，就是一场阴谋。

儿子许博远的降生，亲戚朋友在夸他长得漂亮的同时，逗趣说长得像妈妈，一点也不随父亲。还说，孩子小，眉眼还没分化发育，等长大了，会越来越像父亲。当时，许志强并没放在心上，儿子长得像妈，好事啊，妻子范雪琴漂亮，他也是冲这点，才把饭店的一枝花娶进家门。

长大后的许博远出落得一表人才，却丝毫不见父亲半点影子。他曾当着妻子面一番感慨，戏谑说，你的基因太强大了，幸好啊，不像他爹，不然，其貌不扬一个黑小子，那就惨了。许志强的一番打趣，范雪琴非但没被逗乐，反而脸上闪过一丝尴尬，她黑着脸嗔怪，做处长的人了，还改不了以貌取人的个性，自己的孩子，再怎么其貌不扬，在父母眼中也是最漂亮的。

许志强盯着宋建成履历表怔怔发呆，此时，他心里已经有七八分把握，许博远不是他的孩子，他是范雪琴和保安的孩子。当然，断定这关系，还要靠证据，铁一样的证据，做亲子鉴定。

他心中充满了怒火，他堂堂一个局长，却身背一顶绿帽子。奸夫淫妇竟在他的管辖区域内，也可以说在他的眼皮子底下，明目张胆一起了多年。世人听了，岂不贻笑大方。他们一边斥责狗男女不齿行径，一边还嘲笑他的无能。他岂能咽得下这口气？

秘书再次打来电话，提醒局长工作再要紧，也要按时吃饭，身体是革命本钱。许志强电话里指示秘书，他有事即刻回局里，下午会议他不参加了，并全权委托闫寒主任主持。没等秘书再问，他搁下了电话。

此刻，许局确有要事，当务之急，弄清许博远身世，他不能稀里糊涂给别人的儿子当爹。

许志强驱车匆匆赶往许博远学校，正值学校午休时分，学校操场空荡荡的，偶有三三两两学生漫步操场，或轻声细语交谈，或手捧书本看书复习。整个学校被一片静谧气氛笼罩，丝毫感觉不到轻松活泼迹象。高中学习生活压力大啊。

许博远班级也鸦雀无声，有的学生趴在桌子上小寐，有的聚精会神看书写作业，一位女老师正端坐在教师台上批改卷子。许志强不想惊动老师，就站在教室外，透过玻璃窗户搜寻儿子的踪影。找了一会儿，不知道是眼神不济，还是看花了眼，最终没敢确认其中哪个孩子是许博远。没办法，还得求助老师。

他轻轻推开教室门，轻轻在门上扣了两下，声音很轻，但女老师听见了，她走下讲台，来到教室外，见是一个陌生家长。便轻声询问，有什么事？许志强有点紧张，像小学生见到老师的那种紧张。自己不记得从什么时候起，没再踏足学校半步，好像是做了局长之后，每次学生家长会都由妻子参加，他对孩子的学习基本不过问。想起这，一丝歉疚涌上心头，但又转念一想，他还是我亲儿子吗？

他向女老师表明了来意，要见儿子许博远。女老师当即转回身走到许博远身边，和他轻声说了几句话，一个高大的身影在班级座位的第三排第四座上站起，并向门外走来。

许博远诧异地望着父亲，这是父亲三年来第一次到学校。爸爸自从当了处长、局长之后，工作格外繁忙，他的学习生活就很少被过问。今天，爸爸突然降临学校，想必一定有什么要紧事吧。

他问父亲："爸爸，您怎么来了？"

许志强心情特别复杂，一直引以为傲的儿子，究竟还是不是他许志强的亲生儿子？这有待考证。而他来的目的，就是收集证据，揭开谜底，还原真相。

他伸出手，想抚摸一下儿子的头，但手伸到一半，又缩回来了。他避开许博远敬畏的目光，回答道："我正好顺道，过来看看你，学习紧张吧？"

许博远露出阳光般的笑容，说："不紧张，放心吧，爸爸，我一定会考出好成绩的。"

许志强被儿子亲热地叫唤一声"爸爸"。他再也控制不住自己的感情，伸手把许博远揽入了怀中。假如他真的不是自己生的，他该如何了断？17年的父子情，一纸文书就能割舍那么多年的亲情吗？

没等许博远回过神来，他又匆匆地离开了学校，带着从儿子头上揪下的几根头发，直奔医院。

一周后，报告出来了。

鉴定报告书结论：他和许博远之间无亲生血缘关系。许志强看到结果的那一刻，双手颤抖，眼前发黑，鉴定报告书差点掉落地上，尽管来之前他心里作好了充分准备，这样的结果也在他意料之中，但真相摆在你眼前时，却不由得怒从心头起。

许志强即刻赶到疾控中心，在经过门卫处时，那张和许博远相像的脸庞，相似的身影，像一座铁塔竖立一边。许志强一阵恶心，摇上车窗疾驰而过。

局长独自一人猝不及防的到来，闫寒有点吃惊，他猜不透局长来意，一般而言，上级领导到下属单位调研或暗访或兴师问罪，事先都有人通知到各个部门。而这次许局突然袭击，半点风声不露，难道中心出什么重大事故了？那我怎么一点也不知情？

许志强坐在沙发里，一言不发，脸色铁青，似还有怒意未消。

闫寒赶紧赔着笑脸，试探问："许局，怪我工作不周，您让小王处长一个电话，我去您那儿负荆请罪，哪敢劳烦领导亲自前来？"

闫寒边说话边观察许局的表情，他依旧沉着脸不说话，眉头紧锁，好似有满腹心事。为了不让气氛尴尬冷场，他接着又说："来，领导请喝茶，消消气，我工作不到之处，还请许局明示、批评和指正。"

许志强顺从地连喝了几口茶，整整一个上午，他还没喝上一口水，加上心头的烦躁郁结，确实，他感到口干舌燥。几口茶下去之后，心中的怒火在一点一点缩小，他清了清嗓子，换了一副面孔，和颜地说："闫主任，我此番前来，有一事想了解一下，麻烦你把人事总务科吴莉莉叫来。"

闫寒不知局长葫芦里卖什么药？他跳过中心主任，直接找科长问话，这有悖常理，但不管怎么样，闫寒心中的一块石头落地了，局长不是冲他而来。至于其他的，他无意探究，如果局长把他当作亲信，你不问，他自然也会和你说，假如他不想让别人知道，你过于热心或敏感，反而会招来麻烦。于是，他即刻电话让吴莉莉来办公室。

吴莉莉推开主任办公室门，见许局端坐其中，而不见闫主任身影，感到奇怪，也有点紧张，她疑惑地叫了声："许局，您找我？"

许局脸色凝重，但语气很和悦，他说："小吴，不要紧张，坐下说话。"

吴莉莉更紧张了，她不安地望着局长，等待他的问话。

许志强开门见山地说："我对宋建成很感兴趣，想进一步明确他的身份，麻烦小吴你弄几根他的头发。"

头发？明确身份？这不是要做 DNA 鉴定吗？难不成宋建成是潜藏多年的逃犯？不对啊，这是公安机关的职责，卫生系统的局长也参与调查了？不可能，再说，要宋建成头发，完全可以由中心主任出面，而此时闫主任不知躲到哪里去了？许局搞得这么神秘，莫非他不想让大家知道？吴莉莉更疑惑了。

但局长指示，她只能听从，又不能打听其中缘故，就问："许局，您什么时候要？"

许局说："即刻，可以吗？我在这儿等。"

吴莉莉说："好，许局，您稍等。"

许局又说："我不希望这事有第三人知道。"

吴莉莉觉得此事非同一般，又感自己责任重大，这事儿办好了，自己前途一片光明，万一办砸了，或泄密，吃力不讨好，不但局长要怪罪，还要背负道德的惩罚。毕竟，这涉及宋建成的隐私，假如被宋建成发现，他告你侵犯个人隐私，那就惹麻烦了。

宁可得罪宋建成，也不能让局长怪罪。吴莉莉给门卫室去了电话，让宋建成立刻来见她。

吴莉莉边等边在想，用什么方式要到宋建成的头发？还不被他发现，冥思苦想中，宋建成来了。

他问："吴科，找我什么事？"

还没想出招的吴莉莉有点心虚，她客气地说："哦，宋师傅，你来了，你先坐会儿。"

"不坐了，吴科，有事儿请吩咐。"

吴莉莉正发愁找什么理由敷衍宋建成时，一边的杨晓敏说话了。

她叫道："宋师傅，麻烦你帮我这看一下，我的文书装订器出故障了，刚才还好好的。"

杨晓敏的话点醒了吴莉莉，她想出一个办法，骗他说更衣室内她放衣服的衣柜钥匙丢了，请他帮忙来开锁，趁他开锁不备之际，揪下他几根头发，对，就这么办。

吴莉莉说："宋师傅，你先去小杨那儿看看，完了，帮我开衣柜上的门锁，钥匙被我弄丢了。"

宋建成捣鼓了几下，不到一分钟时间，文书装订器恢复正常。小腹微微隆起的杨晓敏一边喝着酸奶，一边和宋建成开玩笑。

她说："宋师傅妙手回春啊，在我们中心，有困难找宋师傅，没有解决不了的事。谢谢你啊。"

宋建成谦虚地回答："说笑了，我只会三脚猫功夫。"然后，他又跟随吴莉莉来到更衣室，用一根很细的铁丝，在锁眼里试着旋转。

吴莉莉瞅准机会，趁他不备之际，以迅雷不及掩耳之势，揪下宋建成的头发，口中惊呼，"啊？宋师傅，你有白头发了，不要动，我给你拔掉。"

还没等宋建成回过神来，吴莉莉已把揪下的头发包在一次性纸巾内，然后，她迈着急速的步子往主任办公室方向而去。

吴莉莉自以为她做的这一切，神不知鬼不觉，谁料想她揪头发的过程被叶慧目睹得一清二楚。

叶慧这几天正赶上月经期，又是量最多的几天，她只得频繁上卫生间更换卫生护垫。所以每到月经周期的经期，她就隔三岔五往更衣室一趟，其一是拿她的私人物品卫生护垫；其二，小憩片刻，再补充点营养。

吴莉莉进更衣室时，没留意到房间一隅内正休息的叶慧。而叶慧目睹了吴莉莉揪宋师傅头发的全过程。一开始，她真以为吴莉莉在帮宋师傅拔除白发，刚想出声同她打招呼，却见她手握宋师傅头发，已一溜烟跑出门外，动作迅速，还十分诡秘。

叶慧嗅出吴莉莉此举非同寻常，她也立即起身，不动声色，尾随其后。她要搞明白吴莉莉揪头发的目的，难道真如她所说，只是为宋师傅摘掉他头上的白头发？她悄无声息跟在吴莉莉背后，看到她进入主任办公室，再看到许局从里面走出来。

叶慧恍然大悟，她亲手导演的那场戏，要落下帷幕了。她在自责的同时，又有点得意，一场潜藏近二十年的秘密要浮出水面了。

吴莉莉回到更衣室，看到叶慧靠在椅子上吃东西，随口问了声："你什么时候进来的？宋师傅呢？"

叶慧狡黠地眨了眨眼，盯着吴莉莉的脸，目光中含有深意，说："宋师傅走了，衣柜门上的锁已经修好。"

吴莉莉有点心虚，避开叶慧探究的目光，口中"哦"了一声，便朝门外走去。

"宋师傅的头发，给许局了？"

叶慧的声音从背后传来，吴莉莉吓了一跳，许局特意关照，此事不能让第三人知道，她怎么发现了？

吴莉莉想抵赖，便矢口否认，辩解道："什么头发？听不懂你在说什么？"

叶慧笑了笑，说："吴科，我都看到了，许局要宋建成的头发，是做鉴定，做亲子鉴定。"

"亲子鉴定？谁和谁做亲子鉴定？许局和宋师傅？怎么可能？你不要乱猜了。领导的事，我们还是少探秘为好。"

吴莉莉尽管口中这样奉劝叶慧，但也心存疑惑，只是因时间紧迫，还没来得及深想。许局要宋建成的头发究竟做什么用？

"你没发现宋建成和许局公子长得相像吗？"

吴莉莉脱口道："他和许博远？"随即脑海里浮现许博远的身影，但印象有些模糊，似乎真和宋建成有些相像。相像的人多了去了，谁会联想到谁和谁相像，除非那人是自己熟悉或亲密的人。

叶慧点了点头，说："对呀，不然，许局要宋建成头发作什么？范姐和宋建成是老乡，从小一起长大的，可谓是青梅竹马两小无猜。"

吴莉莉一脸惊讶，问："你怎么知道的？"

叶慧说："宋建成档案材料写着呀。"

吴莉莉说："中心那么多人，谁记得住呀？你倒是很有心。"说完，她好像想起什么，明白什么似的，又问："你是不是早就怀疑许博远是宋建成的儿子了？趁许局作工作报告，故意安排宋建成出现在会场，以引起许局的注意？"

叶慧支支吾吾地说："你想多了，那不是人手不够嘛，我才出此下策，你也同意这么安排的。"

吴莉莉心想，事已至此，多说也无益。只好再三叮嘱叶慧，紧闭嘴巴，小心祸从口出。

叶慧点了点头，她早已对自己的行为深感不安。正是她的一念之差，导致一个家庭处于风雨飘摇之中。

十六

许志强把两份鉴定报告摆在范雪琴面前，平静地说："我们离婚吧。关于财产分配，我会给你一个满意的答案。毕竟，我们生活了那么多年。从今天起，我搬出去住了。"

范雪琴翻开两份鉴定报告书，一份鉴定书意见，许志强和许博远无生物学血缘关系。另一份报告结论，基于 15 个不同基因位点结果分析，许博远和宋建成生物学亲缘关系的成立可能为 99.9999%。

看完，她的嘴抽动了几下，想说，又无话可说，这是铁证，铁证如山的证据，自作孽不可活。她呆呆地望着许志强飘然而去的身影，两行热泪扑簌簌滚下脸庞。

其实，在半个月前，许志强作工作报告的那天，范雪琴就预感到他态度的变化，中午不见他到饭店用餐，秘书说局长临时有事，下午报告又由闫主任主持。当晚，他也没回来吃晚饭，直到儿子许博远夜自习归来，仍不见许志强回家，而且连电话也不打回来。这在他们结婚近二十年来，从没有发生。而且，许博远还和她说，下午，爸爸去学校看他了，但爸爸什么话也没说，看上去心事重重的。

那天，许志强直到深夜才回家，回家后倒头就睡，好像挺疲惫似的，又不和范雪琴讲一句话，拿她当空气一般。范雪琴不敢多问，小心翼翼观察许志强的行为。

山雨欲来风满楼，这半个多月看似平静的日子，却暗藏激流。果然，她潜藏心中多年的秘密东窗事发了，她在悔恨自责内疚的同时，却又有种如释重负的感觉。这么多年，她惊恐，她焦虑，她惴惴不安，身上像有块巨石，压得她透不过气来，她瞒得好辛苦。现在，真相大白，许博远身世之谜被揭开，两人的婚姻走到尽头，不舍、痛苦的同时，内心反而一阵轻松。她不用再欺瞒、不用再伪装，自己种下的苦果，得自己品尝和承担。但她唯一放不下的，是儿子许博远，他该怎么面对这突如其来的变故？一夜之间，他成了别人的孩子，而且是门卫宋建成的儿子，这种落差，让一个羽翼未丰乳臭未干的中学生如何接受？

范雪琴想到许博远，心痛地不能呼吸，以死谢罪吗？那他就成孤儿了。她要跪下来请求儿子的原谅，千错万错，是妈妈的错。

许博远直到出国留学，也没原谅妈妈带给他的耻辱。尽管在这期间，范雪琴为儿子出国一事，为凑许博远留学费用，卖掉了所住的房子。她真是操碎了心。

世上没有不透风的墙。许局和范雪琴的离婚事件被传得沸沸扬扬，其中，女主人公范雪琴和许志强、宋建成之间的恩怨情仇，更是渲染得像一部离奇的影视剧，情节跌宕起伏，扣人心弦。

范雪琴离开疾控中心不久，有消息传来，她被调去了学校图书馆工作，她上高二的儿子许博远提前出国留学了。范雪琴变卖了许志强留给她的房子，一部分供儿子读书生活费用，余下的一笔，重新购置了一套小居室。但宋建成依旧不知影踪。

时间是治愈痛苦的最好良药。叶慧对范雪琴的愧疚之意，也随着时间的流逝逐渐变淡，生活一如既往，演绎着它的平淡和精彩。

人事总务科随着范雪琴的离去，气氛显得更加冷漠和没生气了，唯有桌上插放的鲜花，依然娇艳妩媚，吐露着芬芳，给冷清的办公室增添了一丝生气。

林子珊不改初衷如一日，隔三岔五变换桌上的鲜花，尽管范雪琴已经离开，但她的办公桌依旧被林子珊收拾得干净整洁有香气。

因暂时没新人进来，范雪琴的这块工作，就由林子珊兼任。林子珊不但兼任范雪琴的工作，还分担杨晓敏的一些杂务。杨晓敏身怀六甲，临盆在即，距离预产期已不到一个月，这期间的她，上班纯粹是为了助产。产科医生说，适当的运动对孕妇有百利而无一害，经常运动的孕妇在分娩时心跳频率较低，血压相对稳定，分娩时比不参加运动的孕妇要顺利。

杨晓敏早计划好了，她选择自然分娩，倒不是她不怕疼，医学书上把人类能感受到的疼痛感分为 12 个级别，第 1 级：蚊子叮咬；第 2 级：打过麻药后动手术；第 3 级：情人间友好的打情骂俏；第 4 级：父母恨铁不成钢的打骂；第 5 级：用巴掌抽打，留下红色掌印；第 6 级：不注意饮食引起的肠胃炎，肚子痛；第 7 级：用棍棒打，留下黑紫色印记；第 8 级：各种方式引起的大面积流血性外伤；第 9 级：母亲分娩时的感觉；第 10 级：造成肢体残疾，如打仗中受伤被炸掉手指；第 11 级：内脏痛，据说苏联特工发明了一种逼供法；第 12 级：扎竹签、红烙铁等。级别越高，感受到的疼痛感就越大。

自然分娩的话，算是 9 级疼痛（不过也有说是最顶级的）。可想而知，女人生孩子遭受的分娩之痛，所以有相当一部分女孩子选择剖腹产。杨晓敏也怕痛，但她坚持自然分娩，其中除了产科医生宣扬自然分娩有诸多益处之外，其中，最大的动力来自一位已为人母的好友。

去年，她的一个闺中好友生孩子，杨晓敏替代好友老公的角色，全程陪同直到孩子呱呱落地。她见证了这伟大的时刻，头发凌乱满脸汗水五官扭曲的好友，在听到医生说"母子平安"时，她脸上绽放的幸福笑容，至今定格在杨晓敏的手机里。只有自然分娩，才有这惊心动魄峰回路转的感动和幸福。而剖腹产，产妇在没有疼痛没有意识下孩子就降生了，她们能体会到自然分娩时那种大痛大喜、喜极而泣的心情吗？

杨晓敏心想，剖腹产是绝对没有这体验的。我要自然生产，要体验这大痛大喜喜极而泣的心情。吃这点痛，算什么。

待产中的她，一门心思期待孩子的到来，自然，她的那块工作也差不多都交给了林子珊。偶尔的，动动嘴皮子，指挥林子珊做这个、搬那个，嗓门大的足以让其他人认为，她拖着沉重的身子还在卖力地工作。

林子珊一人兼做三人的活儿，每天忙碌得像一只急速旋转的陀螺，但她没有丝毫抱怨，农村走出来的孩子，就是能吃苦，唯一遗憾的，她自己的终身大事被一天天耽搁了。这期间，有给她介绍男孩子的，就因为她工作的忙碌，休息天还在单位干活，错过了几次相亲的机会。也有约在晚间的，但林子珊疲惫的心情，总是提不起谈情说爱的热度。有时，她又这样想，幸好，她单身一人，可谓是一人吃饱，全家不饿。

科长吴莉莉在每周一次的办公例会上常叹苦经，三句话不离本行，范雪琴调走了，杨晓敏即将生产，科室人手紧张，活儿来不及做，我们只能加班加点，我们已经连续几个星期没休息了。主任，啥时给我们人啊？

中心主任闫寒一边肯定吴莉莉在科室人员紧缺的情况下，还出色地完成各项任务，一边解释他的处境和难处。他也很无奈，机关事业单位进人，不是单位领导说了算的，也不是局领导定的。它要遵循机关事业单位用编进人的相关程序和流程，坚持"进人须有编、用编先申请、缺位补岗、合理配置"的原则，由用编单位向机构编制部门提交用编进人申请，机构编制部门受理后，根据申请单位编制配备、用编性质和拟调配人员层次结构等情况，按照管理权限进行审核审批，再由组织、人社等部门会同机构编制部门共同商定编制使用计划，出具《用编通知》，向社会公开招录（聘）人员。

就像当年的林子珊，看到事业单位招聘信息后，经过报名、笔试、面试及体检层层关卡，才得以成为一名有编制的公职人员，但只要其中一关不过，你就会被淘汰下来，那就坐等下一次东山再起。

所以什么时候进新人？闫寒心中是没数的。这个过程快则半年，慢的话，就不好说了。其实，他早已向局领导书面申请进人名额，因为中心每个科室都缺人，都存在一人兼做几个业务条线的现象。科长紧盯主任要人，主任就向局领导要人，局领导两手一摊，苦笑着说，我们局也缺人呐，克服吧。

这样忙碌的光景大约持续了大半年，直到杨晓敏产假结束来上班，林子珊的工作量稍微减轻了些。又过了两个月，一位新人来人事总务科报到了。

新人踏进办公室的一瞬间，却引起了办公室内一阵小小的骚动。

杨晓敏从座位上站起来，激动地喊："吴彦祖，你是吴彦祖。"新人是位年轻帅气的男性，长得极像明星吴彦祖。

他笑着说："各位老师好，我叫卢一鹏，我来报到的。有很多人说我长得像明星吴彦祖。"

吴莉莉忙站起来招呼，说："欢迎、欢迎，蓬荜生辉啊。我叫吴莉莉，人事总务科科长。"

卢一鹏赶紧走上前，一把握着吴莉莉的手，自来熟地开起玩笑："啊，美女科长，年轻又漂亮。幸会幸会，以后请多多关照。"

吴莉莉被卢一鹏夸得满面春风，笑着向他逐个介绍科室成员，叶慧、杨晓敏、林子珊。

卢一鹏跟着吴莉莉的介绍挨个和她们打招呼，"神仙姐姐好""漂亮妈妈好"。当他顺着吴莉莉手指向林子珊时，心头突然一动，心脏快跳了两下，但他马上恢复了一脸嬉笑，招呼"林妹妹好"。

叶慧见不得那些虚头巴脑满嘴流油的男人，她内心认为，这些家伙不靠谱，光靠一张嘴，我才不吃这一套呢。但伸手不打笑脸人，她压抑内心的嫌弃，淡淡地说："你好，欢迎。"

杨晓敏一脸欢笑，拉着卢一鹏一起合影，并马上把照片发到了她的朋友圈里，还得意地在照片下方留言，我和偶像。她的这张照片和留言，一会儿就招来不明就里大批人的点赞、羡慕及嫉妒。

林子珊腼腆地笑了笑，说了两字，欢迎。心想，他真会说话，把每个人的称呼都叫得这么贴切有意思，却又符合身份。

吴莉莉安排卢一鹏坐范雪琴的位置，并把林子珊兼任范雪琴的那块业务移交给了他。她说，虽然我们每个人都有明确的业务条线，但分工不分家，忙的时候，大家互相协助。再比如，谁有事请假了，但那块工作得有人做。所以，我们每个人不但要熟悉自己这块，其他人的业务也要熟悉。

不到半个月时间，卢一鹏基本上摸清了每个人的条线工作内容。他头脑灵活，手脚勤快，还极会说笑。科室里一些杂活、力气活，他都欣然包揽。连林子珊"赠人玫瑰、手留余香"坚持几年的一桌一花，他都抢着接过去了。他说："给美女送花，那是爷们该做的。"他的到来，给人事总务科增添了不一样的气氛，办公室不时能听到女人的笑声。

虽然叶慧刚开始对卢一鹏油嘴滑舌的腔调有点不感冒，但女人嘛，好话谁都爱听，他一口一个神仙姐姐，把叶慧叫得心花怒放，相处久了，觉得这男孩儿优点很多，慢慢地，也逐渐认可卢一鹏。但她"先进山门为大"的那副架势仍旧摆着，理所当然指使卢一鹏干这干那，但语气显得温和了一些。她这样使唤卢一鹏："小卢，帮我看看，PPT图中怎么修改图形？""小卢，和我一起去局里，这些文件你拿着。"诸如此话。

卢一鹏一点不介意叶慧颐指气使的态度，相反他颇为自得，很受用她的语气。又一个女人被他收服了。

吴莉莉私下提醒叶慧说："卢一鹏不简单，他来我们单位只是一个过渡，迟早他要走的。"

叶慧说："这有什么奇怪，能进机关事业单位的，都不是省油的灯。"言下之意，你吴莉莉简单，还是她叶慧简单，谁不想往高处走？

见叶慧一副满不在乎的态度，吴莉莉摇了摇头，又说："你知道卢一鹏什么来历吗？"

叶慧夸张地耸了耸肩，不屑地反问："什么来历？官二代还是富二代？可怕吗？"

吴莉莉笑了笑说："你猜对了，他是官二代，他父亲是某局局长，他到我们基层锻炼来的。迟早，他要走的。你别指使他做这做那，别人会误以为我们把他当长工使。"

叶慧回了一句说："不用白不用，他不是来锻炼吗？就让他多干活儿。"她嘴上这样说，但吴莉莉的话已然起到了作用。自此，叶慧对卢一鹏的态度又发生了些许变化，那种刻意保持距离的变化。

林子珊心中一直记挂闺蜜沈忆眉。

沈忆眉怀孕五个月时，去医院产检，医生告诉她说，腹中的胎儿已没有生命迹象了，医学概念叫"胎停育"。胎停育是指胚胎发育到一个阶段发生了死亡而停止继续发育的现象。

沈忆眉怎么能接受这残酷的事实？她和老公戴维斯辗转美国几家有名的产科医院，希望有先进的治疗方法挽救她腹中的宝宝。但医生的口径一致，尽快做清宫术，别耽搁了。其实，沈忆眉心如明镜似的，她学医出身，深知胎停育的前因后果，胎儿留在子宫时间越久，对孕妇越不利。蜕变的胎盘和羊水释放凝血活酶进入母体影响血循环，引起弥散性血管内凝血（DIC），导致凝血功能障碍，孕妇就会出现血液凝固功能受损的并发症，后果非常严重。

戴维斯听医生说后果很严重，伤心之余，就开导妻子，别难受了，做了吧，这孩子与我们无缘，我们还年轻，一定会再有孩子的，我们一起努力。他紧紧拥抱妻子，强忍着不让眼泪流下来。

大部分的怀孕妈妈，如遭受像沈忆眉的经历，也很难受和痛苦。他们的家人或朋友就这样劝慰，别伤心了，养好身子，还年轻，等来年再怀。多么轻松和美好的愿望。孕妈妈伤心一阵后，专心调养身子，等待孕育下一个宝宝。

戴维斯的那番宽慰话，在沈忆眉听来，好像有一把匕首插在她心尖上。别的女人一不留神可能有喜，至而当妈。就像当初不经事的自己，和男友一次亲热，却意外中彩那样。

而正是由于她婚前一次不慎怀孕，流产术后双侧输卵管堵塞，才导致结婚多年一直怀不上孩子。前年，在同学付佩玲安排下，请名医做了双侧输卵管疏通术，但并不是说手术后就能成功怀孕，这些事，她都瞒着他。庆幸的是，她终于怀上了。宝宝的到来，多多少少减轻她对戴维斯的负疚感。可谁知，好不容易怀上的孩子又要飞走。难道上帝因她年少轻狂的风流在惩罚她？她还会怀孕吗？沈忆眉心如刀绞，她伏在老公的怀里失声痛哭起来，她对不起他。

做过清宫术后的沈忆眉，身心受到巨大创伤，半年都没恢复过来。林子珊知道此事已是沈忆眉清宫术的一个月后。她收到沈忆眉的一份邮件，仅寥寥数语，就一句话："子珊，你当不成干妈了。我很累，我想家了。"

林子珊非常担心，真想即刻飞到好友身边，但苦于分身无术。科室里范雪琴刚离去，杨晓敏又即将生产，她一人兼任多块条线，忙得连双休日也没有，想拿休假如上青天，除非你不想干了。

心急如焚的林子珊，即刻拨通了沈忆眉家电话，此时北京时间是晚上十点，洛杉矶才早上六点。她顾不得沈忆眉有晚起床的作息习惯，在电话里对她说："小眉，回来吧，女人可以不要家庭，不要孩子，但一定要有自己的事业。你属于职场，我能想象你在职场的飒爽英姿和风情万种。如果戴维斯爱你，他会尊重你的选择，陪同你一起回来。"

林子珊熟知沈忆眉的性格，也深知不孕症的原因，所以常人的劝慰，如"别伤心了，养好身子，还年轻，等来年再怀"这类似的话，对于沈忆眉而言，如墙上刷白水，根本起不了作用，反而让她更伤心。要激发她的斗志，让她尽快从伤心中走出来，唯有工作，工作可以重新焕发她的热情和风采。她曾说过，她为职场而生。

半年后，沈忆眉回国了。沈忆眉回国后，即给林子珊打了电话，告知她的近况。她说，她在北京注册了一家整形美容机构，正筹备中，千头万绪，忙得连饭也顾不上吃。有时，一天只吃一顿饭。她还说，等公司走上正轨，邀林子珊、付佩玲等几个要好同学聚聚，参观她的公司，想变美的话，免费美容哦。

林子珊想她了，很想。自和她美国一别，差不多又一年。虽然现在科室人员都已到位，兼任的业务条线也顺利交接给卢一鹏。她也可以拿休假了，可以去北京和沈忆眉相聚。但转念又一想，她的美容机构在筹备中，一定是忙得不可开交。算了，不去给她添麻烦了。如她所说，等她公司走上正轨，再相聚吧。

卢一鹏不愧是官门之后，处理人际关系可谓游刃有余如鱼得水。想象一下，一个人行不久的帅男，和四个资历不一、长相千秋的女人共事，会是一个什么场景？常说，三个女人一台戏，何况，还是四个女人。但这四个女人不唱戏，没有你方唱罢我登场的开腔。她们面上不动声色冷眼旁观，但内心心细如发暗流涌动。卢一鹏稍有不慎，便会遭到她们的唾弃，随之，视他如草芥。虽然他有"他爹是李刚"这架保护伞，但偏偏有人不买账。比如叶慧，比如林子珊。但卢一鹏凭着他那张巧舌如簧的蜜舌，出手大方的豪举，生生把这四个女人团结在他的身边。

哪个女人不爱听好话？又有谁会对帅男送来的礼物拒千里之外呢？何况卢一鹏的所言所行，恰是那么的真诚和自然，一点也看不出无事献殷勤的痕迹。他说，他有个朋友开儿童服装店的，这几天，正赶上清仓，朋友送了几套给他，他哪里用得着，放在家里也占地方。神仙姐姐，给咱家外甥试试，谢谢、谢谢啊。他这磕头作揖的，好像他求着叶慧把衣服赶紧收了去，不然，碍着他似的。叶慧收了衣服，还收到他的感谢，何乐不为呢。

杨晓敏不用说了，天天和偶像在一起，那个高兴劲儿。卢一鹏呢，一口一个漂亮妈妈、姐姐的，他也不管叫差辈分，反正他叫什么，杨晓敏一概应着，他送的东西，也一并收着。自打卢一鹏来了之后，杨晓敏的奶水也多了，宝宝养的白白胖胖，根本不用担心宝宝不够奶吃。有时，奶水多的溢出奶头浸湿到杨晓敏的外衣。

林子珊却是刻意和卢一鹏保持一定的距离，倒不是对他有成见或其他的看法。其实，她对卢一鹏是有好感的，当然，这好感仅仅局限于同事这层关系。卢一鹏讲话风趣幽默，外表帅气阳光，出手还阔绰，试想，有谁会不喜欢他？但她是个未婚姑娘，和异性相处，各方面都要注意，稍有言语不当或肢体轻飘，有可能被人口舌，说她林子珊是个举止轻浮、行为不检的女生。或许，正因为林子珊对异性间刻意保持的距离和矜持，也一定程度让对她有好感的男生望而却步，最终错失缘分良机。

卢一鹏自见她的第一眼，就像是《红楼梦》中："贾宝玉初见林黛玉，便道：'这个妹妹我曾见过'"他分不清心动还是动心，巧的是，她也姓林，当时，他只感觉他的心脏快跳了两下。在接下来的时日里，他对她心动了，这一点，他确认无疑。至于林子珊身上哪一点吸引他？卢一鹏说不上来，她的若即若离？还是她的内敛矜持？卢一鹏下的结论，欲擒故纵，就这样，他被她套牢了。

他动心，但并不表示他可以有所行动，因为他即将步入婚姻殿堂，而他的这桩婚姻完全是父母之命媒妁之言的包办。女方父亲是卢父上级，当中间人婉转表明来意时，卢父有点受宠若惊，没征得儿子同意即表了态。他回复道，小儿何德何能？我们高攀了。

卢父回转家中，向妻儿宣布，一鹏的结婚对象有人选了，没商量的余地。卢一鹏感到又好气又好笑，现在是 21 世纪了，父亲竟然还干涉子女谈恋爱结婚的自由。卢一鹏想推翻父亲的做法，拒绝他的包办，但终究没这样做。他听从了父亲的意愿，和父亲上司的女儿交往，女孩儿模样还算端正。现在双方父母已开始筹备子女的婚礼。

这纯粹是一桩政治联姻，偶尔，卢一鹏会自嘲自己的功利。所以，面对他动心的林子珊，他只能臆想，不能越雷池。但感情的事往往不受自己控制，不然，也不会有"情不自禁""身不由己"形容感情不受控制的成语了。而他不经意间流露出的情感，被旁观者看在了眼里。

作为一科之长的吴莉莉，她发自内心欣赏这类型的男孩，拎得清、情商高，再加上他爸是某局长这层关系，吴莉莉对他更是另眼相看。她不但在科室里当着大家的面，赞扬卢一鹏的勤快聪明谦虚务实，在闫寒主任那儿也常说他的好话，顺带感谢闫主任，把卢一鹏分给人事总务科，由于他的加入，人事总务科气氛更融洽了。

"男女搭配干活不累。"她戏谑说："还希望领导以后多分配几个男同胞名额给我们科室，阴阳要平衡。"

闫主任听完哈哈一笑，他也有同感，中心业务科室几个科长，有男有女，但他和女科长之间的工作相处，似乎更融洽些。就像吴莉莉，不但工作执行能力强，她那张小嘴也讨领导欢心，想当初把卢一鹏安置在她科室，也是经过再三斟酌，上方领导和他打过招呼，年轻人，多给机会，锻炼锻炼。而吴莉莉就是个明事理之人，她刚才的那番话，可谓一语多夸，她夸卢一鹏，自然也带着他父亲，有句话叫有其父必有其子，她还夸领导英明决策调配有方。当然，在夸别人的同时，也抬高了她自己。他笑着说："小吴啊，好好干，你的表现我们心里是有数的，中心的未来属于你们年轻人呐。"

十七

闫主任就像是一位预言家，预言得很准。

吴莉莉要走了，她被调去机关档案处担任处长一职，试用期三个月。这个消息无疑像一枚炸弹在中心炸开了锅。大家议论纷纷，有的说，吴莉莉靠了关系走的后门，上面领导特招；也有的说，吴莉莉凭实力通过考试应聘获得的职位；还有的说，吴莉莉这次上调，范雪琴前夫许局功不可没。不管大家怎样议论，但至少一点，吴莉莉的工作表现可圈可点，大家一致认可。

国不可一日无君，家不可一日无主，单位也一样。吴莉莉要走了，那么人事总务科科长由谁接替呢？当然，中心领导不愁人事总务科科长位置没人接替，中心人才济济啊。但闫寒还是征询即将离任的吴莉莉，推荐合适的人选担任人事总务科长一职。吴莉莉不假思索地脱口而出，林子珊是个合适人选。

闫寒说："说说你的理由。"

吴莉莉说："林子珊来我们疾控中心快三年了，这三年来，她的一言一行、一举一动我都看在眼里。她正直善良有爱心，不论是她的分内事，还是和其他人的配合协助，她都兢兢业业、任劳任怨。前一阵子，范雪琴的离去，杨晓敏生孩子，她俩的工作几乎全落在林子珊身上，但她没有一句怨言。最难能可贵，我们办公室内卫生、我们喝的水，都是她在负责。还有，我们办公桌上放的花，主任你也看到了，这花是林子珊自掏腰包买的。而且几年如一日，从不间断。

我曾私下问她，值得这么做吗？她说，鲜花能给我们带来美好心情，赠人玫瑰，我手留余香，开心啊。说实话，听了她的话，我惭愧。"

闫寒说："嗯，不错，确实难能可贵，之前没听你说起过。"

吴莉莉笑了笑说："我不是担心她撼动我科长的位置嘛。主任，我检讨，我思想狭隘。"

闫寒也笑了笑说："你的建议我们会考虑的，你先和小林交接，等我们中心领导班子研究后定人选。也感谢小吴你这么多年对我工作的支持，以后，常回来看看，中心可是你的娘家。"

吴莉莉说："我不会忘记的，中心是我娘家，闫主任是我领导，永远都是。感谢主任您这几年对我的帮助、培养和关心。"

闫寒说："这是你自己的努力。祝小吴在新的岗位上一切顺利，再创佳绩。你是我带出来的，可不能辜负我对你的期望。"

吴莉莉立刻表态："领导，谢谢您多年来对我的教导与厚爱，我会在今后的日子里再接再厉！也祝闫主任未来事业如日中天，步步高升。"

吴莉莉离开的前晚，在卢一鹏的提议和安排下，在一家饭店设宴，为吴莉莉践行欢送。饭钱，自然又是卢一鹏买单了。林子珊提出她一同承担餐费，或者，每人出份子钱，被卢一鹏一口拒绝。他说：让女人出钱，我还是男人吗？男人为女人花钱，天经地义。

卢一鹏买单理由振振有词，假如不给他买单，那他就不是男人，那罪过就大了。当然，大家都知道卢一鹏是玩笑话，但也表示他主动买单的决心。林子珊便没再坚持。

欢送席宴，一片祥和，大家轮流敬酒，互相寒暄。席间，各人说了一些客套话，无非是祝吴莉莉在新的岗位一切顺利，继往开来，开创锦绣前程。吴莉莉呢，也说了一些让人感动的话。她说："我当科长的这几年，感谢你们的鼎力相助，人事总务科屡次受到中心领导表扬，和你们的支持是分不开的，再一次感谢。其实，离开你们，我内心是舍不得的。今后，大家如有难处，只要我能做到，一定不遗余力。"讲到动情处，吴莉莉眼圈有点发红。

晚宴看似热闹和谐，但有人心里正不爽，比如，叶慧。当然，也有真诚道贺和祝福的，像林子珊和卢一鹏。上午，吴莉莉把人事总务科相关材料移交给林子珊，她说，这是闫主任关照的，先由她接替，等中心领导班子商讨后决定科长人选。

中心领导的主意，谁信呢？叶慧和杨晓敏不信，凭林子珊的资历和能力，闫主任能想到她？还不是你吴莉莉的意思。她俩有点愤愤不平，尤其是叶慧，以往，吴莉莉每次外出培训，都由她代理，她还一直寻思着，假如吴莉莉离开人事总务科，那科长的位置非她莫属，临了临了，她移交给林子珊。叶慧于心不甘，心想，我不能坐以待毙，我得争取，等中心领导人选尘埃落定就晚了。

叶慧借着一份文件要主任签字，转弯抹角试探闫寒。她说，吴科要走了，还真舍不得，我们相处得像姐妹一样，真为她高兴。吴科得感谢闫主任您的栽培。没有主任的提携，吴科不会有今天的成就。

闫寒签完字后抬起头，看了看眼前的叶慧，他一眼就洞穿她话中所含的意思，无非是打听吴莉莉走后，人事总务科科长一职，花落谁家。正好，他也想听听她的看法。

闫主任问："小吴工作移交了吗？"

叶慧说："吴科工作移交了，但请领导放心，所有工作不会受到一丝一毫影响。"

闫寒又问："林子珊怎么样？"

叶慧装作不解地反问："闫主任的意思？"

闫寒笑了笑说："你对林子珊作为科长人选怎么想？"

叶慧犹豫的目光望着领导，好像是想说又不敢说，或者能不能说？

闫寒用鼓励的眼神示意叶慧说："你但说无妨。"

叶慧想，我此时不争取更待何时，拿破仑不是说"不想当元帅的士兵就不是好士兵"吗？我毛遂自荐，没什么丢人的，再说，我所说的都是事实，不存在搬弄是非诋毁别人。她迎着闫寒的眼神，有理有据地说："如果从工作方面来讲，林子珊做得还是可以的，她做事踏实肯干，为人谦虚，和同事相处融洽。但从科室管理角度来说，林子珊毕竟年轻，来我们中心时间又不长，缺乏管理经验。再从长远的角度来说，她还没成家，假如她谈恋爱或生孩子了，这些都会影响她对工作的投入。所以，我个人观点，林子珊还需要学习和磨炼。"

闫寒听罢，沉默了几秒，接着又问："那你认为谁能担当人事总务科科长一职？"

叶慧一脸庄重，她说："闫主任，我来到咱们单位工作有六年多了，在闫主任您的领导和帮助下，我学到了很多，也取得了一定成绩。以往吴科外出期间，都由我代理，而且我曾在外企做过人事主管，我有这方面的管理经验和能力。现在人事总务科科长岗位空缺，希望闫主任能考虑我，我一定不负领导所望。"

闫寒被她的一番慷慨陈词所感染，微微笑了一下说："好啊，东北人的性格，直率果敢有魄力，不错。你的建议我会认真考虑的，中心领导班子还要商议研究，尽快敲定人选。"

叶慧拿着主任签好的文件回到办公室，她头靠在椅子上，双眼微闭，还沉浸刚刚在闫主任面前她的那番表现，回想了一下，没有破绽。虽然把自己夸得像朵花，但却是事实，对于林子珊的评价，那也是事实。至少在她眼中林子珊不够格，她资历浅又未婚，一个黄毛丫头能担当人事总务科长一职？反正她是不服气的。她猛劲喝了几口水，好像要把心中的不服气咽下去，没过多会儿，那股气又从胃底冒了上来。

拿着吴莉莉手中接力棒的林子珊，并不欣喜，也不激动，她只感到忐忑，感到责任重大，因为她从没有觊觎科长位置的念头。但既然是中心领导的安排，那她暂先接替，等人选定后再移交。既然代理了，也要有所表示，换句话讲，叫表决心，就像叶慧代理时那样。

林子珊站到办公室中央的位置，目光在每个人脸上稍作停留，淡然的笑容，不卑不亢的态度，对大家说："叶老师、晓敏、卢一鹏，抱歉，请你们把手中工作放一放，我占用大家几分钟时间，说几句话。"

卢一鹏马上接茬，笑嘻嘻地说："林科，您客气了，我们洗耳恭听。"

叶慧和杨晓敏两人同时瞥了卢一鹏一眼，那是责怪的一眼，你洗耳恭听，干嘛要说"我们"两字，你可以代表我吗？但又不便解释，更不能撇清。两人面无表情中带着些许不耐烦，意思是，有话快说，有屁快放，还真把自己当科长了，你只是代理，还不知道花落谁家呢？

林子珊脸上一红，正色道："卢一鹏，请你别用林科这称呼，我只是暂时接替科长一职。我要说的是，在新科长还没到岗这段时间，我会一如既往地做好本职工作，如有不到不足之处，请各位批评和指正，我的话说完了。感谢大家对我工作的支持。"

讲几句话，也就是个形式，说多了，人家不爱听，说你真把自己当科长了，不哼不哈吧，又显得你太目中无人，一句话也没有，看把你能耐的。

又是卢一鹏挑头说话，他说："林师姐，请你放心，我们全力支持你的工作，你就迈开步子大胆往前走吧。"

这次，叶慧狠狠地瞪了卢一鹏一眼，她目露怒火，但嘴角却扬起一丝笑意，她说："小卢，你这个护花使者当得真不赖啊，你的小心思，我可看得真切，需要我帮忙的，尽管开口，我喜欢成人之美。"

卢一鹏很机敏，听出了叶慧的话不像是玩笑话，她好像窥破他喜欢林子珊的心思。虽然他俩一个未娶一个未嫁，谈恋爱正常不过的事，也不怕外人说三道四，外人也无权干涉。但卢一鹏名草有主了，尽管他从未向其他人提起他的未婚妻。可以预料，他与某位领导女儿将喜结良缘，疾控中心传得人人皆知了吧。杨晓敏曾遗憾地对他说，好想与你攀亲戚，我有个漂亮的表妹，与你年龄外貌相当，只是可惜，相识晚了。

所以卢一鹏的家底应该被中心好事之人摸清了，比如，他爸是谁，妈妈在哪个部门就职。再比如，他女朋友是谁，女朋友的父母又做什么的，等等。因为这是一桩政治联姻，万一真被好事之人以讹传讹，说他脚踩两只船，那不但有损林子珊名誉，他和他父亲的政治地位也会受影响。卢一鹏不敢拿自己的利益和前途开玩笑。

卢一鹏接下叶慧的话茬，依旧一副笑嘻嘻面容说："神仙姐姐授予我护花使者称号，小徒受领，作为科室内唯一男丁，我有责任和义务保护好你们，怒放的四朵金花。哦，不，现在是三朵金花。假使我护花不力，我愿受一切责罚。吴科即将赴任档案局，不，是吴处了，今晚为吴处践行，所有费用由唯一男丁承担，怎么样？"

叶慧的那番话，林子珊听得真切，似是玩笑话，但又分明不像。她明明知道卢一鹏即将成为某领导的乘龙快婿，还开这样的玩笑，不是置他于不仁不义之地吗？而我清清白白一个未婚姑娘，在她口中，也成了一个狐媚主儿，她又置我于何地呢？林子珊心中郁闷，想理论，但又不能辩白，因为这种事本来就解释不清，甚至会越描越黑。何况，卢一鹏的小心思，也就是叶慧口中所说他的小心思，林子珊也感觉到了，他对她有意，但仅仅有意而已。

卢一鹏机警和讨巧的话，不但化解了她、他及她之间的尴尬，还转移了话题。林子珊也正有此意，便顺着说："好啊，今晚我们欢送吴处。"叶慧和杨晓敏也就跟着附和，说："好，没意见。"

饭店的预定、菜品的规格以及送吴莉莉礼物的选择，这种费力、费神还搭钱的活儿，自然落在卢一鹏身上，他自告奋勇勇于承担，关键时刻挺身而出。

何谓护花使者，字面上讲，"保护花的人"，但花指的是女人，保护女人是男人的担当和责任，卢一鹏要守护好三朵花，但他内心认可的仅有一朵，林子珊这朵小花。

林子珊代理科长已有一个月，中心领导迟迟不公布科长人选。叶慧和杨晓敏几次借故探闫主任口风，新任科长何时上岗？

闫主任说："快了，竞聘方案正在研究中，你们年轻人要积极参与啊。"然后还问她俩林子珊代理期间的工作表现。

叶慧和杨晓敏因各怀私心，都紧盯着那职位，自然，不会在领导面前夸林子珊，但也不得贬损人家，只是说，还行吧。试想一下，在领导面前说别人是非，那她岂不是也成了是非之人，闫主任何等冰雪聪明，贬低人家，反而让领导认为她们没有雅量和心胸狭窄。当然，如果有确凿的证据，那就不是贬损和诋毁了。

闫主任口中的竞聘方案公布了。

中心领导为此专门召开全体职工大会，大会上宣读中层干部竞聘的指导思想："为促进人才优化组合，建立干部能上能下、平等竞争、择优录用的机制，激发广大干部奋发向上、开拓进取的精神，充分调动干部工作积极性。中心领导班子研究决定在中心开展中层干部竞争上岗，希望有意愿的年轻人踊跃报名参加。具体实施方案、实施原则以及竞聘人员资格条件将以文件形式下发至各科室。"

按照中心竞聘方案，人事总务科除卢一鹏因进单位工龄未满两年没资格报名外，其余三人都有条件参加竞聘。这次中心拿出五个中层职位，一个正职，四个副职，人事总务科科长职位一名，急传科、慢病科、检验科及卫生科各一名副科长，符合条件者均可报名参加五个职位中的一个。也就是说，报名者不限科室。当然，专业性强的科室，比如检验科，非检验专业人员岂敢挑战，所以，检验科毫无悬念的由本科室检验人员参加竞聘，毫无悬念的非朱雯雪莫属。

因为检验科副科长职位就她一人报名。朱雯雪是和叶慧同年同月非同日踏进的疾控大门。

竞聘职位最受青睐的属人事总务科科长一职，报名人数竟达十人。这十个报名者里有人事总务科三人，林子珊、叶慧和杨晓敏。林子珊报名参加竞聘了，报名，这是态度问题，有资格而不参加报名，那说明你态度不端正，没有一颗进取心，再者，她已然代理科长职位一个月有余，于情于理于公于私，她得把握这次机会。环境能影响人的情绪，同样，也能改变人的想法。

紧张激烈的竞聘开始了，第一轮，对竞聘人员评分，此项评分项目全部为可操作的客观题目，涉及工龄、学历、职称、获得的奖项、担任的职务以及省国内外学习培训记录。这轮考核中，竞聘人事总务科长十人的得分，当属林子珊得分最高，她职称中级，通讯报道获过两次奖，一次市级三等奖，一次区级一等奖，还有美国旧金山学习两个月的经历。而叶慧和杨晓敏在这一轮中，因成绩不如林子珊突出，得分排名位居第三和第四。但她俩并不气馁，不是还有演讲和民主测评那两项吗？

第二轮，竞聘人员发表演讲，也可以被理解为就职演说，打分者根据竞聘人员仪表仪容、语言表达、竞聘目的、工作思路等方面进行评分。这一轮的精彩和激烈程度不亚于美国总统竞选演讲，有的慷慨激昂抑扬顿挫，有的温情感人娓娓叙说，有的铿锵有力掷地有声，等等，各自使出看家招数。演讲中最有激情最受瞩目的，当属叶慧。叶慧曾在企业担任过人事主管，她的口才及台风比其他竞聘者更胜一筹，她站在台上，大有手拿画卷指点江山之气势，又有风萧萧兮易水寒壮士一去兮不复还之气概。这一轮的得分，叶慧排名第一，杨晓敏和林子珊紧随其后。

从前两轮的测评中，人事总务科三人的得分相互咬得很紧，林子珊高出叶慧仅0.5分，叶慧高出杨晓敏1.5分。所以最后一轮，也就是民主选评尤为关键，民主选评，其实就是全中心职工有多少人选你，再根据选票数换算成得分。

就在民主测评关键时刻，有人风传林子珊和卢一鹏相恋的消息，而这消息传到林子珊耳朵时，已是人人皆知了。

方圆不无担忧地问林子珊："卢一鹏是有女朋友的人了，而且女方是某局局长的千金，你怎么和他处上了？不怕人家找上门来？还有，你为了爱情，事业不要了。这次竞聘，就数你科竞争最为激烈，本来大家都很看好你，现在你闹这一出，可影响你在大家心目中的形象了。已经有人说你是第三者插足，人人嫌弃的小三了。"方圆也参加了急传科副科长一职的竞聘，在前两轮的考核中，方圆得分遥遥领先，所以她的胜算非常大。也可以这样说，她已经提前稳坐急传科副科长的宝座了。

林子珊听罢，着实吃了一惊，但随即明白有人居心不良故意中伤，而造谣之人无疑出自自己科室，或叶慧，或杨晓敏。她们意图明确，就是搞垮她，让她在民主测评中落败。她委屈地说："没有这回事啊，我和卢一鹏什么关系都没有。真的，方圆，请你相信我，我不是那样的人，分明是有人故意为之，企图损害我清誉。"

方圆想了想说："我估计也是这样，所以把外界讹传的消息告诉你，你也好有所防备。但是从现在情况来分析，在民主测评这环节中，你已经处于不利地位，那些原本看好你的同事，就会倒戈相向。如果你在意这次竞聘，你就不能听之任之，赶快采取行动，来扭转你不利的局面。"

还没等林子珊想出行之有效的办法，闫主任找她谈话了。

闫主任兜了一个大圈子，他说："小林啊，代理科长期间，你辛苦了，我们中心领导班子成员对你的表现是比较满意的。而且从前两轮考核得分情况来看，你领先于其他人，希望你继续保持这样的优势。"

林子珊谦虚地说："主任，您客气了，我应该做的，感谢您对我的信任和培养，我会努力的。"她略显局促地用一双无辜的眼神望着闫主任，等待他开场白后的正文，正文即正题、主题，也就是找她谈话的真正用意。

果真，闫寒话锋一转，他说："有事想和你确认，但我不知道当问不当问？"

林子珊说："您请问。"

闫寒带着些许不自然的神色，问："你和卢一鹏在处对象？"

林子珊恍然大悟，原来闫寒找她谈话是因为外面讹传她和卢一鹏相恋的消息，看来，这消息真如方圆所预料的一样，对她竞聘科长仅剩一步之遥时刻是个致命性的打击。那么，闫主任过问此事出于什么目的呢？仅仅关心她的个人生活？不管他出于什么原因，她正好借此机会向领导澄清此事，或许这可能就是当下行之有效的方法。

闫寒究竟出于什么目的过问下属员工的个人生活呢？而且是以领导的身份找当事人谈话，这不像单纯关心员工的个人生活那么简单。闫寒自己觉得也很突兀，林子珊和卢一鹏，一个未娶一个未嫁，谈个恋爱有你什么事儿？虽说卢一鹏已有女朋友，但毕竟还没成亲，林子珊不算插足，也不是第三者。再者，你情我愿的事，外人管得着吗？你是领导又能怎样呢？

但有关卢一鹏的事儿，闫寒不得不过问，不得不操心。他现在的身份，既是他的领导，还是他父母的耳目。早在卢一鹏还没来中心报到之前，他被上级有关领导叮嘱，卢一鹏就交给你了，好好地调教。言语虽少，仅两句话，但闫寒感到肩上的担子不轻。现在，外界关于卢一鹏和林子珊处对象的事被传得沸沸扬扬，自然也传到闫寒的耳朵里，他不能坐视不管，听之任之。

林子珊红着脸说："闫主任，您听到外界关于我和卢一鹏处对象的传闻了？这纯属子虚乌有，卢一鹏有女朋友，而且马上要结婚了。我怎么可能做那样不道德的事儿？我和卢一鹏之间清清白白，我们仅仅是同事关系，请闫主任明察，还我清白。"

闫寒望着急得满脸通红的林子珊，沉默了一会儿，又问："是不是你和小卢相处时，语言或行为上有不妥之处？而被别人误以为你们俩……"

林子珊的眼眶里泛起了泪花，强忍着不让眼泪流下来，委屈地辩白，说："我出身于传统家庭，自幼被父母灌输男女授受不亲之道。女孩子言行要自律，不能轻浮，以免被人指指点点。虽说如今21世纪了，异性相处不再那么避讳，但或许受父母的教育影响深远。所以我历来和异性相处，都会有意保持一定距离，语言和行为上也是处处谨慎，就是不想被别人误会。但人心叵测，有人故意为之，意图明显，就是冲这次的科长竞聘。主任，您想想，为什么早不传晚不传在这竞聘关键当口传言四起？"

闫寒点了点头，他也想到了这一层，但不是有句话叫无风不起浪嘛。或许，当事人不经意间流露出的暧昧眼神恰巧被谁捕捉到了，又或许两人确实有过火的肢体动作被好事者添枝加叶的渲染，也未可知。当然，闫寒不相信外界的谣言，除非有人证物证，或者，当事人亲口承认。谣言止于智者，闫寒自诩自己是智者型领导。

从林子珊的神态来看，她不像在撒谎，假使两人真的在交往，他们没必要撒谎，单身男女两情相悦，又不是犯有弥天大罪。如果这谣言真的是谣言，那么这始作俑者一定别有居心。就像林子珊刚才所讲，有人故意为之，目的是冲这次的科长竞聘，而往林子珊身上泼脏水。

闫寒不希望这谣言被扩散到更大的范围，倒不是仅为林子珊一方着想，他担心，万一被传到上层有关领导耳朵，那他逃脱不了监护不力管理不善的干系。这谣言的危害，可大可小，它小到伤害个人、伤害群体，大到伤害社会、伤害国家。在许多情况下，流言蜚语往往成为不诚实人的政治斗争的手段和工具，它可以使原来比较稳定的人际关系变得互相猜疑、倾轧、紧张；使原来比较稳定的社会秩序变得十分混乱，变得人心惶惶；它可以破坏人们的团结，削弱彼此之间的信任，制造内耗，瓦解对方的战斗力。所以他必须弄清事实真相，不能让传言无限扩大，伤害到无辜的人。

林子珊的一面之词也不足为信，还要听听另外一个当事人是怎么解释外界的传言，闫寒一个电话命令卢一鹏速来办公室见他。

卢一鹏的态度和林子珊截然相反，他一脸坦然，笑嘻嘻地说："主任，外界传言你不能相信。明人不做暗事，我对林子珊确有好感，但仅仅是好感，而且这好感是我单方面的。窈窕淑女君子好逑，我有分寸，不会也不可能怎么着的。何况，林子珊一点机会都不给我，她是个好女孩，正直、善良、洁身自好。"

闫寒心中有底了，他信卢一鹏所言，也相信林子珊的清白，他问卢一鹏："你对于这传言有什么良策？"卢一鹏说："请领导放心，这事因我引起，我有责任和义务扑灭这场大火。"

谈话的第二天，卢一鹏带着未婚妻来中心亮相了，小夫妻携手逐个给各科室同事送他们的结婚喜糖，还附上结婚请柬。

闫寒也召开了职工大会，把竞聘科长的工作实施情况作了汇报，并公布前两轮竞聘人员每人的得分。他肯定这次所有竞聘者的出色表现，鼓励分数落后的同志，不要气馁，还有最后一轮。请大家相信我们竞聘的公开公正和透明。但是，我不想看到有人为达目的不择手段，制造一些损人利己的小动作，如果事态扩大，影响到别人的声誉，我们将追究某些人的法律责任。

叶慧万万没想到中心领导会因为她放出的口风而召开职工大会，会议名义上对中层干部竞聘进度及竞聘者得分情况的通报，其实，重点在会议最后的几句结束语。闫主任的结束语掷地有声，带有一定的威慑性，一定程度扼杀了那些内心蠢蠢欲动想要挑事端兴风作浪的吃瓜群众。而一些拎得清的看客已经心知肚明心领神会，他们齐刷刷的目光往人事总务科这边看来，目光焦距集中在叶慧和杨晓敏身上。叶慧正襟危坐，故作镇静，对周围同事投来的目光视若无睹，但内心却是波涛汹涌。她想，这次科长竞聘，她是彻底没戏了。

杨晓敏的脸一会儿红一会儿白，她非常的懊悔和自责，正由于她的一己之私，成了叶慧的帮手。虽说，叶慧是这次传言事件的主谋和创作者，但她扮演了口口相传和推波助澜的角色，如果叶慧是主犯，那么杨晓敏就是从犯。而不明就里的同事不会那么区分，包括闫主任，他们认定她和叶慧是一伙，她们是一根绳子上的蚂蚱，目的就是击败林子珊，让她在科长竞聘中落选。那么她和叶慧俩人中必有一人就可当选。而现在的处境呢，狐狸没逮着，反惹一身骚。杨晓敏颇为懊恼。

叶慧至今都没想通闫寒会这么大力支持林子珊，难道林子珊和闫寒之间有什么不可告人的关系或秘密？其实，她想多了，闫寒和林子珊之间什么关系也没有，有的话，也是领导和下属的关系。如果她知道"城门失火殃及池鱼"这典故，估计她不会做这傻事了。真所谓聪明反被聪明误，而误了卿卿前途。

十八

林子珊被任命为人事总务科科长，试用期为半年。在这半年的时间里，人事总务科人员发生了大变动。这倒不是林子珊新官上任三把火，她不会这样做，她的科长之道，春风细雨、润物无声、涓涓细流，用真情温情柔情感动周边的人。

叶慧不但在竞聘科长中落了败，还担了个制造谣言心术不正的恶名，一些正义之士看见她就躲得远远的，像躲瘟神一般。在那些日子里，她的情绪糟糕透了。

幸得林子珊不计前嫌，大人有大量。她上任后的第一天，以商议科室工作为由，找叶慧深谈。她说，我年纪轻、阅历浅，为人处事方面还有很多不足。叶老师你呢，曾管理过十几人的团队，工作能力强，管理经验丰富。恳请叶老师多帮助多指点，共同把人事总务科建设得更美好。然后，她把科室成员每人工作条线分工的具体细则及她的想法，一一和叶慧交了个底，诚恳听取叶慧给予的建议和意见。

面对林子珊谦虚诚恳的态度，叶慧有些尴尬，也很感动。林子珊并没因为之前她的恶意行为心存芥蒂，而对她有两样的看法，或冷淡，或疏远。她依旧一口一个叶老师，尊敬如故。还让她协助科长工作。虽屈居她下，心还有些不甘，但既然她有情，那我不能再无义了。不然，我还算人吗？自此，她无二心地协助林子珊打理人事总务科之一切杂事。

屋漏偏逢连夜雨，船迟又遇打头风。正当叶慧郁闷的心情渐渐释怀时，一张她的私密照在朋友圈上转发。她再度被推到风口浪尖上。

这是一张她和袁野在咖啡馆约会的照片，两人柔情对视的目光，她手里拿着一条漂亮的围巾，一缕金色的阳光透过玻璃映照在两人身上。照片拍得很唯美，像一幅油画，让人看了不禁浮想联翩怦然心动。更让人浮想联翩照片中的男女是什么样的关系？

其实，这张照片在两年前已经被流转了。当时，范雪琴正好路过咖啡馆，无意中看到这动人的一幕，羡慕和遐想中，悄然按下了手机拍照的按钮。她无心之举拍下的照片，给吴莉莉看到了。可不知怎么的？照片又在中心传开了。

时隔两年，旧事重提，照片再次被传播，而且在攻击林子珊谣言事件影响还没消除当口。叶慧的形象，就此更一落千丈，连和她昔日交好的同事，对她都退避三舍，生怕被划成同类。

她坐不住了，她不能像两年前那样对此置之不理，因为现在的她，如同过街老鼠，人人嫌弃，她得洗白自己，多少挽回一点人心。她逢人就解释那张照片的由来，她和袁野仅仅是好朋友、男闺蜜，他们之间没有不正当的男女关系，不像你们想象的那样。她是一番好心，为林子珊和袁野牵线搭桥的月老，成人之美的红娘。她越解释，人们越津津乐道。之前被淡忘的陈年往事又咀嚼了一遍，还把林子珊卷入其中。

同事们再次议论纷纷，现实版的三角恋，袁野脚踏两条船，还和有夫之妇玩暧昧搞七捻三。又同情起林子珊，怪不得她至今还独身，原来心灵受过创伤，不知道当初她甩人家还是她被人甩。总之，她是受害者，受过伤的女人心里有阴影，又是大龄剩女，估计以后她很难把自己嫁出去了。

叶慧逢人解释照片来由的同时，还咒骂拍照片传照片之人，骂她们恶毒阴险，损害别人名誉，不会有好下场的。范雪琴不就是一个活生生的例子吗？她的这番咒骂吓跑了听她解释的同事。她最终非但没把自己洗白，反而越描越黑，越来越被同事嫌弃。他们想，那叶慧你自己呢？为竞聘科长一职，你怎么制造谣言诽谤林子珊的？此人不但人品有问题，心底也一团黑。

和她昔日交好又身为老乡的杨晓敏，因上次参与传播林子珊和卢一鹏相恋的传言事件，也被正义之同事指责。一个高薪引进来的硕士研究生，居然也使出下三滥手段，沽名钓誉，急功近利，来中心多年，没看到她做出骄人的成绩，真是白白糟蹋了国家的钱。

这些话，多多少少飞到杨晓敏的耳朵里，想当初，自己作为第一个硕士研究生被引进到疾控中心，是多么的意气风发、多么的踌躇满志、多么的斗志昂扬。而几年的光景里，自己沦落到靠耍心眼玩手段来实现她的理想，真是可悲。如今，后来者居上，她不甘心之余，唯有默默等待，寻求别的出路。杨晓敏除了懊恼自责之外，力求明哲保身，她几乎不和叶慧说话，刻意撇清两人的关系。工作中一改常态，没等哺乳期结束，主动向林子珊要求分担更多的事务。

半年后，杨晓敏逮到一个机会，市人大招聘科员，她当即报名入围，经过几轮测试，最终，她战胜了其他几位应聘者。但在去市人大报到的路上，碰上了一些小波折，什么小波折呢？究其原因，出在她是被区引进的人才。当初区政府引进杨晓敏那一批人才时，都给予一定的物质奖励。杨晓敏现在所住的房子，里面有一半是政府的钱，面积虽然不大，但按照现在的房价，翻了好几倍。那时的几十万，相当于现在的百来万了。

区政府开始并不同意，区政府出资引进的人才，又培养了那么多年，人才还没发挥他的作用创造他的价值，就投奔市里了，那区政府不是人财两失竹篮打水一场空嘛。杨晓敏哭哭啼啼地找到区组织部人事处，恳求领导放行，她宁肯归还房子来补偿区政府对她的关爱和培养。她又找到区卫生局主管部门许局那儿，梨花带雨地哭求许局出面向组织部门为她说情。许局一来抹不开面子，二来对女下属一贯怜香惜玉，他安抚杨晓敏说："我尽力而为。"

不知道许局怎么跟区领导说情的，最终，杨晓敏去市人大上班了，她也没归还那套含有区政府出资一半的房子。其实，她那一批被引进的人才，也有人另谋高就跳槽到其他区域了。引进的人才，不管到哪块区域哪个部门，只要他不出大市范围，就是大锅和小锅的区别，小锅是区政府，大锅是市政府。

杨晓敏可以说走得很决绝，她没接受林子珊安排的饯行晚宴，也没和大家告别，悄无声息带着她的一腔壮志奔赴市人大去了。

杨晓敏走后，卢一鹏也离开了人事总务科。那么卢一鹏去哪儿了呢？卢一鹏被闫寒安排到他的身边工作了，头衔是主任助理。闫主任在这个节点，把卢一鹏从林子珊身边支开，有点不近情理，你叫新任科长林子珊工作怎么安排啊？人事总务科，一下子走了两个人，走了两人的工作，谁能很快地接上手呢？

闫寒这么做，有他的苦衷，并不是不支持林子珊工作。他临时拨给人事总务科两个人救急，虽然是新手，一时半会儿接不上手，但总能为林子珊分担些杂事吧，非常时期，他顾不得那么多了。那么闫主任有什么苦衷呢？非得在杨晓敏走后，叶慧病休期间，再把卢一鹏调离，他安的什么心呢？他不是要拆林子珊的台吗，拆林子珊的台，不就是拆他自己的台。

前车之鉴后事之师，闫寒不敢忘。上回有关林子珊和卢一鹏相恋的绯闻被纷传，虽然经调查和核实，是别有居心者布的局。但卢一鹏亲口承认了，他对林子珊有好感，说得直白一点，他喜欢她。这点，从卢一鹏的眼神可看出端倪，尽管他当时没承认"喜欢"这两字。

如今，叶慧病休，杨晓敏另换门庭，人事总务科只剩林子珊和卢一鹏两位元老，孤男寡女朝夕相处，时间长了，保不齐日久生情。或者再经好事之徒渲染，那将又会引起一场风波。防患于未然。闫寒绝不能让这种故事再次上演，他一道口谕把卢一鹏安放在自己的身边，在自己眼皮子底下，他还能有其他的作为？

在闫寒的精心培育下，卢一鹏成长得很快，疾控中心上下对他无不欣赏。

半年后，他双喜临门，第一喜，他晋升做了爸爸，第二喜，他进区机关党政办工作。自此，他的仕途越来越顺。

或许照片事件影响了叶慧的心情，又或许其他原因，如受凉、劳累，叶慧感冒了，她请了一周的假。刚开始，仅仅是一场小感冒，叶慧的感冒不发烧，只有鼻塞流涕症状，在服用康泰克之后，鼻塞流涕症状缓解了。但一周过去了，叶慧还觉得头晕乏力没食欲，而且情绪极差，提不起一点兴致。虽然有一双儿女承欢膝下。所以她又请了一周的假。

在叶慧半个月休假期间，林子珊抽空看望她。叶慧的精神状态确实很差，人也瘦了一圈。她不禁有点担心，难道仅仅一场小感冒，就把她折磨成这样了？她和叶慧长谈了好久，是促膝谈心的谈，希望她放下思想包袱，好好调养身体。

"叶老师，身体恢复得怎样了？胃口好吗？"林子珊问。

"谢谢林科你来看我，我身体没大碍。"她来家看她，她很感动。在家休养的这段日子，除了林子珊常电话问候，没其他人关心她、看她。

"叶老师请别这样叫我，见外了。常说，一日为师终身为师，我是叶老师带教过的，叫我小林或子珊，我更乐意接受。"她真诚地说。

"好，子珊，我听你的。你的不计前嫌，你的大度，让我惭愧，我对不住你。"叶慧真心地感到愧疚。

"过去的都过去了，我们不谈过去。叶老师你没有对不住我，也没有对不住别人。你看，我不是好好的嘛？你可千万不要这么想，你现在唯一要做的，就是把身体调养好，我还等着叶老师尽早来上班。"

林子珊的这席话，把叶慧感动得眼泪快下来了，她像个孩子似的频频点头说："不知怎么搞的？就是不想吃，没胃口，还失眠，去医院检查了，没什么毛病。医生说，慢慢调理，也没开药方，让我吃一些可口的饭菜激发体内的食欲。哎，我现在这样的状态，怎么能上班？子珊，我可能要再休息一段日子。"

其实，林子珊也看出来了，叶慧身体无病，她的病症出自她的心结。在科长竞聘中，由于她的贪念和求胜心切，使用不正当手段制造林子珊和卢一鹏交往的流言，最终却使她自己身败名裂，科长位置没得到，还遭受同事的冷落和嫌弃。所谓搬起石头砸自己的脚。这样的落差，造成了她沉重心理负担，如果长期积郁，得不到排解和疏导，有可能产生精神症状，如抑郁症。

"身体没病就好，医生说得对，要慢慢调理，急不得。叶老师，你有没有想出去旅行或者来上班试试？或许，生活作息时间有了规律，你的胃口及其他不适，随之也恢复了？"

"你希望我来上班？"

"对啊，盼着叶老师上班分担我的工作。"

"我现在的状态能来上班吗？会不会给你添乱？"

"你先来上班试试？"

"明天我就上班，可以吗？"

"太好了，叶老师，我们明天见。"

林子珊的看望和鼓励，给叶慧阴郁的心里注入了一丝温暖和阳光。当晚，她的食欲大好。

第二天，叶慧来上班了。当她走进疾控中心大门的刹那，只感到一阵眩晕，心慌得连路都走不了。她像个逃犯似的逃回了家中。她电话中再次向林子珊告假："抱歉，子珊，我暂时还不能来上班。想再请一周休假。"

林子珊安抚她说："好的，叶老师你好好休养，工作上的事请不用挂念。我如果工作中碰到难题了，可能要当面向叶老师你讨教。"她深知一个心理有问题的患者，心中症结的解开需要一个过程，这个过程可长可短，短至三两月，长至可经数年。也有可能病情加重，转化成心理疾病，如焦虑症、恐惧症、抑郁症。其实，在上次看望叶慧时，已经初步给她下了诊断：抑郁症（轻度）。至于病因，综合因素所致。所以她电话中回复的每一句话都含有深意，她要让她知道，她需要她，科室需要她，离不开她。目的是给予叶慧信心，肯定她存在的价值。

当然，仅仅靠几句安慰的话，不可能治愈心理有问题的人。心理学上有专业的心理疗法，就是通过语言或非语言因素，对患者进行训练、教育和治疗，用以减轻或消除身体症状，改善心理精神状态，以适应家庭、社会和工作环境。

林子珊是医生，但她不是心理医生，虽然医学课程有医用心理学这一科目，而且这门学科她还学得很不错。精神科实习时，也曾一度想当个心理医生，后来成了一名儿科医生。最终，又到了预防保健部门。

叶慧目前的状态让林子珊揪心，如不施与援手，她的病情或许会加重。林子珊一边发动卢一鹏和杨晓敏抽空时多看望叶慧，一边向临床精神科同学求救。多年不联系的精神科同学很热情，他拍着胸脯说，只要有用得着他的地方，必竭尽全力，而且他无偿给予一切帮助。

"百年修得同船渡，千年修得共枕眠，五世修得同窗读。"可想而知，能成为同窗有多来之不易。无论世事如何改变，无论经过多少风雨，永远不变的是同学情。这从精神科同学对林子珊的态度可见一斑。当然，精神科同学的热情中，不单单有同学情，还含有其他的情谊。他曾追求过林子珊，虽然过去多年，他已成为人夫人父，但青葱岁月中留下的情愫，一切是那么美好。

林子珊在征得叶慧的同意后，带她找了那位精神科同学。男同学果然说到做到，在经过一系列的问诊、测评和检查后，制定了一套详细的治疗方案，一周一次询诊，疗程为三个月，这期间，根据诊疗的效果，即时调整治疗方案。

男同学的热情和杨晓敏的冷漠，有着天壤之别。

杨晓敏忙她的工作、忙她牙牙学语的宝宝、忙她的前途。她无暇顾及其他人的冷暖和悲欢。在叶慧病休期间，她未打一个电话，也没去她家探望。林子珊和卢一鹏曾邀她一同前往，都被她以各种缘由回绝了，直至她去市人大报到，她都未去看望她的东北老乡。

　　叶慧在经过一阶段治疗后，病情有所好转。精神科男同学说，三个月的治疗效果达到预期目的，但心理疾病易受外界因素影响而至病情有所反复，还再需一个疗程的巩固。林子珊笑着对男同学说，你是医生，你决定，若她有个三长两短，我拿你是问。当然，这是同学间的玩笑话。她为感激男同学的倾力帮忙，在叶慧治疗期间，请男同学吃了几次饭，男同学并没拒绝，只是买单时，男同学抢着付了钱，倒真的成了网络上热传的"你请客我买单，陪你吃到天荒地老"这句流行语了。

　　林子珊心想，这哪行啊？就此，不再请男同学吃饭，一是为了避嫌，尽管是同学关系，但毕竟男女同学，有男女之别。而且，大学期间两人曾有一段小插曲，虽然小插曲是男同学自弹自唱孤芳自赏，林子珊并没给他任何机会，可这也是一段美好的回忆。至少男同学这么认为，她是他的初恋，第一个心动女生。其次，如常见面，说不定给男同学造成错觉，万一再激起什么事端？那岂不害了彼此。所以，林子珊没继续和男同学单独见面，在一次陪同叶慧治疗时，带了几身孩子的衣服送给男同学，就当还了人情。

　　杨晓敏和卢一鹏的相继离去，确实给林子珊工作带来了很大的困难和挑战。但她凭着一股执着不服输的劲儿，最终挺过了难关。在那段时间，她几乎以中心为家，全心扑在工作上。她又一次自嘲道，幸好，我是单身，一人吃饱全家不饿。

　　叶慧经过半年时间的精心疗养，自感身心状态恢复良好，她来上班了。林子珊终于舒了一口气，中心安排的两位新人也逐渐接上了手，就在她想拿几天休息陪父母出去旅行时，中心召开了科长紧急会议。

　　主持会议的闫主任一脸严肃，他说：针对近日本市出现两起输入性甲型H1N1流感病例，卫生部门高度重视。上午我和许局参加了全市卫生系统甲型H1N1流感防控工作会议。现传达卫生局有关指示精神，并部署防控工作。

　　——加强疫情监测，严防疫情扩散。将现有流感监测网络实验室扩大到所有市、区级疾病预防控制中心，每个市、区相应设立 1 家综合医院作为监测哨点医院，开展季节性流感监测。

——各级各类疾病预防控制机构和医疗机构及其相关工作人员发现疑似病例和确诊病例，应于 2 小时内进行网络直报。不具备网络直报的医疗机构，应于 2 小时内以最快通讯方式向当地县级疾病预防控制机构报告。

——各市、区级卫生行政部门要成立本辖区甲型 H1N1 流感医疗救治工作领导机构，制定本辖区医疗救治工作预案，指定定点医院集中收治可能出现的甲型 H1N1 流感病例，指定急救中心（站），统一负责甲型 H1N1 疑似病例和确诊病例的转运工作。

——各地医疗机构都要设立专门的感染性疾病或发热门诊，做好门（急）诊就诊病人的预检分诊工作。

与此同时，各地各部门也都紧急对防控甲型 H1N1 流感工作进行再部署，提出新要求，同心协力织密防控网络，全力以赴阻止疫情的进一步传播。

闫主任说，这是市卫生行政部门对各市区卫生医疗单位提出的防控要点，我们在此基础上，结合本区域的特点，制定具体的甲型 H1N1 防控措施，希望各科长传到每一位同志，配合疾控科，做好人力、物力及财力的保障工作，大家齐心协力、团结协作，严阵以待、严防死守，阻断甲型 H1N1 流感疫情的蔓延。

一要做好重点区域和人群的防控。各类学校要健全晨检制度、身体健康状况自查报告制度、因病缺课报告和缺课原因追访制度，一旦出现问题要追查这些制度的落实情况。要加强慢性病人、孕妇、医务人员等重点人群的防控工作，指导企业、图书馆、影院、车站、超市、商场、敬老院、农贸市场、看守所等公共场所和特殊场所落实环境清洁消毒和通风等卫生措施。同时，遵循自愿接种的原则，做好重点人群季节性流感疫苗接种工作。二要切实做好居家隔离管理工作。要完善居家隔离治疗、密切接触者追踪管理措施，各地按照属地管理原则，密切配合做好轻症患者及密切接触者的社区、村居家隔离管理。三要加强疫情监测报告和医疗救治水平。要加强疫情监测、排查工作，严格执行疫情报告制度。切实做好医务人员的抽调、培训工作，努力提高医护人员诊疗水平和防治能力，确保患者得到科学、及时、有效的治疗。四要做好应对疫情进一步发展的应急预案。要进一步完善预案，做好各项应急处置准备。要加强值班和信息报告，开展应急措施培训，完善应急工作规范。五要加强宣传教育和舆论正面引导工作。通过电视公益广告、电台广播、互联网、热线电话、印发宣传材料等多种方式，做好防控知识"进学校、进企业、进家庭、进社区、进饭店"，广泛宣传科学防控知识，提高公众自我保护意识和防病能力。六要进一步深化群众性爱国卫生运动。要做好大街小巷、大楼小院、流动人口集居住地的环境卫生，大力开展创建卫生镇、卫生单位活动和除"四害"活动，减少各种传染病源和各种病媒生物对人体健康的危害途径。要建立责任追究制度，对因工作不负责任、措施不力造成防控工作失误或疫情扩散的，依法依规严肃追究其责任。

回到办公室的林子珊，当即召开了科室会议，传达中心部署的甲型H1N1防控措施方案，她郑重地说："非常时期，关键时刻，大家严阵以待，24小时开机，保持信息通畅，随时听从中心的调拨。"当然，她想带父母出游的计划也流产了。

会议召开后的第二天，林子珊又接到了中心闫主任的电话，命她即刻到主任办公室一趟。

林子珊赶紧放下手中的活儿，匆匆前往，她推门进入主任办公室的刹那，好像有一股凛冽之风扑面而来。

闫主任端坐在办公室桌前，他对面已坐好三人，急传科方圆副科长、消杀科肖勇科长、检验科葛方亮科长。他们神色严峻，表情肃穆，脸上透着如临大敌之悲壮气概。

他们齐刷刷的目光瞄了一眼推门而进的林子珊，随即收回眼神，转回头望着主任闫寒，等待领导下发命令。

林子珊感到事态的严重性，心中已猜到一二，甲型 H1N1 流感来袭，或许已经到达我们区域了。她轻唤了一声"闫主任，我来了。"便挨靠着方圆身边坐下。

见到四位科长都已落座，闫主任便开门见山地说："刚接到卫生局通知，有两名从疫区来的外地游客，出现发热咳嗽症状，曾密切接触过甲型 H1N1 病人，现正在指定医院隔离观察和治疗，同时有十名密切接触者，也将转移至指定场所进行医学隔离。局领导指示，由我们中心选派经验丰富技术过硬的疾控人员到定点场所进行现场指导及跟踪检测，直至医学观察隔离期满。"

闫主任话音还没落，四位科长就异口同声向闫主任请战，"派我去吧，主任，我一定完成任务。"

四位爱将的表现让闫寒感到相当满意，危急时刻，他们没有一丝犹豫和退缩，主动请缨，不愧是中心的中坚力量技术骨干，我没选错人。闫寒紧缩的眉头渐渐舒展开来，压在心上的一块石头也暂时放下了，他接着说："我们要做好打持久战的心理准备，也要随时做好不怕牺牲的大无畏精神。我们经历过 2003 年的"非典"，那场战役持续了一年多时间，疫情还对经济产生一定的影响。所以绝不能让甲流在我们区域点燃，绝不能放走任何一例可疑病人，绝不能遗漏引起传播的每一个死角。"

2003 年的那场"非典"让国人至今记忆犹新，"非典"疫情来势汹汹，传染程度之严重、范围之广阔，还有传染结果都让人闻之色变，好在国家采取了一系列措施，终于将这场"非典"传染病压制了下去。

林子珊也记忆犹新，她的表姨，一家医院的护士长，在那场"非典"抗击中献出了生命。妈妈每次讲起她的表妹，就情不自禁边抹泪边感叹："你小樱小姨，可怜啊，快要当新娘的人，遇上了"非典"。这孩子写了请愿书，主动要求支援疫区，活生生的一个人，回来的却是一只冷冰冰的骨灰盒。"

表姨比林子珊年长十岁，辈分虽然隔了一辈，但两人关系的亲密得像姐妹一样，无话不谈。表姨不但人长得漂亮，还聪明能干，护理操作考核年年是标兵。工作刚满五年，便被提拔为 ICU 病房护士长。表姨常挂在嘴边的一句话，也成了林子珊的座右铭，她说，为病人解除痛苦是她此生的心愿。

表姨的言行和壮举感染了林子珊，在她高考填报志愿时，她毫不犹豫地填报了医学院，她要完成表姨未完成的事业。但时隔多年，她却成了逃兵，她放弃了临床工作，干起了和自己专业大相径庭的人事总务工作，心中一直有许多不舍和遗憾。林子珊将这些遗憾和不舍化为一种动力，常言道："三百六十行，行行出状元。"不管做什么工作，只要能脚踏实地、兢兢业业，都能有所作为，实现自己的理想。

"甲流"疫情来袭，林子珊不能再当逃兵，她要成为像表姨那样的人，不惧困难不怕牺牲。身边的三位科长都有家庭还有孩子，只有她，孤身一人，虽上有父母，但相比同事们而言，她算是无后顾之忧。我不入地狱，谁入地狱，就由我来打头阵。

闫主任指示中的"三个绝不"，表达了中心抗击"甲流"的决心，林子珊也要表决心。她抢在其他三位科长前，再次请缨，说："主任，我去，我单身一人，无牵无挂，我一定让'甲流'站着进来，躺着也休想出去。"

林子珊的几句话把在场的闫主任及其他三位科长逗笑了，严肃的气氛一下子轻松了起来，大家各抒己见，针对密切接触者医学观察期间如何有效地开展工作，提出了切实可行的建议，并强调，保护别人的同时，一定要保护好自己。

闫主任同意了林子珊的请缨，不光是她的那番陈词，主要是她有较全面的综合业务能力，她既有从事临床的工作经验，还有国际先进的传染病防控理论知识，她单身一人，也是衡量的一个因素。正如她自己所言，她无牵无挂心无旁骛，万一，假如万一有不测，林子珊对家庭的影响程度相对而言要小，就由她和肖勇组成第一梯队打头阵，立刻出发到指定地点，并随时汇报及记录现场情况。

甲型 H1N1 流感症状与感冒类似，患者会出现发烧、咳嗽、疲劳、食欲不振等。有报道说，美国 2009 年疫情中发现病例的主要表现为突然发热、咳嗽、肌肉痛和疲倦，其中一些患者还出现腹泻和呕吐症状；墨西哥发现病例还出现眼睛发红、头痛和流涕等症状。它的传播途径主要为呼吸道传播，也可通过接触感染的猪或其粪便、周围污染的环境等途径传播。

因为有抗击"非典"的经验，所以这次甲流疫情来袭，医疗卫生部门就及时启动突发公共卫生应急预案，出台和指定一系列防控措施来阻止它的暴发和传播。

十九

林子珊满怀激情地战斗在抗击"甲流"的第一线。

临时隔离所位于地理偏远，但环境秀美的小山村。小山村三面环山，一面临湖，山上树木葱郁，百鸟欢唱，湖泊碧水微漾，蛙声一片。置身其中，恍如世外桃源，是一处天然的大氧吧。

小山村因生态的自然环境、秀美的山村风光，被国内一家排名前十位的开发商竞标所中，准备把它开发成一个"真山真水真境界、好风好月好箫歌"的旅游胜地，集休闲、度假、娱乐为一体的生态度假区。原居住在山村的二十多户村民去年被迁出，安置在一个叫阳光佳苑的动迁小区。

目前的小山村正处于空窗期，开发商旗下的建筑商还没进驻动工，其中有一家两层楼的宅院，就被区政府拿来做了临时隔离所。开发商很明事理，二话没说一口答应，并主动承担了临时隔离所的改建工作。也算是为公益事业献一点爱心了。

林子珊、肖勇和十名密切接触者，及医院派来的一名护士及一名保洁人员，还有"站岗放哨"的两名保安，共16人。他们于同一天，一同进驻隔离所。如不发生意外，他们将度过衣食住行吃喝拉撒都在一起，为期七天休戚与共与外界断绝来往的日子。

十名"甲流"密切接触者来自五湖四方，性格、职业、文化及生活习惯尽管迥然不同，但对于自己被隔离至少七天，都表示理解和配合。其中，有一部分人曾经历过"非典"，所以"甲流"来袭，已然没有当初"非典"时的恐惧和茫然。一位四川籍姓郝名强的年轻游客，职业 IT 工程师，他还笑着吟起了陶渊明的诗句：

> 结庐在人境，而无车马喧。
>
> 问君何能尔，心远地自偏。
>
> 采菊东篱下，悠然见南山。
>
> 山气日夕佳，飞鸟相与还。
>
> 此中有真意，欲辨已忘言。

在他的带动下，其他九名密切接触者忐忑的情绪有所缓解。他们抱着既来之则安之的态度，在这僻静秀美的小山村临时住下了。

林子珊是这次行动的组长，肖勇是副组长，成员李萍护士、陈华珍保洁员。在进驻的当天下午，林子珊召集大家开了个短会，再次明确每一个人的职责，按照之前部署的工作方案、细化的工作内容，不折不扣执行，确保这次行动万无一失，毫发无损。

十名密切接触者在隔离观察期间，生活内容相对固定和单一。每天一睁眼，身穿防护服、头戴防护帽及防护眼镜的工作人员逐一进入房间，打扫卫生；地面、空气、桌椅床的消毒；测体温和健康咨询。上午一次，下午一次。提供的三餐饭菜，也是十分可口和香甜，还配有点心、水果。这样衣来伸手饭来张口的日子，倒是十分的惬意和舒适，唯一的遗憾，不能踏出房间半步。一天、两天，还不觉得枯燥，反而有种远离喧嚣城市生活的安逸和宁静，又有对未知生活的好奇和兴奋。可到了第三天，有几位隔离对象开始烦躁起来，他们变着法儿提出各种要求。

林子珊和李萍每天早上八点半和下午五点半对密切接触者测量体温和健康咨询，并作好详实记录。晚上十点前，林子珊把填写完整的"甲型 H1N1 流感密切接触者登记表"，上报区卫生局和疾控中心，并向中心主任闫寒口头汇报十名密切接触者的身心状况。

掩映在群山怀抱的隔离所，就像一道天然的防御屏障，阻断了与外界的来往。偶有几名探险的游客路过，惊起丛林中的小鸟，啾啾几声又复归平静。

医学观察的第一天、第二天，临时隔离所安静如常。十名接触者也安静如常。

到了第三天，林子珊和李萍照常逐一给十名接触者测量体温、心理疏导，就在准备进郝强房间时，只听到从房间断断续续飘出他的怒骂声，四川方言的怒骂声。林子珊听不真切，望望身边的李萍，她也摇摇头，表示听不懂，但唯一能确定的，郝强在骂人，因为骂声中的脏话，林子珊听得懂，李萍也听得懂。郝强正在发脾气，什么原因导致他如此情绪激动？

林子珊进入房间，对着面朝墙壁背朝房门口中仍骂骂咧咧的郝强，笑吟吟地说："世界如此美好，而我们的 IT 工程师却如此烦躁，这样不好，不好。"当然，林子珊的笑容是看不见的，她穿着防护服和防护眼镜，但可从她的语音中窥知她脸上温和的笑容。

郝强听到声音，一怔，便马上回转身来，收住了骂人的话，露出尴尬的神色，和林子珊打起招呼："哦，林医生来了。"其实，他此刻胸中仍有一腔烦心的事，不过，在医生面前，尤其还是两个年轻的女性面前，他得收敛点儿，他必须强压心中的怒火。而刚才林医生的那几句话，郝强听出来了，出自电视剧《武林外传》里吕秀才教郭芙蓉控制脾气的台词。郝强看过这剧，还很喜欢看，想必林医生和他一样，也看过《武林外传》。或许因为两人的同一爱好，他不由得对她生出几分亲近来。他勉强地笑了笑说："抱歉，让林医生你见笑了。"

李萍不管三七二十一，先工作做好要紧，其余的，等空闲，或探究，或疏导。她拿出红外线耳温计，一边把体温计靠近郝强右侧耳道口，一边说："郝强，量体温了，站好，别动。"两秒钟时间，红外线体温计已感应出郝强的体温。

"体温正常。"李萍边说边记录。

"有鼻塞、流涕、咳嗽、头痛吗？"李萍问。

"没有。"郝强回答，此刻的他像个学生，温顺听话，和刚才发脾气的时候像换了个人。他紧张地望着林子珊和李萍，担心自己真的会出现上述症状。

"不用紧张，今天是第三天，一切正常的话，一周后解除隔离，你就自由了。如你想继续游览我们这的景点，我给你做导游。"林子珊一边宽慰郝强，一边又吟起唐朝诗人杜荀鹤的诗："君到姑苏间，人家尽枕河。故宫闲地少，水巷小桥多。夜市卖菱藕，春船载绮罗。遥知未眠月，乡思在渔歌。"

郝强由刚才的亲近，又陡增成了好感。她不但谐趣，还是个有诗意的医生，这类的女生他很欣赏。虽然他是个理工男，但自小喜欢文学，尤其是古典诗词，高中分科时，曾纠结了好一阵子，选文科呢还是理科？最终选择了理科。而选择理科的原因，竟然因为他是男生。虽然大学读了计算机专业，毕业后又成了一名IT男，但并没影响他对文学的热爱。常有小诗、散文见诸报刊，应验了那句"生活不只是眼前的苟且，还有诗和远方"的时下热语。林医生虽穿戴严实，看不到她的容貌，但能想象出，她一定是个温婉知性的女子。郝强心想。不过，快了，到那一天，解除医学隔离的那天，他就能见到林医生的庐山真面目了。

"好啊，林医生做我导游，我不胜荣幸，说话算话。"郝强阴沉的脸逐渐明朗起来。

"小女子一言既出，驷马难追。"林子珊言语即刻跟上。接着问郝强："刚才为什么发火？能告诉我们原因吗？是不是我们工作上有什么问题？如果是，我们一定接受你的建议。"

郝强连连摆手，解释说："哦，不、不，没有，你做得很好，我对林医生你们的工作没意见。我了解'甲流'疫情和政策。是我个人原因。"

"需要我们做什么吗？"

"要走的终究留不住，算了，就像林医生所言，世界如此美好，我却如此烦躁，不好不好。天涯何处无芳草，天生我材必有用。"

林子珊听出来了，郝强的感情和工作受挫，难道是这次隔离所致？她有点担心，她不想让这样的事发生。

"能详细和我们说说吗？"林子珊问。

郝强迟疑了一下，道出了事情的原委。他说，昨晚接到公司老板发来的信息，命他即刻赶回公司，不然，他别想在公司再待了。我向老板解释我现在无法赶回的原因，但老板根本不听解释，并再三申明，在规定的时限内不回去，让我卷铺盖走人。其实，我心里清楚，老板借题发挥，他老早看我不顺眼了，一直提防我取代他的位置，正好，被他逮到借口了。

"把你老板的手机号码给我，我向他解释，如果需要的话，我向上面汇报，通过上级发函来解释说明这一切。"林子珊说。

"谢谢林医生，算了，老板要撵我走，总能抓到把柄，欲加之罪，何患无辞。再说，我也想换个环境，憋屈得很。我为什么迟迟不走，主要是女友和我一个公司，可以相互照应。但现在解脱了，前脚老板要炒我鱿鱼，后脚女友发来信息，说要和我分手，问其原因，性格不合，早干吗去了，我和她在一起快五年了。我知道她变心另攀高枝了。林医生，你知道我女友攀的高枝是谁吗？就是要炒我鱿鱼的混蛋，他是混蛋，不要脸。等我出去，我要你们好看。"郝强说着说着，又气愤起来，原本低沉的声音，变得高亢激昂，忍不住又骂骂咧咧来了。

林子珊听郝强这么一说，了解了他为什么发那么大脾气的原因。哎，屋漏偏逢连夜雨，工作丢了，女友也成了别人的了。这事，搁在谁身上，谁都会发疯，都会骂娘骂爹。值得庆幸，当事人被隔离在深山野谷。试想一下，假如他没被隔离，他心中的一腔怒火会怎样宣泄，摔物？谩骂？打人？或许更严重。

在一旁的李萍听不下去了，她气愤地开导郝强："郝工程师，为这样的老板，这种女人，犯不着生气。凭你的才干、外貌，什么样的工作不好找，什么样的好姑娘找不到。等隔离解除了，你不要回四川了，留下来，留在我们这工作，我给你介绍女友，包你满意。"

李萍的话提醒了林子珊，前不久，沈忆眉电话里和她念叨，她那儿缺人，全方位的缺，缺整形医生、护士、销售、IT 工程师。她希望林子珊能去她的公司，和她一起开创事业，姐妹联手，其利断金。把整形医院做大做强，全国连锁，走出国门，再成为上市公司。

沈忆眉离婚了，是她主动提出来的。她向戴维斯坦白了她不能怀孕的实情，并请求原谅她的欺瞒。她这么做，是因为她不想失去他，她爱他。起初，戴维斯不同意离婚，婚前有性行为，这没什么。戴维斯婚前也有性行为，他结交过女友，还不止一个。他虽是华人，但他在美国长大，接受的美国文化，大部分美国人认为"贞操"的宝贵不在于什么时候给，在于是不是给了对的人，而不是所谓的性开放、性随便。对于不能生孩子，戴维斯表示能接受，如果喜欢孩子，可以领养或收养。

戴维斯一席话，让沈忆眉感动之余又很欣慰，她没爱错人，但她过不了自己这关。还有戴维斯母亲强烈抱孙子的迫切想法，他妈妈可是彻头彻尾中国教育下成长的女人，接受的是"不孝有三无后为大"传统观念。所以在沈忆眉的坚持下，戴维斯妥协了，他在离婚协议书上签了名，至于财产，按照美国《结婚、离婚法》规定分割，两人都没有歧义。

离婚后的沈忆眉全身心投入到自己创办的公司，忘我工作也是治愈心灵创伤的良药。渐渐地，她从失子、离婚阴影中走出来了。半年多的时间，公司已逐步走上正轨。但她并不就此满足，她有宏图目标，在全国大城市开设整形美容连锁机构，再走出国门，和先进国家的整形机构合作。她要成为众多整形机构中的第一块牌子，让需要爱美的男士、女士一提到整形，就想到沈忆眉这名字。而她想开设的第二家整形机构，地点瞄准了林子珊所在的城市，这是她的设想，还没付诸行动。她把她的想法告诉了林子珊，希望闺蜜辞职和她一起开办公司，由她全权负责这家分支机构的筹建、经营和销售。

刚当上科长的林子珊，哪有闲心考虑沈忆眉的建议，科室里接连走掉两位成员，叶慧又处于病休时期，应付工作的日常琐事，已让她焦头烂额。所以她对沈忆眉的建议置若罔闻，一笑了之，敷衍道："小眉，我现在很忙，等空一点，我好好想想，一定给你一个满意的答案。"

忙归忙，但林子珊一直把沈忆眉的一些话放在心上。她说缺护士，她在朋友圈转发，网络传播的功能真是强大，有意者，便陆续加盟到沈忆眉的队伍。缺 IT 工程师，眼前的郝强不是一个很好的人选吗？

当然，在此刻和他谈工作之事尚不适合。现在的郝强还处于愤怒和不冷静状态。等他冷静下来作出理智的选择和决定后，再谈也不迟。再说，她和李萍还有工作未完成。

李萍的话不但提醒了林子珊，还熄灭了郝强心中的怒火。他望望李萍，感激地说："谢谢你，李医生，我不生气了，或许，塞翁失马焉知非福。"

说完，他朝林子珊说："林医生，我有个请求。"

林子珊说："什么请求？"

郝强说："我要台能工作的电脑，公司还有一些事未办完，我不想给别人落下话柄，说我郝强不负责任，工作没做好就溜之大吉。我要堂堂正正磊磊落落离开公司。"

郝强的请求对林子珊而言有点难度，她犹豫了一下，对郝强说："我尽力而为。"林子珊没明确给予答复，也没拒绝郝强的要求，但从她回复的话中能探知，这事有希望。

其实，林子珊可以把她平时在家用的电脑，私下叫好友帮忙送来借给郝强使用。但她不能这样做，这违反中心纪律，这次的任务，对外界还处于保密状态。

林子珊不忍拒绝郝强的请求，她向闫主任作了汇报。接到电话的闫寒，自然明白员工的含意。林子珊请援来了，请求他的支援。闫寒一口同意，随即派了车安排人送电脑到隔离所。

　　郝强千恩万谢，好像一位获了奖的选手或明星，发表感言时，感谢一大批人。他说："感谢林医生，感谢李医生，感谢中心领导，感谢党和政府。"

　　林子珊和李萍从郝强房间出来，换下隔离服、帽及眼镜，洗手，再穿上消毒过的隔离服、帽和眼镜，进入王文瑜房间。

　　王文瑜一见到林子珊和李萍，就撒起娇来，她的声音很嗲："林姐姐，就一会儿，我看一眼，只看一眼，从门缝里偷偷望一眼，求求你，让我出去吧。"王文瑜急切想看一眼的人，不是别人，是她的夫婿，新婚夫婿。

　　林子珊岂能无动于衷，一对蜜月旅行的小夫妻，住在贴隔壁却不能相见，因为甲流被迫分离数日，一日不见如隔三秋，在王文瑜身上得到了很好的体现。虽然两人时常手机视频聊天，但只是隔靴搔痒，无法替代卿卿我我相互依偎一起的真切状态。

　　王文瑜思念的伴侣，名字叫沈华剑，他就住在隔壁房间，近在咫尺，却不能相见。两人的相识颇有戏剧性，玩漂流瓶游戏邂逅，一聊钟情，相聊一月后，从线上走到线下，见面地点选在贵州，就是王文瑜家乡。沈华剑千里迢迢从长春赶往贵州，见面后，并没有江湖中传说的"见光死"，相反，两人相见恨晚，即私订终身，决意成为夫妻。半月后，两人带好身份证和户口本，在王文瑜老家民政局扯了结婚证。这次蜜月旅行，是两人的第三次见面。

　　网上相恋、天南地北、闪婚，这三样，足以让上了年纪的父母大跌眼镜，但再怎么不能接受，也阻挡不了年轻男女激情似火的爱情。距离远，算是什么现实问题，距离还能产生美呢。感觉到了，所谓一见钟情，一天就能定终身。至于以后，哪管得了那么多，谁也无法保证爱情和婚姻能永恒。

　　可想而知，王文瑜对沈华剑的思念之切。她和他才第三次见面，也就是这次的蜜月，蜜月结束，又各自回自己的城市打拼。所以，每次相聚的时光，两人尤其珍惜，真恨不得融进对方的身体里，成为连体人。

　　林子珊眼瞅王文瑜眼中泛起的晶莹泪水，心中一动，郎情妾意，君子有成人之美，林子珊不是君子，但她是同龄人，有过刻骨铭心的情感经历。林子珊想了想，说："好吧，我答应你，但仅此一回，你得穿上隔离服。"这次，林子珊没向上级汇报，她擅自作主了。

王文瑜听罢高兴地跳了起来，口中连连称谢，假使正常状态下，她一定会扑倒在林子珊身上拥抱和亲吻。

李萍拿来隔离服、帽和眼镜，给王文瑜穿戴，穿好后，跟着林子珊进入沈华剑房间。

沈华剑站在房间窗口旁，若有所思地望着窗外。窗外树木青翠，一对小鸟儿从一棵树飞跃到另一棵树，休憩片刻后，又一齐起飞，好一对恩爱的鸟儿。沈华剑感慨之余，十分羡慕。正出神时，听到了推门声及脚步声。

林医生来了。沈华剑边打招呼边回过头来。他知道这个点是林子珊和李萍查房时间，老三样，问诊、测体温及心理疏导。他不想给人添麻烦，每次测量完体温，不等她们开口，就笑吟吟地主动汇报自己的情绪，他很好，谢谢关心。其实，他内心也备受思念爱人的煎熬。

沈华剑转过头来时，发现林医生后面多了一位医生，今天来了三人，他并没多想，微笑地又一次招呼："新来的医生，你好。"

王文瑜踏入房间，看到沈华剑的那刻起，她的身子就不停颤抖，心好像要从嗓子眼里跳出来，爱人在和她打招呼，他不知道站在这里的，是他新婚的妻子。她真想扑倒他的怀里，在他耳边轻说她的思念，或者，狠狠地咬他捶他亲他，在他全身烙上她的吻印、刻上她的名字。

林医生答应她见沈华剑，提了一个条件，只能面对面说话，不能有肢体接触。她说，虽然有隔离服的防护，但病毒无孔不入，为安全起见，为防患于未然，我们暂且忍耐和克制，忍一时风平浪静，待到隔离解除的那天，我摆酒为你们送行。

王文瑜强忍心中的激动，对着沈华剑点了点头。

林子珊也冲着王文瑜点了点头，点头的意思，有赞许她刚才的表现，还有传递给她一个信息，你答应的条件要遵守，不能忘乎所以忘了一切。

李萍看了看电子体温计，说，体温正常，并记录于本子。随后，她和林子珊退出房间。

沈华剑疑惑地看着这位新来的医生，她一动不动地站立原地，却并不跟着离开。哦，对了，还有一个环节没做，心理疏导，就是和他唠唠家常，说说话。哎，真不用了，他一个大男人，有什么放不开的？不就七天的时间，忍一忍，就过去了，医生也忙。他笑吟吟地说："医生，谢谢你，我很好，你去忙别人吧。"

王文瑜再也克制不住心中的激动，张开双臂冲上前去，但就在即将扑倒他怀里的刹那，她收住了脚步，又退回两步。她想起了对林医生的承诺。王文瑜定了定神，轻唤爱人的名字："剑，我是小瑜，我想你……"眼泪扑簌簌地从面颊上流了下来。

沈华剑自然看不到王文瑜眼中的泪水，严实的防护服遮掩了她的眼、脸、身材，但从声音中，他听出来了，面前站着的是他日夜思念的爱人，王文瑜。沈华剑一阵激动，他边走上前边回应："小瑜，真是你，我也想你。"他张开双臂准备拥抱多日不见的妻子。

王文瑜赶紧退后两步，尽管心中是多么不愿意，她向沈华剑做了个停止的手势，说："剑，我们要保持距离，不能拥抱。这次能来见你，多亏林医生帮忙。你好吗？我想你快发疯了。每次和你通话、视频，你为了哄我开心，你讲有趣的段子、笑话给我听。但我心里明白，你也是像我想你那样在想我。"

沈华剑伸出的手臂收了回来，脸上瞬即展现出一个大大的微笑，他笑着说："啊，小瑜，能见到你太好了，我也想你，很想。我把我这个拥抱留到四天后，那时，看我怎么收拾你。"说着，他做了一个拥抱和亲吻的动作。

王文瑜也笑了，脸上泛起了红晕，发出娇羞的声音，她嗲嗲地说："讨厌，剑。真奇怪，我们在一起的时候，觉得时间像流星，一瞬即逝，可现在却是度日如年似的煎熬。真希望七天的时间快快结束。"

沈华剑感慨地说："是啊，甜蜜的日子总是那么短暂，但也因为我们不常在一起，所以甜蜜和幸福感显得更为强烈。小瑜，我不在的日子，你一定要坚强，照顾好自己。"

"那我想你怎么办呢？"

"凉拌。"

"凉拌？这是一道什么菜？"

"老鼠爱大米。"

"谁是老鼠谁是大米？"

"我是老鼠你是大米。"

"那你唱给我听。"

沈华剑动情地唱起了杨臣刚版的《老鼠爱大米》。

我听见你的声音 / 有种特别的感觉 / 让我不断想 / 不敢再忘记你 / 我记得有一个人 / 永远留在我心中 / 哪怕只能够这样地想你 / 如果真的有一天 / 爱情理想会实现 / 我会加倍努力好好对你 / 永远不变 / 不管路有多么远 / 一定会让它实现 / 我会轻轻在你耳边 / 对你说对你说 / 我爱你 / 爱着你 / 就像老鼠爱大米……

王文瑜喜欢听这首歌，听着听着，眼睛又湿润了。

二十

闫主任带着几位科长来接人了。

今天的小山村，一点也不寂静，相反很热闹。

隔离所内欢声笑语，有音乐、有歌声、有鲜花、有美酒，自然少不了美食，这阵势，像过隆重的节日。一点也没错，隔离所内所有人员无比喜悦地庆祝，庆祝这个伟大高兴的日子。

十名"甲流"密切接触者，为期七天的医学观察，隔离期间，所有人员体温正常，也无其他不适症状。上午 10 时 20 分，林子珊接到中心主任闫寒指示，宣布解除医学观察。主任还说，他要带着鲜花，亲自来接他们回家。

林子珊一路小跑，登上楼梯，边敲门边喊，隔离结束，大家可以回家了。李萍也紧跟其后，重复林子珊的话，隔离结束，大家可以回家了。

肖勇、保洁阿姨以及门卫保安，在楼下的院子里高喊，隔离解除，我们解放了，我们可以回家了。

郝强第一个从房间走出来，他挥舞手中蓝色户外帽，激动地高喊，我们胜利了，兄弟们、姐妹们，快出来吧，我们可以回家了。此刻，他像一名凯旋的战士，刚打完一场战役。他差一点喊出"中国共产党万岁"这口号。

是的，这是一场没有硝烟的战争。甲流防疫，初战告捷，正如林子珊所言，"进得来，出不去。"

林子珊没有忘记对王文瑜的承诺，她说，等隔离解除的那天，她要摆酒为他们送行。她电话送餐公司的负责人，自己掏钱点了桌上摆放的酒菜、水果。

相逢是缘，何况，同一屋檐下生活了七天。七天生活的休戚与共，这样的感情有点类似一起扛枪的战友，经历生死，共过患难。原本归心似箭的迫切心情，此刻，变得婆婆妈妈起来，大家互相拥抱，互道珍重，互换联系方式，相邀去各自的城市游玩。

闫主任不但带来了鲜花，还有一份精美的礼物，打开一看，是一条漂亮的丝巾，丝巾一角印着"苏绣"两字。领导毕竟是领导，抗击"甲流"疫情，还不忘打广告做宣传。他同十位隔离者一一握手，边握手边打趣，禁闭解除，解放了。谢谢配合和理解。照顾不到之处，多多谅解。回去之后，给我们这小山村多做宣传，以后带着家人、朋友来故地重游。

大家被闫寒的一番话，逗得哄堂大笑。七天内的不安、恐惧、孤独，在林子珊宣布解除隔离的刹那，在闫寒打趣的瞬间，在歌声、笑声齐飞的时刻，像山洪、像暴雨般的一泻千里，取而代之的，正如这小山村的空气，清新、洁净、香甜。

闫寒不忘战斗在第一线的工作人员，也亲切地一一握手，诚挚表达他心中的敬意，辛苦了，谢谢你们，中心要表彰你们。

郝强在解除隔离的那一刻，见到了林子珊的庐山真面目，和他想象的分毫不差。她的人和她的声音一样，清新、柔美，就像这里的小山村，宁静、秀雅。他接受林子珊的建议和推荐，在他了却公司的事情之后，去沈忆眉公司报到。

沈忆眉收到郝强发来的简历，再从林子珊口中侧面了解了一下，不多时，便给郝强答复，欢迎郝工加入"忆眉医疗美容健康管理有限公司"，期待与您的精诚合作。自此，郝强不但成为沈忆眉的左膀右臂，还成为沈忆眉生命中的重要人物。

领导说话一言九鼎。林子珊、肖勇在中心召开的职工大会上受到嘉奖，奖品是一本荣誉证书，证书上印有：林子珊同志，在"甲流"疫情抗击中，成绩显著，表现突出，被评为"优秀青年"，特发此证，以资鼓励。大会上还号召全体职工，学习林子珊、肖勇不怕困难、勇于担当的精神。"甲流"战役虽然初战告捷，但我们决不能放松警惕，常抓不懈，居安思危，让那些不安分的病毒、细菌无处安身，保一方百姓健康、安居。

"甲流"疫情结束后，林子珊小病了一场。她的病不严重，病名"阵发性室上性心动过速"，病因是疲劳过度。治疗方案：卧床休息几天，病症自然消失。这是林子珊给自己下的诊断及医嘱。

卧床休息，顾名思义，躺在床上休养，那么，她的饮食起居、吃喝拉撒就需要依赖旁人照料。林子珊不想惊动任何人，包括父母。

这根本不是问题。在当今信息科技高度发达时代，有一大批懒人，他们身体健全，却足不出户，饿了，外卖；渴了，饮料矿泉水；困了，席地而卧；脏了，钟点工上门服务。他们在屋子里一呆十天半月，或游戏，置于其中流连忘返，竟忘了日月星辰；或工作，攻克一道难题，废寝忘食日夜不分。但不用担心他们会饿死、渴死，或者困死。毕竟人是有感知的，到了一定的极限，吃喝拉撒这些生命的本能自然会善意的提醒。当然也有例外，体质弱一些，或者，有基础疾病的，抗不住几天的不眠不休不吃不喝，就香消玉殒，临床上称为"猝死"。

林子珊请了一个钟点工，上午两小时、下午两小时。她真是困极了，在开始卧床休息的头两天，基本上处于嗜睡状态，钟点工来打扫卫生、洗菜做饭，她都浑然不觉，偶有被尿意憋醒，起来解决后顺带喝点水、吃点饭，然后再蒙头大睡。这样的状态持续了两天。

第三天，她清醒了，感觉浑身的舒服，呼吸顺畅，心率平齐，无憋闷现象。这是林子珊的自诉及体征。她想，再休息两天，就可以上班了。她请了五天的休假，在填写休假理由一栏中，她未提及自己身体原因，只是写了家中有事。

其实，这是单位申请休假的一道程序，在工作安排好的前提下，职工拿休假，领导岂有不批之理，落得做个顺水人情。所以不管你什么原因休假，闫主任不会过问，点点头，便签下大名。林子珊申请休假时，闫寒签名落款完毕，关心地多说了一句，辛苦，好好休息。

休假第五天，林子珊起床了，她自我感觉已无大碍，只要不剧烈运动。

早饭过后，林子珊斜卧沙发，一边看书一边和钟点工何阿姨闲聊，闲聊中得知，何阿姨和林子珊妈妈同龄，膝下有二子一女，只是女儿还小，正值初三，在老家读书。她本应该在家照顾小女儿，但大儿子一再要求，请妈妈出山，照顾大儿一家的生活起居。儿子儿媳工作忙，孙儿还小没人带。没法子，一家人四分五裂，孩子爸在老家照看女儿，她跟着大儿外出照顾孙儿。一晃，在大儿家四个年头了，趁孙儿上幼儿园，她出来做钟点工贴补家用，总不能在儿子家白吃白住。

林子珊听得心酸，想起了自己的妈妈，妈妈只有她一个女儿，每次妈妈电话中关照，一个人在外，不能将就啊，要吃好、睡好、穿暖。然后再嘀嘀咕咕说父亲一番，说你爸爸不听劝，叫他不要抽烟还在抽，家里被他熏得乌烟瘴气。女儿啊，你和妈妈一块儿劝劝你爸爸，抽烟对身体不好，你要说得严重一点，爸爸听你的。嘀咕完父亲，又说起张家短李家长一些芝麻事，无非是邻里之间的恩恩怨怨，而这些芝麻事，是拿不到台面上的。临结束，还会拖上一句，珊珊啊，抓紧你个人的事。

林子珊若长时间不回家，妈妈就不放心了，带着大包小包看女儿，包里装的都是吃的，有做好的蛋饺、熏鱼和红烧肉。妈妈一来，冰箱里就被塞得满满的，足够让林子珊吃上十天半月。

想到这，林子珊站起身，她对何阿姨说，你帮着儿子带孙儿，还料理家务，怎么是白吃白住了？他们不会这么想的。一边走到房间，准备给妈妈去个电话。这时，听到外面的敲门声。

何阿姨开的门，进来的是两年多不见的范雪琴。

林子珊又意外又惊喜，她赶紧招呼："范姐，你怎么来了？"

两人并坐在沙发上，对视良久。

眼前的范雪琴，一脸从容，笑意吟吟，看来，她已从离婚的阴影中，走出来了。

沉默片刻后，范雪琴打开了话匣子：她说："子珊，我这次来看你，是向你告别来的。我想，我的一些事，你也都听说了。"

林子珊点了点头说："每个人都有不得已的苦衷，范姐，你不要太在意，我们往前看。告别？范姐你要去哪里啊？"

"我变卖了房产，还办了离职手续。下周去美国，和儿子一起。儿子原谅我了。"

"太好了，范姐，许博远是个懂事的孩子，祝贺你们母子重归于好。你去美国还回来吗？"

"不知道，看儿子的学业，还有他以后的工作发展。"

天下无不散的宴席，人生中遇见的每一个人，在你的生命中进进出出。有的人离开了，几年后还会重逢。有的人离开了，也许再也不见了。

林子珊的眼眶中泛起了泪花，她不舍地说："范姐，你要多保重，人生不易，且行且珍惜。常回来看看。"

范雪琴握了握林子珊的手，眼圈也有点发红，她说："子珊，我不会忘了你的。虽然我和你一起工作时间仅两年，年龄悬殊也大，但在我心里，我把你当作我唯一的朋友，我的小妹妹。所以我临走前，我一定要见见你。前两天打你电话，你手机关机，打你科室电话，同事说你休假了。我不放心，今天来是碰运气的，没想到你在家。看你脸色憔悴，病了吗？身体要紧，工作不要太拼命。"

林子珊赶紧回答："小病，已经好了，范姐你不要担心。范姐把我当妹妹，那姐妹之间要保持联络。你中午在我这吃饭，我们姐妹好好叙叙。这一别，不知道何时再相见。"

范雪琴笑了笑，爽气地一口答应，留下来吃了午饭。

午饭时，范雪琴主动聊起了宋建成。

三月前，宋建成突然出现在范雪琴面前，像一个空降兵悄无声息高空降落。他是来带心爱的女人去深圳，和他一起生活，还有他们的孩子。我们一家三口，相亲相爱一辈子，再也不分开了。

他掏出准备好的一枚戒指，真情实意恳求。他说，这是我迟来的告白，雪琴，我一直在等你，我的心从没改变过。二十多年前，你就应该是我的妻子，但是因为我的离去，你做了别人的新娘。我不怪你，我怪自己。又由于我的出现，让你婚姻破裂名誉扫地。余生，让我来补偿你，还有我们的孩子，跟我走吧，我现在有能力照顾你和孩子。

离开疾控中心的宋建成，南下去了深圳，和他昔日的战友合伙开了一家4S汽车修理店。说是合开，其实是战友半送半卖还他的人情。当兵时，因一起突发事件，营房失火，宋建成冒着生命危险，冲进火海把战友救了出来，这份救命恩情战友一直念念不忘。宋建成退伍后，战友力邀他，与他一同征战商场。但人各有志，有人为名利，有人为女人。宋建成为女人委身当一名保安，这事至今在战友间成为美谈。

战友商海浮沉十多年，成绩斐然，已挤入成功企业家行列，他旗下的公司涉及房产、酒店、旅游及汽车维修。名义上，是两人合开的汽车修理店，但战友只占很小的股份，这很小的股份，也是在宋建成强烈的坚持下要他拿的。不然他就另辟蹊径另找门路创业。战友这才勉强答应，若按照战友的心意，他拱手奉送，没有宋建成，哪里有他现在的这一切。

4S汽车修理店，被宋建成经营得风生水起。半年不到，开了一家连锁店。生意这么红火，不乏有战友的关照，但很多新客户却是冲着老板的诚信和修车技艺。当今商海，只有互惠互利才能共赢。做生意靠的是什么，诚信、人品、价格和质量。

林子珊听得投入，动情地说："范姐，真为你高兴，宋师傅是个有情有义的汉子，他守候你那么多年，世上少有。当初，我到单位报到的那天，下着大雨，又冷又饿，多亏宋师傅端来的一杯水，那杯水相当于一盆滚烫的木炭，温暖人心。范姐，替我谢谢宋师傅。不，要改口叫宋总了。那这次你去美国，宋师傅也一起去吗？唉，宋总，瞧我，一时半会儿还改不过来了。"

范雪琴幽幽地叹了口气说："我何尝不知道他的心意，我亏欠他，更亏欠许志强。许志强不结婚，我也不再婚。还有孩子，我得顾及他的想法，我已经伤害过他一次，孩子不承认宋建成是他亲生父亲，在他心里，许志强才是他爸。"

林子珊理解地点了点头说："是啊，范姐，这么多年的父子之情，怎么能说割舍就割舍得了的？我想，许局也是。"

范雪琴说："他们父子一直保持联络，许志强赴美国考察，还去看望过许博远。这也是孩子原谅我后，才和我提起他和许志强的往来。所以，我和宋建成的事，现在暂不考虑，我劝他，不要再等我了，凭他现在的条件，什么样的女孩找不到。"

林子珊替范雪琴着急起来，急急地问："宋师傅怎么回答的？"

范雪琴说："他态度坚定，等我，等许博远的接纳。"

林子珊笑了，心想，他们一家三口一定会团聚的。

范雪琴去了美国，偶尔，林子珊收到她发来的只字片语。她在信中说，语言是她的最大障碍，她现在在恶补英语口语。家里，许博远担任她的家庭老师，她还参加中方在美国举办的语言培训机构学英语。在人生地不熟的国土，语言不通，真是寸步难行。到了国外，才发现，故乡是那么的留恋和美好。很想你，子珊。

就在范雪琴去美国半年后，林子珊收到吴莉莉的一张结婚喜帖，结婚对象不是别人，范雪琴前夫，卫生局副局长许志强。

许久不见的吴莉莉，身材像是发福了不少。尽管宽大的衣服遮掩住她圆润的身躯，但林子珊还是看出了些许端倪。她发自肺腑地打趣说："祝贺啊，祝贺双喜临门啊。宝宝的满月酒，我也要参加的，我要做孩子的干妈妈，你一定要成全我，我特别喜欢孩子。或许是我一毕业就在儿科工作，患上了孩子情结综合征吧。"

林子珊喜欢孩子，打小就喜欢。小时候，就缠着妈妈再添个小弟弟或小妹妹，可惜那年代的国家政策不允许，只能生一个，但在村子上，也有人家生两个孩子的。林子珊就哭着要爸妈，也给她添一个弟弟或妹妹。爸妈说，生宝宝，要有生育指标，没有指标，就属于超生，要罚一大笔钱。爸妈罚不起。林子珊只能作罢。毕业后，她选择了儿科，她的一些同学很不解，像她这学霸，要么继续读书考研，要么选择相对重要的科室，比如消化内科、心血管内科或者呼吸内科。而她既没考研，还偏偏选择了儿科。

闺蜜沈忆眉知道林子珊的苦衷，她说，早工作有什么不好？考研的目的，也是为了找工作，不过是选择余地大点罢了。我们早点工作，不但可以减轻父母的负担，还积累工作经验呢。当然，沈忆眉不用考虑经济条件，她父母是公务员，公务员的收入，虽不能和生意人相比，但日常开支、孩子的读书费用供给，那还是绰绰有余。但沈忆眉不想考研，早点工作、早点嫁人，这是她的志向。只不过事与愿违，她仅仅做了四年的全职太太，又重出江湖，成为一家医疗美容管理有限公司的老总。真是应验了那句诗，山重水复疑无路，柳暗花明又一村。

林子珊也一样，选择了儿科，也只做了四年。一个偶然的机会，应聘进了疾控中心，这并不表示她对原先工作的厌烦。她依然热爱孩子，怀念黑白颠倒的临床岁月。至今，还有宝宝父母，电话咨询她关于孩子饮食及疾病方面的问题。那些被林子珊诊疗过的孩子，还认得她，见到她，亲热地叫她小林阿姨或漂亮姐姐。

沈忆眉的流产，对林子珊的打击也大，她想做孩子干妈的愿望泡汤了。而吴莉莉的怀孕，恰好填补她心中的遗憾。当然，她不是随意想做任何一个孩子的干妈，关系不亲不近的人，也未必愿意让孩子叫一个未婚女性为干妈。

被林子珊看出破绽的吴莉莉，脸上一红，害羞地说："什么也瞒不住你，刚满两个月，预产期到今年年底。有你做孩子的干妈，我求之不得呢，以后孩子的饮食起居，你要多指导啊。"

林子珊高兴地说："那自然，我是孩子的干妈嘛。"

吴莉莉又说了："这次婚宴，我和老许商量了，我们俩都是再婚，不想大张旗鼓，而落人口舌。就简单置办，邀请的客人，仅限于至亲好友，就是邀大家一起聚聚。我们一概谢绝红包、礼物。"

林子珊便不再推辞，确实，朋友、同事结婚，按照习俗常理，多少要表示一点心意，出一份贺礼，或红包，或礼品。贺礼的分量，看和结婚当事人关系亲疏而出。吴莉莉和许局结婚不收贺礼一事，在业内收获了不少好评。

尽管吴莉莉和许局的结合低调，又不足为外人道，但知情者仍有不少。好事传千里，一时间，卫生系统人人皆知，并引起了不小的轰动。不仅仅是两人年龄的悬殊，还有两人的身份，一个是卫生局副局长，一个是机关档案处处长。其实这身份也不值得大惊小怪，惊讶的是吴莉莉的动作。她那一方闪电式的离婚，又再婚，自然引起了不小的猜疑和非议。

同事们议论纷纷，纷传吴莉莉早就暗度陈仓，靠许志强上位。不然，机关档案处处长一职，又怎么会轮到她卫生部门一个小职员。说不定范雪琴婚变、许博远身世之谜被揭开，都是她幕后一手操纵所致。

不管人们怎么议论，都阻止不了历史前进的步伐。婚姻也一样，一方背叛，或者感情破裂，唯一的出路，彼此放手，好聚好散。如勉强凑合维持，最终消耗的是两人的青春和追求幸福的权利。

　　何况范雪琴有错在先。假如她的婚变，确实与吴莉莉脱不了干系，那吴莉莉的做法，也不存在诽谤或人身攻击。她揭示的是真相，真相迟早要浮出水面大白于世，晚揭晓还不如早揭晓，长痛不如短痛。

　　许局乃是受害者，他的离婚值得同情。他再婚，合情合理合法。吴莉莉也一样。尽管她离婚原因究竟和许局有没有关联，但这是人家的隐私，婚姻幸不幸福，如同脚上的鞋，合不合适只有当事人知道。谁真的会把婚姻视作儿戏呢。

　　林子珊不管别人怎么议论许局和吴莉莉的秦晋之好，她由衷地高兴，为许局高兴，年过半百终得亲子；为吴莉莉高兴，她嫁许局一定是为了真爱，不然，怎么会嫁给年龄比她大十八岁的男子？还为他生孩子；为范雪琴高兴，她和宋建成可以重续前缘，许博远迟早会接受宋建成，血浓于水的骨肉亲情是割舍不了的。

二十一

林子珊端着一杯刚冲好的咖啡，咖啡香气四溢，热雾袅袅，抿上一小口，咖啡的涩苦，像恋爱的味道，顺着咽喉，滑过食道，流至茎茎脉脉，枝枝叶叶，转而弥散至全身，说不出来的舒畅。或许，咖啡中的咖啡因作用吧。

离上班还有一段时间，科室同事还没来，办公室显得空落而静寂。林子珊一边品咖啡，一边望着窗外。四周高楼大厦林立，东侧的楼宇间，留存一线天似的缝隙，湛蓝的天空，像一条狭窄的绸带，偶尔，飘过几片白云。近年来，蓝天白云的日子，好像在逐年减少。

一晃八年了，林子珊感慨地咕哝了一句。时光荏苒，如白驹过隙，至今，她还清晰记得来疾控中心报到的情景。

那天，下着滂沱大雨……

正遐想间，小赵手捧几枝百合花进来了，她看见林子珊忙打招呼："科长早，我来晚了。"

林子珊笑了笑说："不晚，离上班时间还早。"

小赵是今年刚招来的新人，因为在试用期，正式合同还没签，试用期的新人，一般表现的都很积极。小赵也很积极，她把百合花逐个插在花瓶中，顿时，缕缕芳香充斥办公室。林子珊"赠人玫瑰、手留余香"的信条，被科室年轻同事沿袭至今，同时还被其他科室效仿。

　　叶慧因身体原因，中心领导出于照顾，把她安排到了报刊收发室。自此，她的生活重心发生了转移，她一门心思放在两个孩子的教育上，偶尔和同事闲聊，开口闭口就是她的两个孩子，孩子的吃喝拉撒、孩子的读书教育、孩子的爱好兴趣。

　　生命中，不断地有人离开，有人进入。人事总务科也一样，新人辈出。林子珊在年轻的同事眼中，她不但是一科之长，还是前辈，通俗地讲，她是老一辈的人了。或许，还有人背后称她"老姑娘"，或者更狠的称呼。

　　有人统计过，同一岗位同一工作做满五年，驾轻就熟的职场人，会逐渐对这份工作失去热情和激情。尽管装着精神饱满斗志昂扬，其实，内心或多或少的厌烦。一旦机会降临，像吴莉莉、杨晓敏，人就往高处走了。当然，吴莉莉、杨晓敏属于能人，卢一鹏也是能人，不管是官二代还是富二代，还是有关系或有背景，都属于能人范畴。

　　林子珊依旧一腔热血、斗志饱满地坚守她的岗位。但偶尔也有分心、走神的时候。冷静下来分析，有内部原因，也有外部原因。内部原因，是个人的终身大事悬而未决，不但父母愁煞，亲亲眷眷左邻右舍也跟着操心，不管合适的还是不合适的，只要是男孩儿，都一股脑儿介绍。林子珊碍于情面，像车轮大战，一个接着一个见，但缘分这玩意儿，像吝啬鬼，不肯轻易降临。至今林子珊还在征战，她不气馁，她坚信，她的如意郎君，迟早会来到她的身边。

　　外部原因，来自她的闺蜜沈忆眉。沈忆眉一心要拉林子珊入伙，用她的话说，有难同当有福同享，姐妹齐心其利断金。一对姐妹花，征战商场，一定会成为一段佳话，说不定，她俩的真命天子就在商海的一岸。

　　沈忆眉的话应验了，她的真命天子很快游到了她的身边，他不但成为她事业的左膀右臂，生活上，大事小事他也一应全包，用娱乐圈里的字眼描述，他类似于经纪人，但关系比经纪人更密切。

　　他就是郝强，林子珊推荐给沈忆眉的 IT 工程师。不到半年的时间里，郝强成功打进忆眉医疗美容健康管理有限公司心脏，成为沈忆眉身边不可或缺的人物。一年后，郝强便被委以副总一职。随之，两人的关系也发生了质的变化，工作伙伴演变成恋人关系。当然，这种关系对外是秘而不宣的。在公司，他们仅仅是上下级关系。

有细心的同事已看出他们之间微妙的关系，但都装作毫不知情。一个老总，一个副总，高高在上，他们之间的事，下属八竿子也打不着，你瞎操什么心呐。万一他们保守的秘密，一不小心，你说漏嘴了，追究下来，你饭碗还要不要？

沈忆眉和林子珊无话不谈，她和郝强的进展，林子珊是清楚的。沈忆眉还时不时秀他们恩爱的照片，借以刺激、点化林子珊。她说，女人只有走出去，才会遇见更好的自己，还有那个他。

林子珊打趣说："我慧眼荐的英才，不但成为你事业的帮手，还成就了一桩好事，你要隆重谢我这大媒人。十八个蹄髈，一个也不许少。"

沈忆眉说："十八个蹄髈，你吃得了吗？"

林子珊说："我吃不了，我开蹄髈店，卖蹄髈。说不定像周庄的'万三蹄'一样大卖呢？"

沈忆眉大笑："听过豆腐西施，如今爆出一个蹄髈西施。我同意，蹄髈皮含有丰富的胶原蛋白，有美容养颜功效，和我的美容医疗倒是匹配呢。开店资金，我出，就算我旗下的产品。"

林子珊也笑着说："我的沈大小姐，沈大总，你别拿我开涮了，我可等着你们双双对对登门致谢。蹄髈不用带了，留着喜酒吃。我喜欢喝咖啡。"

沈忆眉真的携着她的副总、经纪人、恋人登门来致谢林子珊，副总、经纪人、恋人三个角色，可不是三个人，是三个角色集一身的郝强。

闺蜜、故人相见，分外激动人心。郝强不但是故人，还是闺蜜的恋人，这双重身份顷刻间让林子珊倍感亲切，就像是家人一样的亲切。

林子珊说："没想到我一个不经意间的举动，会带来这么大的改变，昔日照看的病人，成了我最好朋友的情人，多不可思议，多有成就感。"

沈忆眉接过话头，笑嘻嘻地说："接下来让我改变你，我要你成为我的合作伙伴。"

郝强说："'每一个在你生命里出现的人，都有原因和使命。喜欢你的人给了你温暖和勇气；你喜欢的人让你学会了爱和自持；你不喜欢的人教会了你宽容和尊重；不喜欢你的人让你知道了自省成长。没有人是无缘无故出现在你生命里的，每一个人的出现都是缘分，都有原因，都值得感恩。'这段话，之前，我不太真正理解，但现在我感同身受。感谢我生命中出现的每一个人，感谢林医生，让我遇到了忆眉，感谢忆眉，让我实现理想和抱负的平台。"

沈忆眉莞尔一笑，说："那我也要感谢，感谢子珊，让我遇到了郝强，感谢郝强，让我的事业如虎添翼。"

林子珊也笑了，说："你们谢来谢去，难不成这次专程来发表致谢感言的？"

那，当然不是。

沈忆眉此次前来，有重要的任务，就是开设她的第一家分公司，分公司的地址，正在考察和协商中。如果一切顺利的话，估计半年，或者三个月，她的分公司就可以成立、开张了。而她希望，所成立的分公司，法人代表是林子珊。

十天的考察行程结束。考察期间，林子珊全程陪同，并参与分公司筹备中的商讨。林子珊作为主人，东道主，自然竭尽全力。当然，这并不表示她将弃医从商。

迈出这一步，谈何容易。

办公桌上的电话铃声打断了林子珊的走神。

小赵接的电话，她边接电话边嘀咕："谁啊？这么早来电话，还没到上班时间呢。"她"喂"了一声，还没说"谁啊？"她脸上的表情瞬间变得妩媚起来，声音也柔柔的："主任，您早，您稍等，我让林科接电话。"

林子珊拿起电话，赶紧回音："马主任，我小林，请指示。"林子珊心想，没到上班时间，主任来电话，一定又有重要的事情，果不其然。

马主任电话中指示，向阳小学有部分学生出现腹泻症状，已有不少家长向教育局、卫生局反映此事，你即刻组织业务骨干去现场流调、采样、消杀及指导工作，避免腹泻人数进一步增加。随时向我汇报事态的进展。我在外面开会，会议一结束即刻返回。

两年前，还是一所卫生院的马院长，接到组织部调令，被任命为疾控中心主任，接替闫寒职务，全面主持疾控工作。闫主任，因主持疾控工作几年，政绩显著，每年的疾控机构综合考评，同行中常处于领先地位。尤其抗击甲流疫情，措施得力。经过组织部门的几番考察，闫主任被提拔为闫局，原许局位子。那么许局又到哪儿任职了呢？许局扶正了，多年的媳妇熬成婆，他终于转正了，成为卫计局一把手。真乃牵一发动全身，皆大欢喜。

接到电话指示的林子珊，和小赵一样，脸上的表情瞬间转变，只是她变得严肃和凝重。而小赵的表情是妩媚。她按照马主任的旨意，逐个通知相关科室业务人员，二十分钟单位集合，整装出发出事小学。

一切准备妥当，林子珊朝窗外东侧的天空望了一眼。碧色的天空，如一段蓝色的丝绸飘带，轻盈透亮。偶尔，翩翩飞过几朵白云。林子珊的心，跟着也轻盈起来，心中升起一片清明。随即，她迈着轻快的步子，向门口停车场方向走去。